Claudia Romes

Das Wunder der Tannenbäume

rütten & loening

Claudia Romes

Das Wunder der Tannenbäume

Roman

rütten & loening

MIX
Papier | Fördert gute Waldnutzung
FSC® C083411

ISBN 978-3-352-01011-8

Rütten & Loening ist eine Marke
der Aufbau Verlage GmbH & Co. KG

2. Auflage 2024

www.aufbau-verlage.de
10969 Berlin, Prinzenstraße 85

Bei Fragen zur Sicherheit unserer Produkte
wenden Sie sich bitte an produktsicherheit@aufbau-verlage.de.
Illustration im Innenteil © Shutterstock / Sylfida
Satz Greiner & Reichel, Köln
Druck und Binden CPI books GmbH, Leck, Germany

Printed in Germany

Für Emily und Fabian.
Immer für euch.

1

Rotkehlchen

Der Schwarzwald ist ein mystischer Ort mit seinen einsamen Tälern, tiefen Schluchten, ungezähmten Bächen und kristallklaren Seen. Wo mächtige Weißtannen und Fichten dicht beieinanderstehen, wird das Licht jedoch verschluckt, lange bevor es die Erde erreicht. Schattengewächse tasten sich dort über den Boden – entschlossen, alles unter sich zu begraben, und genährt durch das, was der Zerfall hervorbringt.

Der Kreislauf des Lebens ist ein ewiger.

Am Morgen des 29. März 1815 schien der Wald Anneliese daran erinnern zu wollen. Die ersten Frühjahrsstürme hatten ihre Spuren hinterlassen. Stolze Kiefern und Buchen waren umgeknickt oder entwurzelt worden. Wegweiser. Orientierungshilfen, Freunde, die Anneliese von klein auf kannte. Tiefe Löcher klafften nun an Stellen, von denen aus die Bäume Jahrzehnte überblickt hatten. Frühmorgendlicher Nebel hing wie ein feuchter Schleier in der Luft. Zwischen tiefhängenden Ästen machten dicke Tautropfen gesponnene Spinnweben sichtbar. Noch schien es, als verweigere der Winter seinen Rückzug. Er schlich sich aus. Leise, bedächtig, vor allem aber kalt und nass. Bei genauem Hinsehen erkannte man wiederum an einigen Ästen und Zweigen bereits feine Erhebungen und durchschimmerndes, frisches Grün. Ein sicheres Zeichen dafür, dass es nicht mehr lange dauern würde. Unter der ruhigen, trüben Fassade sammelten Pflanzen und Tiere ihre Kräfte für den Frühling.

Anneliese staunte immer wieder darüber, wie selbstverständlich sich der Wald veränderte. Sie mochte alle Jahreszeiten, wenn auch der Transport des Holzes im Sommer angenehmer war als im Winter.

Sie ging an der Seite ihres kleinen Bruders Kasper neben dem schwer beladenen Fuhrwerk her, das über den unbefestigten Weg ratterte. Der Regen der vergangenen Nacht hatte den Waldboden aufgeschwemmt, Furchen und Pfützen geformt, die das Vorankommen erschwerten. Mit weiten, schmatzenden Schritten trotzte der Neunjährige dem unwegsamen Gelände. Durch seine geringe Körpergröße war es ihm fast unmöglich, dem teils sumpfigen Untergrund zu entgehen. Unlängst war er bis zu den Knien im Schlamm versunken. Seine Jacke war übersät mit braunen Sprenkeln. Wann immer sich die feuchte Erde wieder an sein Bein saugte, schimpfte und donnerte er. Die Bedingungen an diesem Morgen waren sicher nicht die besten, aber für März auch nicht ungewöhnlich.

In regelmäßigen Abständen schaute sich Johannes Holl nach seinen beiden Kindern um, grinste ihnen über seine Schulter hinweg zu und klopfte seine derben Stiefel an Steinen ab, damit sich die Erdklumpen lösten, die wie festgeleimt waren. Annelieses Vater war breit gebaut. Seine muskulösen Schultern zeugten von harter körperlicher Arbeit. Ein Holzfäller musste unverwüstlich und kräftig sein. Zweifellos entsprach Johannes Holl diesem Kriterium – ebenso wie Tarik, sein gutmütiger Dunkelbrauner mit der hellen Mähne. Seit Jahren zog der Gaul zuverlässig die schweren Stämme aus dem Wald und den Holzwagen ins Dorf. An diesem Morgen hatten die beiden allerdings mehr Mühe als sonst, voranzukommen, so dass Anneliese und Kasper tatkräftig mitanpacken, schieben und ziehen mussten.

Der Saum von Annelieses Kleid war vollgesogen, ihr Rock schwang schwer wie Blei um ihre Hüften. Doch Kaspers Wutausbrüche lenkten sie von diesem Umstand ab. Schmunzelnd beobachtete sie, wie er zeternd und schnaubend seinem Unmut Luft machte. Mitleid hatte sie nicht. Immerhin hatte er den Vater angebettelt, sie begleiten zu dürfen. Obwohl dieser ihn eindrücklich gewarnt hatte: Der Wald war zu dieser Jahreszeit ein anderer. Und Kasper war klein für sein Alter.

Seine körperliche Zartheit hatte seiner Mutter Marva früher große Sorge bereitet, denn beinahe hätte er es nicht über das Kleinkindalter hinausgeschafft. Anneliese erinnerte sich daran, wie sie alle an Halsbräune litten. Während ihre Eltern und sie sich rasch erholt hatten, blieb Kasper monatelang ans Bett gefesselt. Damals hatte ihre kräuterkundige Mutter aufgefahren, was die Heilkunst hergab, um ihren Sohn vor dem Tod zu bewahren. Ein Trunk aus Senfölen unterschiedlicher Kreuzblütler zwang die niederträchtige Krankheit dann endlich zum Rückzug.

Inzwischen war Kaspers Gesundheit stabiler geworden und Marva weniger ängstlich, was ihn betraf. Trotzdem hielt sie nach wie vor schützend ihre Hand über ihn, als fürchtete sie, ihren Sohn doch noch zu verlieren. Auch seinen heutigen Wunsch, Anneliese und Johann helfen zu dürfen, hatte sie ihm zunächst verweigert. Aber ihr kleiner Sohn war hartnäckig geblieben. Kasper hatte die gleichen dunklen Augen, das gleiche dunkle Haar wie sie, während Anneliese ganz nach dem Vater schlug: helles Haar und grüne Augen. Kein sattes Grasgrün, sondern vielmehr die Farbe von frischen, jungen Keimlingen, die sich neugeboren der Sonne entgegenreckten.

Anneliese war mittlerweile sechzehn. Kein Kind mehr, aber auch noch keine Frau. Weder Raupe noch Schmetterling. Ihre Metamorphose hatte noch nicht stattgefunden, und glücklicherweise drängten ihre Eltern sie zu nichts. Es blieb ausreichend Zeit, Anneliese auf die Pflichten einer Haus- und Ehefrau vorzubereiten.

Bis es so weit war, gewährten sie ihren Interessen Vorrang, zu denen unweigerlich der Wald gehörte. So waren Anneliese die Fällarbeiten des Vaters lange vertraut. Kasper hingegen war erst im vergangenen Spätsommer darin unterwiesen worden. An einem schwülwarmen Tag, an dem die Luft von Mückenschwärmen geschwängert gewesen war und die hiebsreifen Bäume in vollem Saft gestanden hatten. Üblicherweise wurden sie im Winter geschlagen, wenn keine geschlossenen Blätterkronen die Sicht minderten. Für den neuen Dachstuhl des Gemeindesaals von Rietbach war jedoch zusätzliches Holz benötigt worden, und Johannes hatte eine Ausnahme gemacht.

Das Geld hatten sie gut gebrauchen können. Die Kinder hatten davon jeweils ein Paar feste Schuhe bekommen, und es hatte sogar für den gusseisernen Ofen noch gereicht, auf den Marva schon so lange gehofft hatte.

Prüfend überblickte Anneliese die geschälten Baumstämme, die wie rohes Fleisch im aufkommenden Tageslicht glänzten. Ihr Vater hatte sie geteilt, penibel auf den Anhänger gestapelt und sie mit einem breiten Lederriemen festgezurrt. Bisher hielten sie dem Ruckeln und Holpern stand. Kurz schweifte ihr Blick über die Blausterne, die den Waldboden zu den Seiten bedeckten und nun wie Pfeile durch den Dunst stachen.

Jahr für Jahr wuchsen sie zwischen den weißen Buschwindröschen und hoben sich vom Braun der Erde ab, als wäre es ihre heilige Pflicht, dem Wald Farbe zu verleihen. Ein Bussard flog kreischend über ihren Wagen hinweg und segelte zur Lichtung auf der anderen Seite der Bergkuppe.

»Mir ist kalt«, seufzte Kasper gedehnt.

»Es ist nicht mehr weit.« Anneliese legte ihm ihren Schal um die Schultern und rubbelte über seine Oberarme. Ihr Atem stieg als dampfende Wolke zwischen ihnen auf. Anneliese war ausgekühlt, wagte es aber nicht zu jammern. Ihr Vater jedenfalls beklagte sich nie und er war ihr Maßstab.

»Daheim wartet auf uns ein herrliches Feuer, und bestimmt hat Mutter eine köstliche heiße Suppe zubereitet.«

»Mit Kartoffeln?« Kasper schaute hoffnungsvoll zu ihr auf.

»Mit reichlich Kartoffeln.« Der Gedanke an die gemütliche Stube wärmte Anneliese, und sie hielt ihn fest, schlug sich den Mantelkragen hoch und widmete sich wieder ihrer Aufgabe: die Ladung zu kontrollieren und darauf zu achten, dass nichts vom Anhänger rutschte. Das forderte ihre volle Konzentration. Zwar hatten sie jüngst das letzte Stück des Weges erreicht, aber es war auch leicht abschüssig, dabei zerfurcht und zertreten, so dass sich die großen Speichenräder immer wieder in der durchtränkten Erde festfuhren.

Das fortwährende Versinken von Tariks Hufen hatte ihn erschöpft. Erneut machte es ihn bewegungsunfähig, als würden sich unsichtbare Hände an ihn klammern und ihn hinunterziehen wollen. Der Wagen ruckelte, und Anneliese schob. Kasper lehnte sich mit seinem Gewicht dagegen, während der Vater Tarik bei den Zügeln packte.

»Vorwärts«, spornte er ihn an. Laut und bestimmend, und gemeinsam schafften sie es, Tarik anzutreiben. Die Räder rollten wieder.

Anneliese kannte die Hindernisse, mit denen sie von Zeit zu Zeit zu tun hatten. Seit ihrem zehnten Lebensjahr half sie ihrem Vater, das geschlagene Holz aus dem Wald zu holen, und trotzte dabei Mühsal und Kälte. Die frühen Morgenstunden, wenn alles gerade erst erwachte, waren ihr sogar die liebsten. Denn dann, so hatte sie das Gefühl, gab es außer ihnen keine Menschen auf der Welt.

Der Wind rauschte durch die Wipfel, und Anneliese richtete ihren Blick hinauf zur hohen Krone einer Buche, von der aus ein Rotkehlchen mit seinem Gesang den Sonnenaufgang ankündigte. Perlend und wehmütig, dachte sie, während sie den Baum nach dem Vogel absuchte. Das Brüten hatte gerade begonnen. Überall zwischen den Ästen und Sträuchern fanden sich nun Gelege aus Moos, Halmen und Zweigen. Ob das Rotkehlchen wohl aus seinem frisch gemachten Nest heraus sang?

Tariks lautes Wiehern riss Anneliese brüsk aus ihrer Überlegung. Ein heftiges Ruckeln folgte, der Anhänger kam leicht in die Schräge und sie zum Stehen.

Johannes ließ ein lautes Stöhnen hören, setzte seine Mütze ab und rieb sich mit dem Handrücken über die schweißnasse Stirn.

»Auch das noch! Bleibt zurück, Kinder.« Vor dem rechten Hinterrad ging er in die Knie.

Hinter ihm stemmte Kasper schnaufend die Hände in die Hüften. »Mindestens fünf Zoll tief im Dreck«, befand er fachmännisch.

»Das kriegen wir wieder hin.« Mit bloßen Händen schaufelte Johannes das Rad weitestgehend frei. Anneliese reichte ihm ein flaches Stück Holz und half ihm, es mit einer Schnur außen am Rad zu befestigten. Johannes hatte gerade Kasper nach vorn geschickt, damit er Tarik an den Zügeln ziehen konnte, wenn er das Zeichen gab, als ein lautes Rascheln aus dem Gebüsch klang. Äste knackten und knirschten im dichten Wald. Gleichzeitig fuhren Anneliese und ihr Vater hoch, spähten durch das Dickicht, lauschend auf die sich nähernden Geräusche. Angespannt scharrte Tarik mit den Hufen.

Anneliese kannte die Tiere des Waldes. Sogar den Räubern war sie bereits begegnet. Darunter Luchse, Braunbären und Wölfe. Die beiden Letzteren waren allerdings selten geworden – dafür hatten Jäger gesorgt.

»Bestimmt nur ein Auerhahn. Die sind …« Anneliese stockte. Ehe sie weitersprechen konnte, schoss ein aufgescheuchter Eber aus den Hecken, direkt vor den Wagen. Erschrocken wich Tarik zurück, kam gegen die Deichsel und bäumte sich auf. Kasper strauchelte und plumpste in den Graben. Unter lautem Wiehern stürmte der Hengst voran. Der sumpfige Untergrund stoppte das Fuhrwerk nach nur wenigen Metern so abrupt, dass Tarik kurz die Beine wegknickten. Sein schrilles Wiehern schallte durch den Wald. Es glich einem Schmerzschrei. Johannes näherte sich ihm vorsichtig, während Anneliese Kasper aus dem Graben half.

»Bist du verletzt?«

»Nein. Glaub nicht.« Maulend klopfte sich Kasper den Dreck von der Hose.

»Ho. Ruhig.« Johannes packte Tarik fest bei den Zügeln und redete leise auf ihn ein. Die Nüstern des Pferdes flatterten. Seine Augen waren weit aufgerissen. Eigentlich konnte Tarik nichts so leicht aus der Ruhe bringen, aber heute war irgendetwas anders. Während sie das Tier beobachtete, spürte Anneliese eine Beklemmung in sich aufsteigen, die sie nicht erklären konnte.

»Ruhig, mein Junge!« Johannes strich sanft über Tariks Nasenrücken. Der ließ ein stotterndes Wiehern hören, das sich anhörte wie eine Erklärung für sein plötzliches Lospreschen.

»Dieser dumme Eber«, sagte Kasper, als die Geschwister zu ihrem Vater aufschlossen. Er stellte sich neben Tarik und klopfte ihm den kräftigen Hals, dass es nur so staubte.

Anneliese wechselte einen vielsagenden Blick mit ihrem Vater und war sich nun sicher: Das Verhalten des Keilers war ungewöhnlich gewesen. Er hätte sie hören, riechen, sehen und auf Abstand zu ihnen gehen müssen.

Plötzlich durchzog ein lauter Knall die Gegend, und die drei zuckten zusammen. Vögel stiegen vom östlichen Waldrand auf, flüchteten in den Himmel.

»Da jagt wer.« In Kaspers Stimme schwang Unbehagen mit.

Erneut wechselte Anneliese einen Blick mit ihrem Vater.

»Wir müssen sehen, dass wir langsam heimkommen«, erwiderte dieser, schnalzte mit der Zunge und forderte Tarik mit einem bestimmenden »Hopp« zum Weitergehen auf.

Nur langsam ließ er sich vorantreiben. Der Schreck war noch nicht überwunden, da drang wieder ein Rascheln aus dem Wald. Tarik stellte die Ohren auf und wieherte ängstlich, bevor die Bache zu sehen war, die gehetzt ihren Weg kreuzte – drei Frischlinge im Schlepptau. Verstört riss der Hengst die Vorderbeine in die Höhe. Hinter ihm geriet der Wagen ins Wanken.

»Ruhig, mein Junge«, versuchte Johannes ihm zuzureden. Doch Tarik blieb aufgebracht, kam erneut auf die Hinterbeine. Das Holz ruckelte vor und zurück, die Deichsel brach. Der Riemen knirschte, spannte sich unter der enormen Gewichtsverlagerung an und riss. Ein schriller Schrei entwand sich Annelieses Kehle, als ihr Vater sie und Kasper im letzten Moment zur Seite stieß, bevor das Holz auf den Weg kippte und ihn unter sich begrub.

Dann war es plötzlich ganz still.

Fassungslos kauerten die Geschwister zwischen Weg und Wald im gestauten Pfützenwasser, starrend auf die Baumstämme. Anneliese kam es wie eine Ewigkeit vor, in der sie sich nicht rühren konnte. Ihre Arme und Beine gehorchten ihr nicht, fühlten sich an, als gehörten sie gar nicht zu ihr.

Wie konnte es mit einem Mal so still sein? Kein Wind, der durch die Äste pfiff, kein Luftzug auf ihrer Haut, nur eisige Kälte. Anneliese wollte etwas sagen, doch der Schock hatte ihr die Stimme geraubt. Neben ihr hockte Kasper, das Gesicht leichenblass, als wäre er in Gips gegossen.

Als sie endlich wieder die Kontrolle über ihren Körper gewann, richtete sie sich auf und packte ihren Bruder an den Schultern. Blinzelnd wandte er sich ihr zu.

»Papa?« Kaspers Blick glitt zu den Stämmen, als hätte er gerade erst wieder zurück in den Moment gefunden. Tränen glitzerten in seinen Augen. Dann riss er sich aufgebracht von Anneliese los.

»Papa? Papa?« Verzweifelt stolperte er näher an das Holz heran. »Bitte … sag doch was!«, schrie er, doch es kam keine Antwort.

»Kasper! Sieh mich an«, befahl Anneliese bemüht. Fahrig folgte er ihrer Weisung.

»Du gehst jetzt ins Dorf und sagst, was passiert ist. Hol den Heini her. Schnell. Lauf! Hol Hilfe!«

Kasper zog die Nase hoch, wischte sich mit dem Ärmel übers Gesicht, nickte und rannte los. Nach ein paar Metern fiel er in den Matsch, rappelte sich auf und rannte weiter.

»Beeil dich, Kasper!«, brüllte Anneliese. Sie sah ihm nach. Sah, wie er bei der zweistämmigen Eiche um die Kurve bog und verschwand. Innerlich schalt sie sich selbst, den Gedanken nicht zuzulassen, dass jede Hilfe zu spät käme, während sie sich mühsam erhob und zu den gestapelten Stämmen wankte, die nun neben dem Wagen lagen. Davor scharrte Tarik mit dem Huf, als wartete er darauf, wieder angespannt zu werden. Anneliese schnappte nach Luft.

»Papa?« Eine Hand auf ihr wild schlagendes Herz gepresst, suchte sie mit dem Blick ihren Vater zwischen den Stämmen, ging um sie herum und stockte. Sein Arm ragte auf den Weg, zeigte in die Richtung, aus der sie gekommen waren, und Anneliese rang erneut um Atem. Ein rotes Rinnsal kam unter dem Holz hervor, das die Wegfurchen füllte und sich mit dem Regenwasser mischte.

»Bitte! Papa?«, flehte sie verzweifelt, als könne sie dadurch das Schicksal beeinflussen, aber kein Geräusch war von ihrem Vater zu hören. Keine Bewegung zu erkennen.

Anneliese hob keuchend den ersten Stamm an, zerrte ihn zur Seite, schleifte einen nach dem anderen vorsichtig weg, um ihren Vater zu erreichen. Wie von Sinnen schleppte sie Holz, schrie unter der enormen Kraft, die sie dafür aufbringen musste. Die geschlagenen Spalten zerfetzten ihren Rock, schürften ihr die Arme auf. Splitter bohrten sich in ihre Finger.

Abgezehrt stolperte sie und landete platschend im Schlamm. Tränen kullerten ihre Wangen hinab und vermischten sich mit dem Schmutz, als sie ihren Vater endlich fast befreit hatte. Sie schrie erneut auf. Wütend und verzweifelt, weil sie den schweren Stamm auf seiner Hüfte nicht bewegen konnte. Auf allen vieren krabbelte Anneliese näher an ihren Vater heran. Er hatte den Kopf zur Seite geneigt. Seine Augen waren halb geöffnet, Blut rann aus seinen Ohren und der zertrümmerten Nase. Anneliese riss sich zusammen und kam auf ihre Knie. Zitternd und bange versuchte sie seinen Herzschlag am Handgelenk zu ertasten.

»Bitte!«

Nur ein Wort, gepresst und stockend. Seine Hand war kalt. Ohne Puls. Eine übermächtige Schwere verengte ihr die Brust.

Anneliese fiel zurück, sog wie eine Ertrinkende den Atem ein und schluckte mühsam. Sie vermied es, den Wagen anzusehen – die Fracht, die ihren Vater erschlagen hatte.

Schließlich quälte sie sich vom Boden auf, taumelte zu Tarik und strich ihm wie in Trance über die Nase. Er war wieder ganz der Alte. Stand achtsam da, wieherte leise – schnaubend, in Erwartung auf das »Hopp« – den Zuruf seines Herrn, zum Weitergehen.

2

Gespenster

Die Hütte lag abgelegen auf einer Lichtung zwischen Wald und Straße. Einen zehnminütigen Fußmarsch entfernt von anderen Häusern und dem Stein, der das Dorf Rietbach markierte.

Gleich nach der Hochzeit hatte sich das Ehepaar Holl auf dem Grundstück niedergelassen, das Johannes von seinem Vater geerbt hatte. Er hatte Haus und Scheune selbst gezimmert, den Zaun rundherum aufgestellt und mit Marva an einem sonnigen Platz den Gemüse- und Kräutergarten angelegt. Auf den etwa vier Hektar Land gab es zwei Apfelbäume, einen uralten schwarzstämmigen Birnbaum, in dessen Ästen Misteln lebten, und einen Kirschbaum, der im Sommer feste, dunkelrote Früchte trug.

Inmitten dieses Idylls hatten sich die Holls ein gemütliches Heim geschaffen, das ihnen fast alles bot, was sie zum Leben brauchten. Sie waren nicht die Einzigen, die sich bewusst gegen Siedlungen entschieden hatten. Seit Napoleon die deutschen Staaten an Frankreich angegliedert hatte, wohnten viele Menschen verstreut in ländlichen Gebieten. Männer versteckten sich, aus Angst, rekrutiert zu werden und für ein Land zu sterben, das sie nie gesehen hatten. Kriegsversehrte Soldaten, von der Welt vergessen, fanden im Alleinsein zu sich, und die Natur gab ihnen Halt. Die meisten hatten nichts mit anderen zu schaffen. Kaum jemand kannte ihre Namen. Sie waren wie Gespenster – unsichtbar und am Ende ihres Weges.

Johannes Holl aber war keins dieser Gespenster gewesen. Er war in Rietbach geboren und aufgewachsen. Jeder hatte den Hannes gekannt. Ihn, den hübschen, hünenhaften Goldjungen, der aus der geachteten Gründerfamilie des Dorfes stammte.

Jene, die an diesem dunklen Freitag in der engen Stube zusammengekommen waren, zollten ihm Respekt. Bekannte und Freunde hatten sich um den kleinen Ofen in der Mitte des Raums gescharrt. Es gab Tee und dünnen, herben Apfelwein, der vom Vorjahr übrig war, dazu Butterkuchen von der alten Frau Hering. Deren Sohn Heini war der hiesige Bäcker.

Als Halbwüchsige hatten er und Johannes gemeinsam so manchen Unfug angestellt. Zuletzt war das Verhältnis der beiden Männer jedoch angespannt gewesen. Dass Heinrich bedauerte, sich nicht mit seinem Freund ausgesöhnt zu haben, hatte er bei Marva bereits mehrfach betont. Die allerdings hatte mit einem schiefen Lächeln abgewunken und erklärt, dass er sich deswegen nicht zu grämen brauchte. In puncto Hitzköpfigkeit waren die Männer einander gleich gewesen. Vermutlich hatte sich zuletzt keiner mehr an den Grund für den Streit erinnern können. Wahrscheinlich irgendeine Lappalie, ein dummes Wortgefecht in der Dorfschänke, die Johannes einmal im Monat besucht hatte.

Marva saß blass und mit dunkel geränderten Augen auf einem Stuhl und starrte auf das unwirkliche Gebilde vor sich auf dem Tisch. Nur an den zitternden Flammen erkannte man, dass es ursprünglich drei Kerzen gewesen waren. Irgendwann in den vergangenen Stunden hatte das

Wachs die Körper zu einem einzigen weißen Klumpen verschmolzen.

Marvas Hände schlossen sich fest um die Tasse, die ihr jemand hingestellt hatte. Hin und wieder nickte sie oder schüttelte den Kopf, wenn einer der Trauergäste eine Frage an sie richtete. Dabei blickte sie niemals auf, sie aß und trank auch nicht. Seit sie vom Kirchhof zurückgekommen waren, beobachtete Anneliese ihre Mutter, und es schnürte ihr die Kehle zu. Allein die Tatsache, dass der Vater in Rietbach beerdigt worden war und nicht, wie von Marva gewollt, auf ihrem Grundstück am Waldrand, schien ihr mehr zuzusetzen, als gut für sie sein konnte. Das Dorf hatte es entschieden, nachdem sie sich hilfesuchend an den Pfarrer gewandt hatten. Ein Fehler!, stand ihr ins Gesicht geschrieben. Und nun war alles zu viel – aufreibend und beengend.

Es war, als könne Anneliese Mutters Gedanken hören, die wie markerschütternde Schreie durch ein weites Tal hallten. Sie war nicht mehr dieselbe. Als wäre ein Teil von ihr mit ihrem Ehemann gestorben.

Anneliese selbst konnte noch immer nicht fassen, dass ihr Vater nie wieder zurückkehren würde. Dass das, was ihn ausgemacht hatte, für alle Zeiten verloren war. Seine Stimme, sein Geruch, der Schutz, den er seiner Familie geboten hatte. Wann immer Annelieses Herz das Endgültige leugnen wollte, wurde sie von ihrem Verstand brüsk daran erinnert: Nichts wird mehr sein, wie es war.

Eine Wahrheit so niederschmetternd wie Furcht einflößend.

»Nimm dir noch vom Küchlein, Liese.«

Anneliese starrte auf den Teller, den Frau Hering ihr hinhielt. Suchend glitt ihr Blick hinauf zur Dachstube, in der sich ihr Bruder verschanzt hatte. Ob er sich heute noch einmal heraustrauen würde?

Unwillkürlich musste Anneliese an die sorgenfreien Tage ihrer Kindheit denken, in denen sie sich mit Kasper über den Namen Hering unterhalten hatte, weil er vielmehr nach Fischerei als Backstube klang und Kasper Fisch nicht ausstehen konnte. Wie banal, raunzte die Stimme in Annelieses Kopf, als sie registrierte, wie sich die alte Frau Hering um sie und die Trauergäste bemühte. Wie selbstverständlich sie sich doch kümmerte. So ganz anders als ihre Schwiegertochter Elvira, die nicht ein freundliches Wort für sie übrighatte.

Unmerklich schüttelte Anneliese den Kopf.

»Hast noch nicht viel gegessen. Schmeckt's dir denn?«, drängte sich ihr deren kratzige Stimme erneut auf. Annelieses Blick glitt von Elvira zu ihr hinauf. Die alte Frau sah sie durch kühlblaue Augen besorgt an.

»Danke, dass Sie gekommen sind. Und für den Kuchen. Er schmeckt sehr gut.« Ihre Antwort klang wie einstudiert. Vorgefertigt, floskelhaft. Nichts weiter brachte sie heraus.

Frau Hering verzog ihre Lippen zu einem umgekehrten Lächeln, was die Falten um ihren Mund herum vertiefte. Und für einen Moment glaubte Anneliese, Tränen in den Augen der gutmütigen Alten zu sehen.

»Ach, Maidli. Is' scho recht.« Sie strich ihr tröstend über die Schulter, bevor sie sich mit dem Teller abwandte und Pfarrer Wagner vom Butterkuchen anbot.

Die freundliche Witwe war die einzige Person aus dem Dorf, die die Holls in einer gewissen Regelmäßigkeit sahen. Für die Geschwister war sie das, was einer Großmutter am nächsten kam. In Rietbach schätzte man ihre hingebungsvolle Art, die sie trotz ihrer schweren Verluste beibehalten hatte. Ihren Mann und vier Söhne hatte sie seit Napoleons Machtergreifung zu Grabe getragen.

Um ein Haar hätte sie auch ihren jüngsten Sohn verloren.

Heinrich war mit einem lahmen Bein davongekommen und galt seither als untauglich für den Krieg – was seiner Mutter gelegen kam. Er selbst hatte jung geheiratet. Seine erste Frau starb im Kindbett, und es hieß, er habe seine zweite, Porschs Elvira, nur des Säuglings wegen geheiratet. Der Knabe war der ganze Stolz seiner Großmutter. Nicht zuletzt deshalb hoffte Anneliese auf seine baldige Rückkehr von der Front in den Vereinigten Niederlanden.

Der Nachmittag zog sich endlos hin. Es wurde leise gesprochen und überwiegend von dem Verstorbenen. Eher beiläufig wurden seine Frau und die Kinder erwähnt. Wann immer Anneliese ihren eigenen Namen vernahm, lief ihr ein kalter Schauer über den Rücken.

»Bettelarm, die Familie«, ließ das Fräulein Weingart verlauten, das die Schänke im Ort führte, – wohl im Glauben, Anneliese könne sie nicht hören. »Was soll nur jetzt aus ihnen allen werden?«

Schulmeister Porsch, ein zu klein geratener Mann mit vorstehendem Bauch und herabfallenden Wangen, pflichtete ihr neben seiner Tochter Elvira stehend, müde nickend bei. Dann nahm er sich erneut vom Kuchen.

Verkrampft harrte Anneliese auf der Bank unter dem Fenster aus. Wartend darauf, dass die Trauerfeier endlich vorüber war und sie in die Einsamkeit und Stille zurückkehren konnte, die sie schätzte.

»Wo mag nur der Bub sein?«, warf Porsch in die Runde. »Allmählich fange ich an, an seiner Existenz zu zweifeln.«

»Oh, ich kann bezeugen, dass es ihn gibt.« Frau Hering linste hinauf zur Dachstube.

Kurz sah Anneliese Kasper hinunterspicken, bevor er wieder mit dem Schatten des Geländers verschmolz. Sie nahm ihm nicht übel, dass er allein sein wollte. Auch sie hätte sich am liebsten versteckt – vor den neugierigen Blicken, den Beileidsbekundungen und der Nähe zu Personen, die wie Fremde für sie waren.

An allzu viel Gesellschaft war keiner der Holls gewöhnt. Aus Rietbach kam eigentlich nie jemand her. Es sei denn, es gab einen besonderen Anlass. Kaspers Taufe in der Dorfkirche war so einer gewesen. Im Anschluss daran waren ein paar Leute gekommen und hatten gebracht, was sie entbehren konnten: hauptsächlich Obst und Gemüse aus den Gärten. Ein höflicher Akt, in einer hochkatholischen Gegend, in der ein heiliges Sakrament zu empfangen einer Aufforderung zur Menschlichkeit gleichkam.

Im Grunde war die Holzfällerfamilie in ihrer ärmlichen Hütte am Waldrand aber nahezu unbedeutend. Man grüßte sich, wenn man sich sah, aber man verabredete sich nicht. Gefälligkeiten oder Arbeiten wurden ausgetauscht, doch keine engen Freundschaften geführt.

Ein bisschen brummig, aber verlässlich und fleißig – das hatten die Dorfbewohner zuletzt über Johannes Holl zu sagen gepflegt. Ein hart arbeitender, frommer Mann, wie schon sein Vater vor ihm. Seine Frau hingegen hatte es weniger einfach gehabt. In fast zwanzig Jahren war es Marva nicht gelungen, in dem einhundert Seelendorf Akzeptanz zu finden. Die Rietbacher hatten nie ein Geheimnis daraus gemacht, dass sie nicht nachvollziehen konnten, weshalb Johannes Holls Wahl ausgerechnet auf eine Tschusch – eine Fremde – gefallen war. Eine Frau, deren wahren Namen kein Rietbacher kannte, und die schon allein deshalb ein Geheimnis haben musste. Wahrscheinlich war sie auf der Flucht, eine Geächtete – jemand mit einer dunklen Vergangenheit.

Der wahre Grund für die Namensänderung ihrer Mutter war allerdings weit weniger spektakulär. Bei ihrer Ankunft in

Baden hatte niemand *Lăcrămioara* aussprechen können, weshalb sie ihren Namen in Marva geändert hatte, um es für sich selbst und für andere leichter zu machen. Nur Johannes hatte seine Frau, wenn sie allein waren, liebevoll beim richtigen Namen genannt. Und Anneliese hatte immer befunden, dass er ausgesprochen schön und klangvoll war. Nicht so langweilig und sperrig wie ihr eigener.

Anpassung war manchmal eben eine bittere Notwendigkeit.

Die Hütte der Holls war jedoch alles andere als spießbürgerlich. Abermals bekreuzigte sich das Fräulein Weingart, nachdem sein Blick am Pfarrer vorbei, auf das Regal mit den beschrifteten Gläsern und Tinkturen traf – als könne sie das vor dem Fluch bewahren, der von Marvas Heilkunst ausging.

Anneliese spürte Zorn in sich aufwallen. Sie war gewillt, das Fräulein sofort aus dem Haus zu werfen. Ohnehin hatte es hier nichts verloren. Die junge Frau hatte der Vorwitz hergeführt. Die Frage, die ganz Rietbach beschäftigte: Wie lebten die Holls in ihrer bescheidenen Behausung?

Die Realität schien die meisten ernüchtert zu haben. Denn die Einrichtung beinhaltete nur das Nötigste. Ein Tisch mit vier Stühlen, ein Schaukelstuhl, Betten, zwei Kleidertruhen. Auf der anderen Seite der Dachstube gab es die Küchenablage, darauf Fläschchen mit undurchsichtigem Inhalt.

Innerlich schalt Anneliese sich Ruhe zu bewahren und sah zu ihrer Mutter, die ungerührt von alldem blieb. Anneliese hatte sie stets dafür bewundert, dass die Engstirnigkeit der Dorfleute einfach an ihr abprallte. Marva schien verstanden zu haben, dass sie im Grunde lediglich das Unbekannte, das von ihr ausging, ablehnten. Noch dazu war sie still – ein Mensch, der sich kaum jemandem offenbarte und in der Ruhe Kraft sammelte. Für die schwatzhafte Gattin des Ortsvorstehers, Frau Furth, eine absolute Absonderlichkeit. Dabei ließ sich durchaus behaupten, dass auch die Furth aufgrund ihrer übermäßigen Fürsorge für zahlreiche herrenlose Katzen mehr als eigentümlich war.

Vater hatte zu Anneliese gesagt, dies sei darauf zurückzuführen, dass Furths kinderlos geblieben waren. Es hatte zwar Söhne und Töchter gegeben, aber sie alle waren im Säuglingsalter verstorben. Im Leben des wohlhabenden Paars war eine Leere entstanden, die gefüllt werden wollte. Und dass Frau Furth deshalb ständig einen penetranten Katzengeruch verströmte, fiel ihr selbst gar nicht auf.

Anneliese gab sich weniger Mühe, hinter das Verhalten der Menschen zu blicken, und akzeptierte nur, wer sie akzeptierte. Obwohl es niemand offen aussprach, kannte sie das Urteil, welches die Rietbacher über sie und ihren Bruder gefällt hatten. Elvira jedenfalls stand es deutlich ins kantige Gesicht geschrieben. Einmal mehr hatte sie an Anneliese hinuntergeblickt und ob deren Aufmachung hin den Kopf geschüttelt. Das schlicht verarbeitete Leinenkleid war bestimmt zwei Nummern zu klein, der Stoff bedeckte kaum ihre Schienbeine.

Anneliese hatte das alte Ding an diesem Morgen aus der Betttruhe hervorgeholt. Die einzige schwarze Kleidung, die sie besaß, war nahezu vergessen gewesen – genäht von ihrer Mutter für die Beerdigung des Großvaters, vor drei Jahren. Seitdem war Anneliese so gewachsen, dass ihre Mutter mit den Änderungen der Kleider kaum mehr hinterherkam.

Es hatte ja niemand ahnen können, dass Anneliese ausgerechnet das ungeliebte so schnell wieder brauchen würde. Es war bereits als Spende für das Armenhaus vorgesehen gewesen, und Anneliese hätte es nur allzu gern dort abgegeben. Sie hatte gehofft, es nie wieder tragen zu müssen. Dass sie den kratzigen Stoff nun trotzdem am Leib spürte, kam ihr immer noch unwirklich vor. Und das Warum interessierte niemanden. Die Meinung über die Holl-Kinder blieb dieselbe: verwahrlost und ungebildet. Und natürlich lag die Schuld bei der Mutter. Es war wie bei Frau Furths Katzen: War das Muttertier nicht reinrassig, taugte der ganze Wurf nichts.

Anneliese konnte die Häme in den Gesichtern der Pfarrgemeindedamen aufzucken sehen. Dabei hatte Anneliese sogar zeitweise die Dorfschule besucht. Sie hatte Lesen und Schreiben gelernt, Rechnen und ein wenig Geographie. All das hatte sie an Kasper weitergegeben, und er machte sich gut. Um enge Freunde zu finden, hatte ihre Schulzeit jedoch nicht ausgereicht. Bis auf Karl, den Enkel der Hering, hatten Anneliese alle Kinder gemieden. Karl hingegen hatte sich nie über ihre nackten, schmutzigen Füße lustig gemacht, mit denen sie ins Schulhaus gekommen war. Er hatte ihr von seinem Honigkuchen gegeben und ihr Bücher geliehen, weil sie selbst keine besaßen, er aber wusste, wie sehr sie das Lesen mochte. Nach seinem Abschluss war er zum Militär gegangen und kämpfte nun gegen die Franzosen für ein freies Deutschland.

Anneliese hatte irgendwann entschieden, dass man ihr in der Schule nichts mehr beibringen konnte, und ihre Eltern hatten ihr dabei nicht im Weg gestanden. Ohnehin hatte die Klasse in Rietbach kaum mehr Schüler. Die Kriege hatten viele Familien voneinander getrennt und Ortschaften ausgedünnt wie Hammer und Amboss den Stahl. Erst hatte Frankreich Männer und Jungen für einen desaströsen Russlandfeldzug einberufen, von dem nur jeder Fünfte zurückgekehrt war. Vor wenigen Monaten dann folgte der Appell der Preußen, um die letzte Schlacht zu schlagen. Dazwischen hatten kaum zwei Jahre gelegen.

Ob die Heerführer ihr Versprechen halten und Bonaparte diesmal besiegen würden? Anneliese dachte oft darüber nach, fand aber nie eine Antwort. Sie war, genau wie ihr Bruder, in ein besetztes Land hineingeboren worden und kannte es nicht anders, als dass Gesetze und Regeln von Männern ausgingen, deren Sprache sie kaum verstand. Franzosen patrouillierten im Dorf, bekleideten wichtige Ämter, fällten die wesentlichen Entscheidungen. Jahrelang hatten sie über das Land bestimmt. Tausende deutsche Männer fehlten seitdem, galten als vermisst. Schon jetzt mussten ganze Dörfer und Städte neu geordnet werden. Väter, Brüder, Söhne waren fort. Die Folgen waren auch in Rietbach spürbar. Plötzlich saßen Ehefrauen und Schwestern im Gemeinderat und kümmerten sich allein um Haus und Hof. Trost fand man in der Hoffnung, die Franzosenzeit würde ein baldiges Ende finden. Unter all dem Sehnen, dem Verlust und den Entbehrungen schwelte die beständige Angst, nichts verändern zu können.

Kurz vor der Dämmerung hatten sich die meisten Trauergäste auf den Heimweg gemacht. Heftiger Regen ergoss sich auf das Walmdach. Das Trommeln war so laut, dass es die wenigen Gespräche in der Stube zum Erliegen brachte.

Pfarrer Wagner warf einen mürrischen Blick aus dem Fenster, trat an Anneliese heran und streifte mit den Fingerkuppen ihr Kinn. Sie zuckte unter seiner klobigen Hand zusammen. Ein anzügliches Lächeln umspielte seinen Mund, als er seinen Becher schwenkte und am Apfelwein roch, bevor er trank.

»Das Wetter ist dem Anlass angemessen«, befand er tonlos und legte sich seinen Mantel auf dem Unterarm zurecht. »Wenn ihr etwas braucht, lasst es mich wissen.«

Anneliese nickte knapp, obgleich es für sie nicht infrage käme, ihn um Hilfe zu bitten. Sie verspürte Unbehagen in seiner Nähe. Ihre Finger schlossen sich um die Baumperle, die sie an einem Lederband um den Hals trug. Ein Geschenk ihres Vaters zu ihrem zwölften Geburtstag.

Ein Windstoß fegte durchs Haus, als der Pfarrer die Tür öffnete. Er zog seinen Hut auf, hielt ihn mit einer Hand am Kopf fest und ging eilig zu seinem Einspänner. Frau Hering blieb noch eine Weile bei den Holls und half Anneliese, aufzuräumen. Widerwillig war Elvira mit den Furths ins Dorf zurückgefahren, da Heinrich auf seine Mutter warten wollte. In einer ruhigen Minute zog er sich einen Stuhl an Marva heran.

»Ich weiß, es ist vielleicht noch nicht der rechte Zeitpunkt, aber … ihr müsst euch schon bald kümmern. Der Winter kommt schneller, als man denkt, und dann soll vorgesorgt sein. Ich weiß, ihr habt das Land beliehen.«

Marva schaute zu ihm auf. In ihren dunklen Augen stand eine zornige Glut, die langsam entwich, als Frau Hering sie sanft am Arm berührte.

»Der Johannes hat's uns erzählt«, erklärte sie beschwichtigend.

Marva stöhnte, leidvoll rieb sie sich die Schläfen, dann vergrub sie ihr Gesicht unter ihren Händen, als könne sie damit verhindern, dass jemand sie weinen sah. Für einen Augenblick blieb es still. Anneliese schluckte schwer, legte den Arm um ihre Mutter und zog sie zu sich. Marva schluchzte. Ihr Körper bebte unter dem Weinkrampf, der sie überkam. Anneliese ahnte ihre Verzweiflung. Ihr Vater hatte durch die Halsbräune, an der sie alle erkrankt waren, die Holzernte eines halben Jahres verloren. Um die Familie durchzubringen, hatte er sich an Ernst Finken gewandt, ein Freiburger Advokat, der als hilfsbereiter Geldverleiher auftrat, aber vielmehr ein gnadenloser Eintreiber war. Finken spekulierte auf den Besitz seiner Kunden, den er sich einverleibte, sobald diese mit den Zahlungen in Rückstand gerieten.

»Am besten ihr sucht den Vertrag raus. Darin muss stehen, was ihr schuldig seid und wann ihr zahlen müsst.« Heinrich reichte Marva ein Taschentuch. »Wir würden euch so gerne helfen …«

»Ihr habt schon genug getan.« Marva zog die Nase hoch und trocknete ihre Tränen.

»Man kann nicht genug tun, wenn einem so was passiert wie euch. Ich würde ja, aber die Elvira, die …« Er hielt inne, suchend nach den richtigen Worten. Etwas, das die Ablehnung seiner Ehefrau gegenüber den Holls erklärte.

Dass Elvira Marva nicht ausstehen konnte, machte sich auf unterschiedlichste Weise bemerkbar. Etwa wenn Marva Frau Hering besuchte, um ihr die Arnikasalbe zu bringen, die diese für ihr Rückenleiden orderte, und dabei auf Elvira stieß. Nicht selten wurde diese ausfallend, spuckte Marva direkt vor die Füße und begann dann lautstark das Vaterunser vorzubeten. Des Weiteren beschimpfte Elvira auch ihren eigenen Mann vor aller Augen und Ohren, wenn sie mitbekam, dass er nett zu Marva und den Kindern war. Es wurde niemals thematisiert, und doch war Anneliese sicher, dass Eifersucht dahintersteckte.

Angeblich hatte Elvira einst Johannes heiraten wollen, war ihm seit der Jugend verfallen und zutiefst verletzt gewesen, als er das fremdländische Waisenmädel zur Frau genommen hatte. Zwar war es vollkommen mittellos und allein der Arbeit wegen in den Schwarzwald gekommen, dennoch hatte es in vielerlei Hinsicht mehr zu bieten gehabt als alle anderen. Marva war eine Schönheit mit einer Stimme wie eine Nachtigall. Eine Exotin in einer Gegend voller unscheinbarer Wesen. Widerstrebend hatte sich Elvira mit dem bescheidenen, gutmütigen Heinrich begnügen müssen, der ihrer Hartherzigkeit und Willkür nichts entgegenzusetzen hatte. Obgleich seitdem Jahre ins Land gegangen waren, blieb sie nachtragend und der Frau gegenüber verachtend, die ihre Träume zerstört hatte.

»Ich werde mir Gedanken machen, was möglich ist, damit ihr es nicht so schwer habt«, sagte Heinrich nach einer Weile.

Marva bettete ihre Hand über seine. »Belaste dich nicht mit uns. Wir schaffen das. Uns fällt schon was ein. Nicht wahr, Liese? Uns fällt immer was ein.« Ihre Stimme war am Ende leiser geworden.

Heinrichs Blick ruhte auf ihr. Mitleidsvoll, bewundernd. Anneliese konnte sehen, wie sich die blassen Wangen ihrer Mutter rötlich verfärbten, während sie auf ihre Zustimmung wartete.

Anneliese nickte hastig. »Gewiss, Mama. Gewiss.«

»Sagt mal, der Johannes, der hatte doch schon Holz geschlagen, oder?«, fiel es Frau Hering ein, die gerade die letzten gespülten Teller ins Regal einsortierte.

»Äh, wahrscheinlich. Ja.« Marva presste sich Daumen und Zeigefinger auf die verweinten Augen.

»Er hat's geschlagen. Ich war dabei«, übernahm Kasper das Reden, der just die Leiter zur Dachstube hinuntergeklettert kam – flink wie ein Wiesel.

»So so.« Heinrich nickte bedächtig. Es war ihm anzusehen, dass er gründlich nachdachte.

»Dann werdet ihr es gewiss auch los.« Seine Mutter setzte Marva eine Tasse Tee vor. »Ich würde anempfehlen, ihr macht da weiter, wo Hannes aufgehört hat. Jedenfalls wäre es ein Anfang. Bis es etwas anderes gibt. Du bist doch auch dieser Meinung, Heini? Ist doch so?«

Heinrich zuckte die Schultern, dann bewegte er abwägend den Kopf zu den Seiten.

»Wart's mal ab.« Frau Hering stemmte die Hände in ihre knochigen Hüften. »Wenn der Franzmann erst einmal besiegt ist, werden sie überall Dienstmägde und Knechte für die großen Häuser brauchen. Die wollen die Fürsten wieder einsetzen, und die werden allen eine Möglichkeit bieten, die Arbeit suchen. Die werden den Teufel tun und dem gemeinen Volk die Tür vor der Nase zuschlagen. Den Fehler haben sie schon einmal gemacht, und wir alle wissen, wohin das geführt hat. Wenn die Revolution etwas Gutes gebracht hat, dann, dass sie die Belange der einfachen Leute ernster nehmen. Denn ohne deren Zustimmung kann sich kein Fürst mehr lange halten. Mein Wort darauf.« Sie ging zu Anneliese und tätschelte ihr den Rücken.

»Das wäre doch was für dich, Maidli. In Diensten stehen, in einem großen, vornehmen Haus. Stell dir das mal vor. Den feinen Damen zur Hand gehen oder die Mahlzeiten für sie zubereiten. Die Bezahlung ist annehmbar. Du könntest deiner Mutter und deinem Bruder helfen und du würdest versorgt sein. Ich würd's selbst noch machen, wenn ich nicht so tatterig wäre.«

Anneliese überlegte. Frau Hering musste es wissen. Immerhin hatte sie früher auf Schloss Ortenberg gearbeitet und war erst für ihre Heirat in die Heimat zurückgekehrt. Bei pompösen Banketten war sie dem Hochadel begegnet und hatte später die Hausherrin als deren Zofe für schillernde Bälle hergerichtet. Den Adel hatte sie in guter Erinnerung, auch deshalb sehnte sie das Ende der Franzosenzeit herbei. Mit ihren einundsiebzig Jahren hatte sie sowohl die Kurfürstenregentschaft als auch die Anfänge der Revolution miterlebt. Anneliese und Kasper lauschten gerne Frau Herings

Geschichten von früher. Als der rechtschaffene Kaiser Franz noch regierte, an der Spitze des Heiligen Römischen Reiches Deutscher Nation. Frau Hering gehörte zu seinen Verfechterinnen. Sie wollte am liebsten an das Vorherige anknüpfen. Aber würde das ohne Weiteres möglich sein? Anneliese hatte Zweifel.

»Meine Mutter hat recht«, durchbrach Heinrich ihre Gedanken. »Hier in Rietbach, da gibt es nichts für euch. Auf Dauer wird das Holz keine Lösung sein. Das müsst ihr einsehen.«

»Ich kann hacken und fällen«, verkündete Kasper entschlossen.

Heinrich lachte mit leiser Rührung auf.

»Du bist viel zu klein und schmächtig«, entgegnete Anneliese. »Kannst ja nicht mal einen Ast vom Baum sägen.«

»Bin ich gar nicht! Du lügst ja. Ich kann es mindestens genauso gut wie du. Du bist doch nur ein Mädchen. Gesägt habe ich schon. Mehr als einen Ast vom Baum. Hunderte waren's. Du könntest die gar nicht zählen.«

Anneliese schnaufte. »Hunderte?«

»O ja!«, entgegnete Kasper mit der ihm eigenen Beharrlichkeit, was Anneliese zum Stöhnen brachte.

»Du übertreibst mal wieder, und außerdem …«

»Kinder, könnt ihr bitte friedlich bleiben«, fuhr Marva dazwischen. »Es ist schon schwer genug für uns alle. Und ich habe heute wirklich nicht die Kraft …« Ihre Stimme brach. Sofort zeigten sich alle besorgt.

»Natürlich. Bitte entschuldige, Mama«, beeilte sich Anneliese zu sagen.

»Ist schon gut.« Marva winkte ihre Kinder zu sich. Sie schloss Annelieses Hand fest in ihre und umfasste ihren Sohn, drückte ihn liebevoll an sich. »Ich weiß, dass du arbeiten kannst, mein Großer. Aber Holz zu machen ist sehr, sehr schwer. Es allein zu schaffen, das ist fast unmöglich.«

Er schnaubte resigniert.

Anneliese suchte den Blick ihrer Mutter, die ihren gesenkt hielt. In Dienste gehen, dachte sie noch einmal. Ob das wirklich etwas für sie wäre? Und ob sich Kasper, wenn er alt genug war, als Knecht eignen würde? Das Herz schnürte sich ihr zu bei dem Gedanken, ihr Zuhause verlassen zu müssen, und sie fasste einen tollkühnen Entschluss:

»Kasper kann es lernen. Wir werden Vaters Geschäft weiterführen.«

Marva schaute ihre Tochter verwundert an. Kasper strahlte erleichtert. »Ja, das machen wir!«, stieß er freudig aus, wurde gleich darauf jedoch ernst. »Aber … aber wir haben keinen Wagen mehr.«

Anneliese seufzte. »Daran habe ich nicht gedacht.«

»Dann stellt Heini euch seinen zur Verfügung«, entschied Frau Hering. »Das ist das Mindeste, was wir tun können. Und er fährt mit euch raus in den Wald, wird euch beim Zuschneiden des Holzes helfen, damit ihr es verkaufen könnt.«

Heinrich zögerte. »Was … was ist mit der Bäckerei?«

»Na, da werde ich dich vertreten«, sagte seine Mutter. »Und wegen Elvira, da mach dir mal keine Sorgen. Die wird das verstehen. Ist ja schließlich eine Notsituation. Man hilft sich gegenseitig. So steht's geschrieben.«

Als sich die Herings wenig später auf den Weg nach Hause machten, fühlte sich Anneliese seltsam unbeschwert. Vielleicht würden sie es mit Heinrichs Hilfe tatsächlich schaffen, die Raten zu bezahlen. Wenn alles wie erhofft verlief, würde Frau Hering sie bei der Suche nach einer Anstellung als Dienstmagd unterstützen. Laut ihr war sie dafür im besten Alter und hatte gute Aussichten, aufzusteigen – möglicherweise sogar eine Kammerzofe zu werden. Ein aufregender Gedanke, wenn dies auch bedeuten würde, ihre Familie zu verlassen.

♦♦♦

Die Nacht hatte sich über den Schwarzwald gesenkt. Stille hüllte die kleine Hütte ein.

»Ich hab noch Hunger.« Kasper legte die Arme um seine Mutter. Tags hatte sie sich über Stunden nicht gerührt, nun kam sie nur mit großer Mühe vom Stuhl hoch.

»Lass Mama sich ausruhen«, bat Anneliese und nahm Kasper an die Hand. »Setz dich hier her, ich mach dir was zu essen.«

Ächzend erhob sich Marva, schlurfte ohne ein Wort in die kleine Kammer unter der Dachstube und zog den Vorhang zu, der die Tür ersetzte.

»Was hat sie?« In Kaspers großen braunen Augen stand die Angst um seine geliebte Mutter. Auch Anneliese machte sich Sorgen. War Marva krank? Kummer und Erschöpfung hatten sie regelrecht betäubt. Noch dazu hatte sie mehr Zeit mit fremden Menschen in einem Raum verbracht als sonst in fünf Jahren nicht.

»Sie ist nur müde«, antwortete Anneliese, bemüht, ihre eigene Kraftlosigkeit zu verstecken. »Morgen geht es ihr wieder besser. Du wirst sehen.« Sie schenkte ihm ein aufmunterndes Lächeln und verstrubbelte sein Haar. Dann stellte sie ihm eine Schüssel mit Getreidebrei hin.

Als er fertig gegessen hatte, gingen sie schlafen. Dicht beieinander lagen sie auf der Matratze und horchten dem Wind, der ums Haus blies. Er kroch in jeden Winkel – heulend wie ein hungriges Tier. Anneliese hatte ihren Arm schützend um

Kasper gelegt, der leise wimmernd den Strohstern in seiner Hand drehte, den der Vater ihm zu Weihnachten geschenkt hatte. Damals hatte Kasper unbedingt lernen wollen, eigene Sterne aus Stroh zu basteln. Mittlerweile war er äußerst geschickt darin. Dieser eine Stern jedoch war für ihn etwas Besonderes. Er hütete ihn wie einen Schatz.

»Papa kommt nicht mehr zurück, oder?«

»Nein«, antwortete Anneliese in einem Ausatmen.

»Meinst du … denkst du, er hatte …?« Seine Stimme brach ein, doch sie ahnte, was er wissen wollte.

Rasch presste sie fest die Lider aufeinander und schloss für einen Moment die Augen, um die Tränen zurückzuhalten, die sich darunter gesammelt hatten. Sie wollte nicht weinen. Nicht schon wieder. Nicht vor Kasper.

Seit dem Morgen des Unfalls hatten sie darüber geschwiegen, was geschehen war. Sie hatten weder über das Wie noch das Warum gesprochen. Zu schrecklich war die Vorstellung gewesen, auf welche Weise ihr Vater zu Tode gekommen war. Jede Nacht plagten Anneliese Alpträume, in denen sie ihn wieder und wieder sterben sah. Darin hörte sie das Rotkehlchen perlend und wehmütig klagen.

Unmerklich schüttelte sie die Fetzen ihrer Träume von sich ab. Sie waren wie eine Heimsuchung.

»Nein. Er hatte keine Schmerzen. Es war schnell vorbei«, log Anneliese ihrem Bruder zuliebe und umschloss die Baumperle um ihren Hals so fest mit ihrer Hand, dass ihre Finger taub wurden.

»Hm«, machte Kasper und es klang, als wäre es ihr gelungen, diesen selbstzerstörerischen Gedanken aus seinem Köpfchen zu vertreiben. Doch er wich nur einem anderen.

»Was machen wir ohne Papa, Liese?«

»Wir … wir machen weiter.« Sie malträtierte ihre Unterlippe mit den Zähnen, dann nahm sie einen tiefen Atemzug. »Schlaf jetzt, kleiner Frosch.« Anneliese bemühte sich, zuversichtlich zu klingen. Aber die Wahrheit war, dass ihr der Gedanke an ein Leben ohne Vater Angst machte. Der Schrecken, der ihr am Tag seines Todes in die Glieder gefahren war, klebte an ihr wie Harz auf der Haut. Und es schien unmöglich, seine Spuren zu beseitigen.

Anneliese lauschte auf Ablenkung. Es knackte und knirschte im Gebälk. Das Holz dehnte sich aus, zog sich zusammen, verschaffte sich Platz – es arbeitete. So hatte Vater gesagt. Ganz in der Nähe der Hütte kreischte ein Fuchs. Laut und durchdringend.

Nun konnte sie die Tränen nicht mehr zurückhalten. Sie strömten über ihre Wangen, sammelten sich in der Kuhle zwischen Schlüsselbein und Schulter. Schnell wischte sie sie fort. Sie wollte stark sein. Für ihren Bruder, für ihre Mutter. Sie hatten einander. Vater hätte nicht gewollt, dass sie an der Trauer zerbrachen.

3

Schwielen

Bereits nach wenigen Wochen hatte sich die Nachricht von Johannes Holls Tod in Rietbach erschöpft. Und als im Frühsommer die Meldung vom Sieg der alliierten Truppen über Napoleon den Schwarzwald erreichte, sprach niemand mehr von dem Holzfäller. Seine Familie konnte nicht so leicht loslassen, war aber gezwungen, sich mit der Zukunft zu beschäftigen. Der Herbst war die beste Jahreszeit, um Holz zu verkaufen, weil die Menschen sich für den Winter eindeckten. Anneliese plante ihre ersten Marktbesuche für Mitte September. Bis dahin blieb noch etwas Zeit.

Die gute Frau Hering ließ ihnen mitteilen, dass ihr Sohn vorbeikäme, sobald er in der Bäckerei abkömmlich wäre. Heinrich würde dann mit ihnen das Holz aus dem Wald bringen. Mit dieser Aussicht gingen Anneliese die täglichen Pflichten einfacher von der Hand. Sie versorgte das Vieh, brachte junge Gemüsepflanzen in die Erde, bürstete die Kartoffeln und bereitete die Mahlzeiten zu, die auf dem Feuer köchelten. Die Arbeit half ihr, auf andere Gedanken zu kommen. Sie lenkte sie vom Kummer ab, der sich wie ein dunkler Schatten über sie alle gewölbt hatte. Aber sobald sie abends erschöpft im Bett lag, überrollte er sie förmlich. Dann hielten dunkle Gedanken sie vom Schlafen ab, wenn doch alles, wonach sie sich sehnte, die Erholung war. Dann grub sie die Fingernägel tief in ihre Haut, bis es blutete, um endlich etwas anderes zu fühlen als Schuld.

Anneliese kannte das Gesetz der Natur vom Erblühen und Vergehen, vom Geben und Nehmen. Sie war damit aufgewachsen und hatte gelernt, dem Wald respektvoll zu begegnen. Die Eltern hatten ihnen eingeschärft, dass nichts auf der Welt umsonst war – auch nicht die Vielfalt des Waldes. Für jeden abgeholzten Baum brachten Anneliese und ihr Bruder die Saat für einen neuen in die Erde. Mal einen Tannenzapfen, mal eine Eichel oder Buchecker. Manchmal war es eine Kastanie, die sie nahe der alten Germanenfestung fanden. Für Anneliese und Kasper war die verlassene Siedlung ein Zufluchtsort. Die Menschen, die hier einmal gelebt hatten, hatten die Natur verstanden. Sie waren sich ihrer alles umgebenden, unsichtbaren Kraft bewusst gewesen. Zielgerichtet hatten sie Pflanzen angebaut, – solche, von denen sie glaubten, sie wären magisch oder gar heilig.

Neben Kastanienbäumen und dichten Himbeersträuchern, waren die Mauerreste umgeben von kleinem Immergrün, Lavendel und breiten Holunderbüschen. Jedes Jahr im Mai brachten sie tiefschwarze Beeren hervor, die die Äste beschwerten. Aus ihnen kochte Marva einen Saft, der bei Erkältungen zum Einsatz kam. Die Himbeerblätter wurden zu Tee, der den Magen beruhigte, und die Kastanien verarbeitete sie zu einer Salbe, die Schwellungen linderte. In den vergangenen Kriegsjahren hatte Marva so manche Arznei an Kranke in den umliegenden Dörfern verkauft. Eine Zeit lang waren Leute von weither gekommen, weil sie von ihrer Heilkunst gehört hatten, und sämtliche Ärzte in die Lazarette beordert worden waren. Niemand war mehr da, der sich um die Menschen abseits der Front kümmerte. Was sie unweigerlich zu der alten Kunst zurückführte. In dieser Zeit fand die Natur wieder mehr Beachtung. Und wer dem Aberglauben trotzte und nichts auf das Gerede darüber gab, dass Marva Holl eine Hexe war, der konnte unter ihren Balsamen und Tinkturen ein wirksames Mittel gegen allerlei Leiden finden.

Anneliese hatte immer geglaubt, dass ihrer Mutter diese Wertschätzung gefiel, und sie hatte den Eindruck gehabt, dass es ihr Erfüllung brachte, etwas Gutes zu tun. Doch seit dem Tod ihres Mannes baumelten die getrockneten Kräuter unberührt am Balken. Stößel, Mörser und Reibe lagen verwaist auf der Anrichte in der Ecke der Stube, in der sie ihre Heilkunst für gewöhnlich schuf. Noch nie hatte Anneliese ihre Mutter so starr, so still erlebt. Sie, die stets ein Summen begleitet hatte und voller Schaffenskraft gewesen war, wirkte wie gefangen in ihrem Käfig der Trauer.

◆◆◆

Anneliese hatte es sich schlimmer vorgestellt, in den Wald zurückzukehren. Sie hatte sich davor gefürchtet, dass die Erinnerungen an den bisher furchtbarsten Tag in ihrem Leben sie einholen würden, sobald sie in die Nähe des geschlungenen Pfads käme, an dem ihr Vater gestorben war. Unverhofft wurde sie jedoch von Schönheit übermannt. Gänseblümchen und Rotklee bedeckten die Wiesen. Wildkräuter füllten ganze Berghänge: Spitzwegerich, Fenchel, Beifuß und Vogelmiere – ein Paradies für Kräuterheilkundige. Auf den Weiden setzten Butterblume und Löwenzahn farbliche Akzente, als hätte die Sonne ihre Kinder auf die Welt geschickt. Drumherum summten und brummten geschäftige Bienen und Hummeln. Schmetterling und Taubenschwänzchen tunkten ihre Rüssel in duftende Blütenkelche und flatterten zum nächsten reich gedeckten Tisch – eingepudert mit gelbgoldenen Pollen.

Aus Knospen waren Blätter geworden, aus Samen Blumen. Manchmal war Anneliese überwältigt von so viel schöpferischer Kraft, wie sie die Natur besaß. Von hoch oben balzte ein Auerhahn. Ein Reh sprang im Gras herum, titschte auf wie ein Ball, bevor es grazil ins Unterholz schlüpfte. Der Schwarzwald hatte ein völlig neues Gesicht aufgesetzt und an diesem Morgen im Juli war es, als entdecke Anneliese dessen Magie zum allerersten Mal. Keine Spur von Bedrohlichkeit oder Trübsinn – ein Schlaraffenland, erschaffen und gespeist mit dem Licht der länger gewordenen Tage.

Heinrich hatte sein Versprechen gehalten. Seit zwei Wochen fuhren er, Marva, Anneliese und Kasper gemeinsam in den Wald. Sie zerteilten die Bäume, die Johannes im Winter geschlagen hatte, und luden das Holz auf den Wagen. Es war die reinste Knochenarbeit, und umso dankbarer war Anneliese, dass er es ihnen ermöglichte, ihr Auskommen zu verdienen. Zwar kannten Anneliese und Kasper die Arbeitsabläufe, aber ihnen fehlte die Kraft in den Armen, um die Stämme zu bewegen, damit sie sich überhaupt zuschneiden ließen. Heinrich übernahm die Muskelarbeit, Tarik das Ziehen der Stämme auf den Weg. Marva, Anneliese und Kasper hackten und luden das Holz auf. Sie trugen Handschuhe des Vaters, die aber viel zu groß waren und deswegen immer von den Händen rutschten. Schlieren und Blasen blieben nicht aus. Abends spülten sie offene Wunden mit Salzwasser und verschlossen sie vor dem Zubettgehen mit einer Paste aus Kamille und Salbei.

Drei- bis viermal pro Woche schleppten und sägten sie von Sonnenaufgang bis -untergang. Mittags ruhten sie sich im

Schatten der großen Buche sitzend aus, unter der Anneliese auch schon mit ihrem Vater gerastet hatte.

Heinrich brachte ihnen frisches Graubrot mit und Haferküchlein, Ziegenkäse und Blut- und Leberwurst. Ein Gaumenschmaus, den die Kinder so nicht kannten. Wurst war teuer und kam deshalb bei ihnen so gut wie nie auf den Tisch. Marva brachte Äpfel aus dem Garten mit, und sie tranken eiskaltes Quellwasser vom Bach, den die Einheimischen Brinkeisel nannten. Man sprach über das Wetter und die große Stadt Freiburg mit ihrem Glockenturm, der bis in den Himmel ragte, und den beeindruckenden Wasserläufen, die sich durch die Straßen am Münsterplatz zogen.

»Aber Obacht, Bübli, dass du nicht reintappst ins Bächle.« Heinrich stupste Kasper sacht in die Seite. »Da landest du nämlich direkt neben einer Freiburgerin am Traualter. Die kannst du dir dann nicht mehr aussuchen. Dann musst du nehmen, was du kriegst. Ein Weib mit vorstehenden Zähnen, stinkenden Füßen oder einem Buckel so groß wie der Feldberg.«

»Ach herrje«, nuschelte Kasper und nickte, den Ernst der Lage begreifend, zwischen zwei Bissen Graubrot – offenbar fest entschlossen, die Warnung zu beherzigen.

Anneliese geriet ins Schmunzeln. Heinrich wusste stets etwas zu erzählen, das sie zum Lachen brachte. In seiner Gegenwart war es leicht, sich wohlzufühlen. Kein Wunder, dass Vater ihn einen Freund genannt hatte, dachte Anneliese und beobachtete ihn eingehend von der Seite. Er war gewiss nicht so schneidig wie ihr lieber Papa. Heinrich war von schlaksiger Statur, mit mausgrauem Haar, so licht, dass oben bereits die Kopfhaut durchschien. Aber er besaß ein angenehmes Wesen, das auch ihre Mutter zunehmend zu schätzen wusste. Eine Kupferschiene stabilisierte sein lahmes Bein an so manchen

Tagen. An anderen zog er es leicht hinter sich her. Wenn sich das Wetter änderte, litt er unter chronischen Schmerzen, die Marva mit einem Trunk aus Schwarzer Teufelskralle zu lindern wusste. Ein Geheimnis, das beide vor Elvira verbargen.

Die Zeit verstrich. Tage gingen ins Land, wurden zu Wochen. Inzwischen fühlte es sich normal an, dass Heinrich kam, sie mit gutem Essen versorgte und ihnen beim Holzmachen half.

◆◆◆

An einem Freitagnachmittag war Anneliese im Dorf unterwegs. Sie hatte Frau Furth die Tinktur gegen Flöhe gebracht, die diese bei ihrer Mutter bestellt hatte. Zwei Kreuzer hatte ihr die Furth dafür gegeben, die sie nun sicher in ihrer Umhangtasche verwahrte. Leichtfüßig lief Anneliese die schmale Straße hinunter bis zur Bäckerei. Sie wollte bei Frau Hering vorbeischauen und ihr die Vergissmeinnichte bringen, die sie auf dem Hinweg von einem Feld gepflückt hatte.

»Nicht mit mir! Damit ist jetzt Schluss. Ich habe das lange genug ertragen.«

Anneliese war gerade am Haus der Herings angekommen, als die zornigen Sätze aus der Backstube an ihr Ohr drangen. Elvira klang aufgebracht. Aber wann war sie das nicht? Anneliese verharrte dennoch vor der Tür stehend.

»Unmöglich, was du da von mir verlangst. Ist dir eigentlich klar, was das für ein Licht auf uns wirft? Was sollen wir denn deiner Meinung nach tun, wenn wegen dieser Sache niemand mehr bei uns kaufen will? Die Leute reden schon«, empörte sich Elvira.

»Das wird nicht passieren«, antwortete Frau Hering ruhig. »Die Leute wissen, dass Heini einfach nur helfen möchte. Die armen Kinder haben schließlich erst vor Kurzem ihren Vater verloren.«

Anneliese spitzte die Ohren. Sprachen die beiden etwa von Kasper und ihr?

Sie hörte Elvira abgehackt auflachen. »Und Marva? Egal, was du sagst, es ist klar, was diese Frau im Schilde führt. Sie will mir meinen Mann stehlen, jetzt, da ihrer unter der Erde liegt. Weißt du, früher, da hätte man einer wie der Marva den Prozess gemacht. Auf dem Scheiterhaufen wäre sie gelandet. Jawohl!«

Anneliese durchfuhr ein eisiger Schauer. Sie ballte die Fäuste. Was für eine boshafte Person Porschs Elvira doch war. Wie konnte sie nur?

»Du weißt ja nicht, was du da redest«, entgegnete Frau Hering scharf. Du und deine blindwütige Eifersucht. Du benimmst dich lächerlich.«

Eine kurze Pause kam auf, in der Anneliese lautes Atmen vernahm. »Wie kannst du dich nur auf ihre Seite stellen? Dass du es wagst! Das wird auf uns zurückfallen, Helga. Denk an meine Worte.«

Eine Tür fiel krachend ins Schloss, und Anneliese hörte Frau Hering aufseufzen. Sie überlegte, ob sie hineingehen sollte, hatte dann aber zu viel Angst. Stattdessen dachte sie über das Gehörte nach. Offenbar missbilligte Elvira es zutiefst, dass Heinrich ihnen half. Das war keine Überraschung, und doch waren ihre Worte messerscharf gewesen. Heinrichs Gattin hatte ihre Krallen gewetzt, und Anneliese ahnte, dass sie gerade erst zum Angriff ausholte. Die Vergissmeinnichte glitten aus ihren kraftlosen Händen, als sie kehrtmachte und so schnell ihre Beine sie trugen, aus dem Dorf rannte.

◆◆◆

Noch Tage später klang das Gespräch zwischen den beiden Hering-Frauen in Anneliese nach. Sie hatte überlegt, ihrer Mutter davon zu erzählen, doch dann fiel ihr die Veränderung ein, die Heinrich in ihr bewirkt hatte, und sie schwieg. Anneliese wollte das kleine Glück, das ihre Mutter gefunden hatte, nicht zerstören. Marva summte wieder bei der Arbeit. Sie sah mit mehr Interesse den Rotkehlchen und Blaumeisen zu, die Getreidekörner vom Fensterbrett pickten, und war sogar zu ihrer Kräuterkunst zurückgekehrt. Als hätte Heinrich sie aus ihrem Schneckenhaus geholt. Manchmal hielt sie sogar ein Lächeln für ihn bereit, das kein bisschen von der Unsicherheit enthielt, die man von ihr gewohnt war.

Zweifellos tat Heinrich ihnen allen gut. Er kümmerte sich, nahm sich wie selbstverständlich der Dinge an, die zu reparieren waren. Das Loch im Dach war geflickt, und er hatte Großvaters Fuhrwerk instand gesetzt, das all die Jahre unberührt neben der Scheune gestanden hatte. Schmerzlich wurde Anneliese bewusst, wie sehr ihr Vater fehlte. Sein einstiger Kamerad schloss diese Leere – wenn auch nur vorübergehend.

♦♦♦

Drei Monate vergingen, und es fühlte sich fast normal an, dass Heinrich Zeit mit ihnen verbrachte. Anneliese musste sich immer wieder in Erinnerung rufen, dass es das nicht war.

Am meisten Sorge bereitete ihr die Mutter. In der willkommenen Harmonie mit Heinrich, inmitten des kleinen Idylls am Waldrand, schien sie gelegentlich zu vergessen, dass er zu einer anderen gehörte. Gleichwohl tat sich Heinrich mit jedem neuen Tag schwerer damit, die Holls am Abend zu verlassen.

Anneliese hätte ihrer Mutter durchaus eine weitere Heirat gegönnt. Immerhin war sie mit ihren vierunddreißig Jahren im besten Alter. Aufgrund ihres jugendlichen Äußeren schätzten sie die meisten auf Mitte zwanzig. Aber Heinrich war verheiratet, und sie konnten beim besten Willen keinen Ärger mit dem Dorf gebrauchen.

Kasper schien nichts Ungewöhnliches aufzufallen. Anneliese jedoch spürte, dass sich zwischen Heinrich und ihrer Mutter etwas entwickelt hatte, das unerlaubt war. Sie dachte an Elviras boshafte Worte, und der Gedanke daran, dass deren Eifersucht begründet sein könnte, schnürte ihr die Kehle zu. Sie fühlte sich furchtbar, weil sie ihn für einen Moment zuließ.

»Nein!«, widersprach sie sich vehement, als die Vorstellung, Elvira könne recht haben, sie zu übermannen drohte. »Das würde sie nicht tun. Und er auch nicht.«

Anneliese hasste sich dafür, das zänkische Geschwätz der jungen Hering auch nur überdacht zu haben. Sie tat es als absurd, als völlige Umnachtung ab und nahm sich vor, dass es sie nicht weiter beschäftigen sollte. Der Spätsommer hielt leise Einkehr, und die letzten Stämme warteten im Wald darauf, zerteilt und abtransportiert zu werden. Bald schon wäre die Scheune mit Holz gefüllt. Und dann würde es sich ohnehin erledigt haben, dachte sie.

Die Sonne schien weißglühend durch die Bäume. Amseln sangen gegen die sengende Hitze an, die sich seit Tagen hartnäckig hielt. Der Brinkeisel war nur noch ein schmales Rinnsal. Kasper und Anneliese mussten bis weit oben zum Bachlauf gehen, um ihre Flaschen aufzufüllen. Völlig verschwitzt kehrten sie zur Buche zurück und ließen sich in deren Schatten fallen.

Marva saß mit Heinrich dicht am Stamm und zeichnete mit einem Stock Muster in den Waldboden. Heinrich schaute ihr mit verklärter Miene dabei zu. Anneliese war aufgefallen, dass er sie immer öfter lange und intensiv ansah. Sein Blick tastete dabei über ihr Gesicht, ihren Körper, ihr haselnussfarbenes Haar. Diesmal ertappte auch Marva ihn. Mit hochrotem Kopf wandte er sich ab und grinste wie ein Schuljunge hinter vorgehaltener Hand. Anneliese registrierte das Verhalten der beiden mit ansteigender Besorgnis. Sie räusperte sich mehrmals hintereinander laut, so dass alle Blicke zu ihr schweiften. Kaspers irritiert. Marvas und Heinrichs überführt.

»Was ist denn?«, fragte Kasper aufmerksam.

Anneliese winkte ab. »Ach. Gar nichts.«

An diesem Tag beschlossen sie, früher mit der Arbeit aufzuhören, und machten sich auf den Heimweg.

»In Freiburg, da gibt es Häuser mit goldverzierten Erkerfenstern und steinernen Wasserspeiern«, erzählte Heinrich, als das Fuhrwerk über den Waldweg holperte.

Kasper staunte mit offenem Mund. »Echtes Gold? Ich glaub's ja nicht«, meinte er an Anneliese gewandt. Gleichgültig zuckte sie die Schultern.

»Was sind Wasserspeier?«, hakte Kasper nach. »Sehen wir uns die an, wenn wir in Freiburg sind?«

»Sicher«, entgegnete Anneliese mürrisch.

Die große Stadt übte auf Kasper seit jeher eine magische Anziehung aus. Sobald sie mit der Arbeit fertig wären, würde Anneliese sich mit ihm auf den Weg machen und das Brennholz auf dem Münsterplatz anbieten. Mit ein wenig Glück würden sie auch etwas davon im Dorf verkaufen können. Heinrich aber stimmte ihnen zu, dass der Freiburger Markt weit mehr Möglichkeiten bot. Vater hatte ihn jeden Mittwoch und Freitag besucht und war nicht selten mit einer klimpernden Börse zurückgekehrt. Einmal war Anneliese mit ihm dort gewesen. Sie hatte über die vielen bunten Stände gestaunt, und das rege, geschäftige Treiben hatte ihr gefallen. Bestimmt war es ein Leichtes, in Freiburg Geld zu verdienen.

An diesem Abend blieb Heinrich zum Abendbrot. Es gab dicke Blutwürste, frisches Brot und einen Kirschkuchen mit den ersten süßen Früchten aus dem Obstgarten. Mutter hatte ihn eigens für sie gebacken.

Satt und müde gingen Anneliese und Kasper anschließend hinauf. Die Nacht hatte die ersehnte Abkühlung gebracht. Unter dem Dach blieb es dennoch zu warm. Die Hitze hatte sich angestaut und war wie gefangen in einer zu kleinen Zelle. Trotz ihrer Erschöpfung tat sich Anneliese schwer damit, einzuschlafen, und so lauschte sie auf die Geräusche ihrer Umgebung. Eine Eule schreckte mit einem lang gezogenen »Huu-hu-huhuhuhuu« die Mitternachtsstunde auf. Unweit von ihr entfernt erwiderte ein Kauz ihren Ruf. Bedächtig plätscherte der Bach vorm Haus, wenn auch weniger aufdringlich als sonst. Am Anfang des Jahres hatten sie den Regen verdammt, nun blieb er schon seit fast drei Wochen aus. Die Dürre machte den Pflanzen allmählich zu schaffen. Wenn es nicht bald regnete, dachte Anneliese besorgt, würde ihr Bächlein austrocknen wie schon der Brinkeisel vor ihm, und sie mussten bis ins Dorf laufen, um Wasser aus der Zisterne zu holen.

Anneliese hörte Kaspers fließenden Atem. Wie gelang es ihm nur, immer so schnell einzuschlafen? Grummelnd kuschelte sie sich in die dünne Decke und schloss die Augen. Sie schaffte es in einen leichten Schlaf, war jedoch beim kleinsten Geräusch wieder wach. Zuerst war sie sich nicht sicher, was sie geweckt hatte, doch dann hörte sie, wie sich Heinrich mit ihrer Mutter unten in gedämpfter Lautstärke unterhielt. Die Worte waren undeutlich – nur Geflüster, so dass sie sie nicht verstand. Anneliese rührte sich nicht.

Er sollte längst weg sein, mahnte die Stimme in ihrem Kopf. Warum fährt er nicht endlich weg? Ihr Herz polterte aufgeregt gegen den Brustkorb. Sie lauschte ungeduldig und mit angehaltenem Atem. Im Stockwerk unter ihr wurde der Vorhang zugezogen, dann hörte sie das kontinuierliche Knarren des Bettgestells. Von Unbehagen gepackt, hielt sie sich die Ohren zu. Anneliese wollte verschwinden, sich in Luft auflösen. Verzweifelt vergrub sie ihren Kopf unter dem Kissen, schloss fest ihre Augen. Nichts hören, nichts sehen, nichts bemerken. Ihr Verstand suchte die Leere, ließ sich aber nicht abstellen. Anneliese konzentrierte sich auf die Nacht außerhalb der kleinen Hütte. Die Geräusche des Waldes waren wie ein Schlaflied für sie. Dank ihnen konnte sie der Unerträglichkeit des Wachseins entkommen.

Am nächsten Morgen waren sie allein. Endlich, dachte Anneliese und war heilfroh, dass Heinrich an diesem Tag nicht in die Hütte kam, auch nicht am darauffolgenden.

Eine Woche verstrich. Jeden Morgen lauschte sie von der Dachstube aus auf seinen Wagen, auf das Geklapper der Hufe seines Pferdes, das leise Klirren des Geschirrs. Doch es blieb still.

4

Rosa

Spätestens seit dem letzten Feldzug, in dem Soldaten sämtliche Getreidespeicher geleert hatten, war der Hunger ein allgegenwärtiger Begleiter der einfachen Menschen geworden. Viele hatten sich in ihrer Verzweiflung an Geldverleiher gewandt. Die Not der Armen hatte einen völlig neuen Berufszweig hervorgebracht. Leute wie Ernst Finken schossen wie Pilze aus dem Boden. Hohe Zinsen waren Erfolg versprechend. Die einzige Voraussetzung für das Ausüben des Amtes waren gewisse Charaktereigenschaften. Laut Marva gehörte neben einem Händchen für Geldgeschäfte ein nicht zu unterschätzendes Maß an Niedertracht dazu.

Dass Ernst Finken diese Qualifikationen erfüllte, war Anneliese gleich klar geworden, als sie ihn kennengelernt hatte. Umso wichtiger war es, die Schulden schnell zu begleichen. Nach zwei ertragreichen Erntejahren hatte Johannes einen Großteil an ihn zurückzahlen können. Dieser Vorsprung war nun ein Segen für die Familie. Laut dem Vertrag, den Anneliese sorgsam verstaut zwischen Geburtsurkunden in Vaters Bibel entdeckt hatte, stand die nächste Zahlung erst im November an. Bis dahin musste gespart werden. Es galt, den kleinen Hof zu unterhalten. Mehl, Salz und Schmalz sowie das Futter für die Tiere mussten bezahlbar bleiben. In der Scheune wartete das Brennholz darauf, verkauft zu werden. Am Morgen war Anneliese mit Kasper in Rietbach von Haus zu Haus gegangen, aber niemand hatte es gewollt. Nur Frau Hering hatte ihnen, im Tausch gegen zwei Brotlaibe, ein Bündel abgenommen. Kurz hatten sie auch Heinrich gesehen. In der Backstube hatte er den Ofen angeheizt und sie müde lächelnd gegrüßt, ehe Elvira ihnen die Tür vor der Nase zugeschlagen hatte.

Freiburg, dachte Anneliese hoffnungsvoll am selben Abend, als der Wind an den Fensterläden rüttelte. In der Stadt waren die Menschen ihrer Ware gegenüber bestimmt aufgeschlossener. Die Anonymität käme ihnen sicherlich zugute. Sie zog die Wolldecke über Kaspers Schultern und schmiegte sich an ihn, ehe die Müdigkeit sie überfiel und sie in einen tiefen, traumlosen Schlaf glitt.

◆◆◆

»Ich sage es noch einmal. Mir ist nicht wohl dabei, wenn ihr beide nach Freiburg fahrt.« Marva schob den Brief von sich weg und stieß einen ungeduldigen Seufzer aus. »Das ist keine Arbeit für ein Mädchen und erst recht nicht für ein Kind.«

»Aber Mama! Ich bin schon groß genug«, sagte Kasper, der nicht verstand, wieso sie ihre Meinung plötzlich geändert hatte. Anneliese dagegen schon. Sie ahnte, dass ihr Stimmungswechsel auf Heinrich zurückzuführen war, der sich seit der gemeinsamen Nacht nicht mehr bei ihnen hatte blicken lassen. Mit ihm schien auch der Mut Marva wieder verlassen zu haben.

»Wir müssen es auf dem Markt versuchen, Mama«, bekniete Anneliese sie. »Du weißt, dass es so ist. Ich verspreche, wir werden aufeinander achtgeben. Du hast gelesen, was Finken geschrieben hat. Er will sein Geld. Keinen Tag später dürfen wir es ihm bringen. Sonst kommt er her und …«

»Vielleicht kommt er auch, um neu zu verhandeln. Um uns einen Aufschub zu gewähren. Er weiß, was eurem Vater zugestoßen ist.« Marva entfaltete den Brief erneut und starrte angestrengt darauf, als suche sie zwischen den Worten nach einer versteckten Botschaft.

Anneliese schüttelte den Kopf und nahm ihr den Brief aus der Hand. »Wohl eher nicht. Ich wette, der will sehen, wie viel unser Hof wert ist. Du weißt, was Papa über ihn gesagt hat. Wir müssen sehr vorsichtig sein.«

Marva stöhnte vernehmlich. In den vergangenen Tagen hatten sie oft über den Geldverleiher gesprochen und wozu er fähig war. Obwohl sie abgeschieden lebten, war auch ihnen bereits zu Ohren gekommen, dass er die Häuser von Familien zwangsräumen ließ – ohne mit der Wimper zu zucken.

Marva gab notgedrungen nach. »Versucht es in Freiburg. Aber ihr müsst mir versprechen, euch nicht aus den Augen zu verlieren. In der Stadt, da ist es nicht wie hier. Ihr werdet umgeben sein von den gefährlichsten Raubtieren der Welt.«

Kasper blinzelte perplex. »Du meinst Bären?«

Anneliese lächelte betreten. »Nein. Was Mama meint, ist … was ganz anderes.«

Meist überspielte ihre Mutter ihre Enttäuschung über das Leben. Es kam jedoch vor, dass ihre Fassade bröckelte. Dann wölbte sich die Frustration an die Oberfläche, und Unbedachtes sprudelte aus ihr heraus. Anneliese hatte gehofft, sie würde es diesmal gut sein lassen und Kasper nicht weiter mit Dingen verwirren, die er noch nicht verstand.

»Weißt du, mein kleiner Frosch«, begann Marva zu Annelieses Ernüchterung und zog Kasper auf ihren Schoß. »Jene, die ich meine, sind viel blutrünstiger und skrupelloser.«

Kaspers Augen weiteten sich vor Schreck, und Anneliese seufzte zermürbt auf.

»Mama, bitte.«

»Ich rede von Menschen«, erläuterte Marva verdrossen. Sie wiegte Kasper wie ein Kleinkind und vergrub das Gesicht an seiner Schulter. Willenlos ergab er sich ihrer Umarmung, obgleich seine Miene Verwirrung ausdrückte. Anneliese schüttelte leicht den Kopf und lächelte besonnen.

»Sie macht nur Scherze.«

◆◆◆

Obst und Gemüse, Fleisch, Fisch, Käse, Wolle und Blumen. Der Freiburger Markt war genauso farbenfroh, wie Anneliese ihn in Erinnerung hatte. Dutzende Buden waren auf dem gepflasterten Platz um das Münster geschart. Unmengen von Droschken standen zu einer Seite, setzten Mägde mit Körben ab, feine Damen in pompösen Kleidern und geschniegelte Herren. Händler boten ihre Waren feil, übertönten sich gegenseitig und riefen den flanierenden Kunden ihre unschlagbaren Angebote zu. Geschäfte wurden gemacht, wo man hinsah.

Beim Anblick des lebhaften Treibens echoten in Anneliese die Worte ihres Vaters. Der große Markt, so hatte auch er einst gesagt, sei kein Ort für ein junges Mädchen. Nur widerwillig hatte er sie damals mitgenommen. Zwischen ehrlichen Kunden hielten sich Diebe und Halunken versteckt. Für ein ungeschultes Auge waren sie nicht voneinander zu unterscheiden. Inzwischen aber war viel geschehen. Anneliese war gereift und fühlte sich auf dem überfüllten Platz weit weniger unwohl. Dennoch hatte sie die Warnungen ihres Vaters nicht vergessen. Und so schärfte sie Kasper auf der Fahrt in die Stadt folgende Regeln ein:

- Stets zusammenbleiben
- Zwielichtige Gassen meiden
- Niemals die Börse in der Öffentlichkeit zeigen, denn das kam einer Einladung für Diebesgesindel gleich.

Nachdem Anneliese ihn mit den Grundsätzen vertraut gemacht hatte, hatte Kasper abgewunken und betont, dass er sämtliche Räuber mit einem gezielten Tritt in den Wanst in die Flucht schlagen würde. Sorglos hatte er wieder ein Lied angestimmt, im Takt dazu mit den Füßen gewackelt und die vorbeiziehende Landschaft bewundert.

Auf dem Münsterplatz angekommen holte ihn dann doch die Realität ein. Die vielen Menschen, die Lautstärke, das vorherrschende Durcheinander ließen ihn schlagartig verstummen, und er wich seiner Schwester nicht von der Seite. Zusammen hatten sie ihren kleinen Stand nach bestem Wissen hergerichtet. Die gebündelten Holzscheite boten sie direkt vom Fuhrwerk aus an. Ein paar davon hatten sie vor sich aufgestapelt.

Tarik blieb hinter ihnen und begnügte sich mit einer Schaufel Hafer und etwas Stroh. Er war den Markt gewohnt. Viele Male hatte er den Wagen schon nach Freiburg gezogen, und wie all die anderen Pferde und Ochsen, die die Waren herbrachten, wirkte er gelassen und ausnahmslos geduldig. Ganz im Gegensatz zu Anneliese. Nervös ließ sie ihren Blick schweifen.

Sie waren nicht die Einzigen, die Brennholz anzubieten hatten. Die meisten Händler besaßen imposantere Stände, sogar das Holz sah frischer aus. Hinzu kam, dass Anneliese die Erfahrung im Verkauf fehlte. Sie beobachtete ihre Mitstreiter genau, während Kasper mit einem Holzscheit und seinem Schnitzmesser auf dem Wagen saß und von dort aus den Markt überblickte. Neben ihnen bot ein älterer Mann Schurwolle an. Er war in Begleitung eines Mädchens mit feuerrotem Haar und so vielen Sommersprossen im Gesicht, wie Anneliese sie noch nie gesehen hatte.

»So musst du es machen.« Das Mädchen schien ihre Unsicherheit bemerkt zu haben und stellte sich vor ihren Stand. Es hielt einen Korb in die Höhe, der bis oben hin gefüllt war. »Wolle, feinste Wolle. Für Bettwaren und Kleidung«, rief sie in eine Art sich ständig wiederholendem Sing-Sang und die Menschen sahen sie an, einige blieben stehen, kauften.

Nachdem Anneliese sie eine Weile beobachtet hatte, traute sie sich mehr zu. Entschlossen trat sie vor. Ein gebündeltes Paket mit Scheiten in der Hand, rief sie noch etwas unbeholfen: »Holz, Anzündholz. Zum Heizen, zum Kochen.«

Ein Mann blieb kurz stehen, strich sich mit Daumen und Zeigefinger gedankenvoll den Bart und setzte dann seinen Weg fort. Eine Magd hörte sich interessiert ihre Offerte an, überschaute mit gekräuselter Nase das Sortiment und ging weiter. Anneliese imitierte das Mädchen mit dem roten Haar und erhob ihre Stimme, bot das Holz lauter, energischer feil. Ohne Erfolg. Während sie von den meisten umstehenden Marktleuten belächelt wurden, zeigte sich der alte Wollhändler mitfühlend.

»Macht euch nichts daraus. Die Geschäfte laufen für keinen mehr wie früher. Den Leuten fehlt das Geld.« Er griff in seine Satteltasche und holte eine Handvoll Stachelbeeren heraus, die er Anneliese und Kasper reichte.

»Habt Geduld. Das wird schon«, pflichtete ihm das Mädchen bei. »Ich bin übrigens die Marie. Das da ist mein Großvater Nikolaus.« Sie deutete mit dem Kinn zum alten Mann hin, der gerade Wolle für einen Kunden abwog.

Anneliese stellte sich und Kasper vor, der nur kurz die Hand zum Gruß hob und dann wieder in seiner Schnitzerei versank.

»Gefällt mir, was er da macht«, sagte Marie.

Anneliese zuckte die Schultern. »Er arbeitet gern mit Holz.«

Sie nickte anerkennend. »Das sehe ich.«

»Marie?« Nikolaus zitierte sie zurück an den Wollstand, vor dem nun gleich mehrere Leute standen und darauf warteten, bedient zu werden. Anneliese fuhr mit neuem Mut fort. Sie rief ihre Preise in die Menge, ging damit so weit runter, dass sie kaum Gewinn erzielen konnten. Es war ihr gleich. An diesem ersten Tag ging es darum, zu verkaufen – egal wie. Sie hatte gerade die Holzscheite ansehnlich aufgeschichtet, da schoss ein Schwein unter lautem Quieken dicht an ihnen vorbei. Die Menschen stoben zur Seite, um erst dem erschrockenen Tier, dann dem Metzger, der mit dem Beil in der Hand schreiend hinter ihm herrannte, Platz zu machen. Anneliese wurde gegen ihren Wagen gedrängt, und die aufgeschichteten Holzscheite purzelten auf den Weg. Ein feiner Herr mit auffällig gezwirbeltem Schnurrbart, der unbeeindruckt von dem Durcheinander an ihrem Stand vorbeigeschlendert kam, sah das Hindernis zu spät und geriet ins Stolpern. Gerade noch rechtzeitig gelang es ihm, sich mit seinem Spazierstock abzufangen, doch sein Hut rutschte ihm vom Kopf und landete in einer Pfütze.

»Tölpelhaftes Ding! Kannst du nicht besser aufpassen, wo du deine Ware lässt?« Erbost trat er nach dem Scheit, den Anneliese gerade aufheben wollte, dann klaubte er fluchend seinen Hut vom Boden. »Ruiniert! Dafür sollte ich dich beim Marktmeister melden.«

»Bitte nicht … das Schwein …«, stammelte Anneliese eingeschüchtert. »Es hat …«

»Sehe ich so aus, als würde mich das interessieren?« Pikiert wandte er sich zum Gehen. Hinter ihm her trottete ein Junge. Er musste etwa in Annelieses Alter sein. An seinem Samtrock und den blank geputzten Lederschuhen erkannte Anneliese, dass auch er der feinen Gesellschaft angehörte, die sich nur selten auf den Markt verirrte. Er blieb bei ihnen stehen und sah zu, wie Anneliese und Kasper ihre Ware vom Boden aufsammelten.

»Ich hoffe, die Sau konnte entkommen«, sagte er zu Anneliese, als sich ihre Blicke kreuzten, und ihr fielen seine tiefblauen Augen auf. Sie nickte mit einem verlegenen Lächeln.

»Ich mag eure Figürchen.« Der Junge deutete mit dem Kinn auf Kaspers Schnitzereien, dann half er ihnen, die Scheite aufzulesen und sie zurück auf den Wagen zu legen. Als sie fertig waren, standen sie kurz verunsichert beieinander.

»Gib ihm eine Figur zum Dank.« Anneliese stupste Kasper in die Seite, und ihr Bruder reagierte prompt.

»Hier. Ist für dich.« Kasper reichte dem Jungen eine kleine Holzente, die kaum größer war als sein Daumen.

Der Junge strahlte. »Besten Dank auch!«

»Friedrich!« Die raue Stimme des unfreundlichen Mannes erklang, und der Junge wandte sich erschrocken danach um.

»Ich muss gehen«, meinte er bedauernd, schenkte Anneliese noch ein letztes Lächeln und schloss dann zu dem Mann auf. Anneliese und Kasper schauten ihm nach, bis er in der Menschenmenge verschwunden war.

»Der tut mir leid.« Kasper stöhnte. »Der fiese Furz ist bestimmt sein Vater.«

»Ja«, seufzte Anneliese. »Aber wenigstens muss er sich keine

Gedanken darüber machen, ob was zu essen auf den Tisch kommt.«

Kasper zuckte unschlüssig die Schultern und kehrte zu seinen Figuren zurück.

Auch Anneliese fuhr mit der Arbeit fort. Sie ahmte die Marktschreier nach, die allesamt lauter zu sein schienen, so lange bis ihre Stimme ganz heiser war und ihr Mund trocken.

Am Ende hatten sie dennoch kaum etwas verkauft, beschlossen aber, nicht aufzugeben. Doch mit jedem weiteren ernüchternden Markttag sank Annelieses Zuversicht. Ihr war klar gewesen, dass es nicht einfach werden würde. Dass es jedoch so schwierig wäre, das Holz loszuwerden, damit hatte sie nicht gerechnet. Immerhin stand der Winter bevor, die Menschen brauchten Heizmaterial. Anneliese konnte sich nicht erklären, was sie falsch machten. Der Käseverkäufer von gegenüber riet ihnen bereits, nicht mehr wiederzukommen. Es würde nichts bringen und wäre für niemanden gut, da sie mit ihrem mickrigen Stand nur unnötig Platz verschwendeten. Marie und ihr Großvater hingegen gaben ihnen nicht das Gefühl. Bei ihnen erfuhren Anneliese und Kasper Freundlichkeit und Hilfsbereitschaft. So gaben sie zwischendurch acht auf ihren Stand und auf Kasper, wenn Anneliese ihre Runde über den Markt unternahm, auf der Suche nach Tauschgeschäften.

Trotz alledem wurden die darauffolgenden Wochen für die Geschwister zu einer nicht enden wollenden Nervenprobe. Ihre enttäuschenden Versuche zeigten ihnen, dass der Käseverkäufer mit seiner überheblichen Rede nicht unrecht hatte. Ob montags oder dienstags, mittwochs oder donnerstags – für die Freiburger blieben sie nahezu unsichtbar. Die Kunden zogen es vor, bei Männern einzukaufen, deren Fuhrwerke größer waren und deren Stände mit Markisen und Tischen aufwarteten – fast wie ein Kolonialwarenladen. Die anfängliche Euphorie bei Anneliese und Kasper war längst verflogen. Manchmal hielten sie noch Ausschau nach dem freundlichen Jungen mit den tiefblauen Augen, sahen ihn aber nicht wieder.

♦♦♦

Die Sonne schien von einem wolkenlosen Himmel. Bei schönem Wetter war es etwas einfacher, den Markt zu ertragen, fand Anneliese. Sie war mit Kasper gerade dabei, einzupacken, als eine Frau an sie herantrat. Sie war ungefähr Mitte dreißig, trug ein auffälliges purpurfarbenes Kleid und eine hohe schwarze Perücke mit rotem Federschmuck.

»Ihr seid neu. Euch habe ich noch nie gesehen.« Sie schaute flüchtig erst Kasper, dann den Wagen an. Angeregt blickte sie daraufhin an Anneliese hinauf.

»Sagt, wo kommt ihr her?«

»Aus Rietbach«, antwortete Anneliese.

»Da schau her.« Die Frau nickte lang anhaltend. »Ein weiter Weg«, befand sie schließlich, als kenne sie sich bestens aus. »Ihr seid allein?«

»Nein. Wir treffen unseren Vater später.« Anneliese erwog, dass es sicherer sei, sie anzuschwindeln.

»So ist das also.« Die Frau ging vor ihr auf und ab, dabei begutachtete sie sie genau. Anneliese zog die Brauen zusammen und wechselte einen irritierten Blick mit ihrem Bruder. Kasper zuckte nur ratlos die Schultern.

»Kann ich Ihnen etwas anbieten? Wir räumen zwar schon ein, aber wir könnten Ihnen einen anständigen Preis …«

Die Frau unterbrach Anneliese mit einer ausholenden Handbewegung wie eine Kaiserin, die den Pöbel zum

Schweigen bringen will. Ihre rot geschminkten Lippen verzogen sich zu einem breiten Lächeln. Eine wie sie hatte Anneliese noch nie gesehen. Sie wirkte nicht wie eine Dame der feinen Gesellschaft. Eher wie jemand, der eine Theaterrolle spielte. Ihre auffällige Kleidung war aus der Nähe betrachtet abgetragen – der Saum ihres Kleides ausgefranst.

»Für zwei Schilling gebe ich Ihnen das Brennholz«, verhandelte Anneliese dennoch weiter, in der Hoffnung, ihre Hartnäckigkeit würde sich auszahlen.

»Nicht doch, nicht doch.« Die Augen der Frau glänzten lüstern, als sie ihre rechte Hand aus dem Beutelmuff und an Annelieses Wange führte. Diese wich vor ihr zurück.

»Ich habe kein Interesse an Holz«, verriet die Frau endlich. »Aber sag, wie alt bist du, mein Kind?«

»Alt genug«, antwortete Anneliese mürrisch. Sie hatte keine Ahnung, warum die Frau das wissen wollte.

Die Frau hob verzückt das Kinn. »Und wie lautet dein Name?«

»Wie lautet denn Ihrer?«, entgegnete Kasper keck vom Wagen aus. Anneliese betrachtete die Fremde mit ansteigender Ungeduld. Vater hatte sie stets angehalten, skeptisch gegenüber den Stadtleuten zu sein. Man konnte nie wissen, mit wem man es zu tun hatte.

»Nur recht, dass ihr das zu wissen verlangt«, trällerte die Frau und verneigte sich knapp. »Rosa Bornstedt mein Name. Zu Diensten. Ihr dürft mich Rosa nennen. Ausnahmsweise.«

»Anneliese. Das da ist Kasper.«

Rosa grinste zufrieden und winkte Kasper übertrieben freundlich zu.

»Wenn Sie kein Holz kaufen wollen, was möchten Sie dann?«, erkundigte Anneliese sich.

»Oh, ich führe nichts im Schilde, Kindchen. Sei ganz beruhigt. Aber … würdest du mir einen Gefallen tun? Ginge das, ja? Nichts Schlimmes, keine Sorge. Ich bezahle auch dafür.« Sie holte eine Silbermünze aus ihrem Beutelmuff und drehte sie verführerisch zwischen Daumen und Zeigefinger, so dass sie in der Sonne glänzte.

Anneliese runzelte die Stirn. »Was für ein Gefallen?«

»Nimm dein Kopftuch für mich ab. Ich will dein Haar sehen.« Etwas Kaltes lag in Rosas Stimme. Ein merkwürdiger Gefallen, schoss es Anneliese indes durch den Kopf. Rosa hob einen Mundwinkel an, schnalzte mit der Zunge und hielt ihr die Silbermünze hin wie einem Fisch einen Köder. Rosas Augen blitzten kurz unheilvoll auf.

»Das ist viel Geld, nicht wahr, Anneliese?«

Sie nickte stumm. Funkelnd und schwer lag die Münze in ihrer Hand. Der Verdienst eines Monats. Er allein reichte fast aus, um die Rate an den Finken zu bezahlen. Anneliese knirschte mit den Zähnen. Sie stieß laut den Atem aus, dann schaute sie von der Münze auf, direkt in Rosas zufriedene Miene.

»Na, was ist nun?« Mit einer flotten Handbewegung bedeutete sie ihr, der seltsamen Bitte nachzukommen. Annelieses Magen verkrampfte sich. Sie zauderte, verbiss sich jedoch ein Nein und legte ihr Tuch ab. Langsam öffnete sie ihren Flechtzopf, sodass ihr das lange blonde Haar wie flüssiges Gold um die Schultern floss.

Rosas Augen strahlten, als sie sie umrundete und von allen Seiten musterte. »Wahrlich. Du bist eine Rarität, Anneliese. Die Münze ist gut investiert. Du bist weit mehr wert.«

Annelieses Magen krampfte erneut. Ihr war schlecht in Gegenwart dieser Frau. Für einen Moment dachte sie darüber nach, ihr das Geld zurückzugeben und sie fortzujagen. Hätten sie es nicht so nötig gehabt.

»Du hast ein bildhübsches Gesicht, Anneliese. Das wird vielen gefallen. Auch deine Figur ist ansehnlich.« Rosa spitzte die Lippen, legte den Kopf schief und holte eine getrocknete rote Rose aus ihrer Umhangtasche, die sie Anneliese reichte. »Komm mich doch mal in der Wolfshöhle besuchen, wenn du genug vom Holzgewerbe hast. Der Rote Salon ist nicht zu übersehen.« Sie zwinkerte ihr zu und schritt mit erhobenem Kinn davon.

Befangen hielt Anneliese die süßlich duftende Rose. Der Gefallen hallte noch in ihr nach.

»Eine seltsame Dame war das. Kam sich wohl elegant vor. Aber elegant fand ich die gar nicht.« Kasper lud das Holz auf den Wagen.

»Das war keine Dame«, raunte Anneliese.

»Was sonst?«

»Ich bin nicht sicher, aber ich glaube, sie ist eine Dirne.« Anneliese dachte laut. »Mutter hat mir von ihnen erzählt.«

»Aha. Und … was machen die so?«

»Das willst du nicht wissen.« Anneliese nahm Tarik am Zügel.

»Sie hat dir eine Münze geschenkt«, merkte Kasper an.

»Ja.« Anneliese griff in ihre Schürzentasche und betrachtete die Münze nachdenklich.

»Bestimmt ist sie reich.«

»Das glaube ich nicht, Kasper.«

»Warum sollte sie dir sonst einfach Geld schenken?«

Das war kein Geschenk, kam es Anneliese sofort in den Sinn. Wieder loderte das mulmige Gefühl in ihrer Magengrube auf.

»Kein Wort zu Mama über diese Frau. Und wegen der Silbermünze, da sagen wir ihr einfach nur, wir hatten einen großzügigen Käufer. Hast du mich verstanden? Ich will nicht, dass sie sich unseretwegen sorgt. Dann lässt sie uns am Ende nicht mehr herkommen.«

Kaspers weicher Mund verhärtete sich, sodass er Anneliese an den Vater erinnerte.

»Versprich es!«, forderte sie.

Kasper grummelte, ließ sich dann aber darauf ein. Sie packten alles zusammen und machten sich auf den Weg nach Hause.

Wieder zurück in der Hütte ging Anneliese die Begegnung mit Rosa Bornstedt nicht aus dem Kopf. Obwohl sie es sich nicht eingestehen wollte, wusste sie, warum sich Rosa für sie interessiert hatte. Sie hatte sie in Augenschein genommen wie potenzielle Ware.

Diese Demütigung!

Anneliese legte die Rose zwischen die Seiten ihrer Bibel und steckte die Silbermünze tief in den Familiensparstrumpf. Sie wollte sie am liebsten nie wiedersehen – genauso wenig wie die Frau, von der sie stammte.

5

Märchen

Herbststürme fegten letzte Blätter von den Bäumen. Der Jahreszeitenwechsel war unheilvoll nah und brachte den Holls schlaflose Nächte ein. Ebenso wie der Besuch von Ernst Finken, den sie in zwei Tagen erwarteten. Der Termin hatte sich wie eine Schlinge um Annelieses Hals gelegt. Sie keuchte regelmäßig im Schlaf auf, in ständiger Erwartung, der Verleiher würde sie zuziehen.

In den vergangenen Monaten hatten sie fast all ihr Geld zurückgelegt. Hatten sich von dem ernährt, was Wald und Garten hergaben – hauptsächlich Rüben- und Kohlsuppe gegessen. Trotzdem hatte es nicht ausgereicht. Sie standen im Angesicht des Unausweichlichen. Die Annahme, Finken würde sie alle vom Hof jagen, hatte Marva krank gemacht. Seit einigen Tagen schüttelte ein Husten sie, der mit keinem Kräutersaft zu lindern war.

»Es ist mehr, als ich erwartet hatte, aber dennoch nicht genug.« Marva ließ die Münzen, nach dem erneuten Durchzählen, in den Strumpf gleiten und schob ihn zurück unter ihre Matratze.

»Und wenn wir deine Arzneien noch mal im Dorf anbieten?«, fragte Kasper.

Missmutig schüttelte sie den Kopf. »Ich fürchte, die Menschen haben gerade nichts übrig für Tinkturen und Kräutersäckchen. Alles, was sie interessiert, ist die Neuordnung dieses Landes nach der Franzosenzeit. Wer weiß, wie hoch die Steuern noch werden. Aber lieb von dir, dass du dir Gedanken machst.«

»Morgen früh gehe ich zu Frau Hering. Vielleicht kann sie helfen«, entschied Anneliese.

Marva seufzte schwerfällig auf. »Geh nicht, Liese. Lass ihr die Ruhe. Sie würde sich nur grämen und kann ja doch nichts tun. Ich glaube, diesmal sind wir ganz auf uns allein gestellt.« Sie küsste ihre Tochter auf die Stirn, dann rührte sie die Suppe um, die auf dem Feuer köchelte. Anneliese betrachtete ihre Mutter betrübt. Hatte sie sich etwa mit ihrer einsamen Lage abgefunden? Sie selbst weigerte sich, zu akzeptieren, dass sie allen egal waren. Es gab noch Güte und Mitgefühl in dieser Welt – da war sie sicher.

Der Wind rüttelte heftiger an den Fensterläden, als Anneliese das unruhig gewordene Vieh in den Stall brachte. Tarik trabte nervös umher. Der Himmel über dem Schwarzwald hatte sich verfinstert. Hoch aufgeschossene Wolken, verweht und strähnig, stahlen das Licht der untergehenden Sonne. Kräftige Windstöße rissen das Scheunentor auf, sodass Anneliese es mit einem schweren Stein verbarrikadieren musste. Blitze zuckten am Himmel. Donner grollte in der Ferne. Regen fiel in rauen Mengen, platschte auf den Boden und verwandelte den kleinen Bach vor dem Haus innerhalb kürzester Zeit in einen reißenden Strom. Anneliese schloss die Tür hinter sich, hängte Mantel und Schal zum Trocknen neben den Ofen und rieb sich die kalten Hände. Auf ihre Rückkehr ins Haus folgte ein Türklopfen, das sich zunächst nur schwer vom Donner unterscheiden ließ.

»Wer kann das sein?« Marva sah zu Anneliese, die mit den Schultern zuckte. Zögerlich ging sie zur Tür und öffnete einen Spaltbreit. Davor stand jemand, eingehüllt in einen dunklen Umhang, der das Gesicht verbarg. Nasse, graue Haarsträhnen blitzten darunter hervor. Donner grollte erneut, tief und dumpf. Anneliese lief ein eiskalter Schauer über den Rücken, denn der Fremde erinnerte sie an einen Naturgeist. Von solchen hatte ihre Mutter ihr erzählt. Dunkle Gestalten, Schattenwesen, die neben Gnomen und Kobolden in den Wäldern zu Hause waren. Noch nie war sie einem solchen Geschöpf begegnet – bis jetzt.

»Verzeihen Sie bitte die Störung«, begann der Fremde mit kratziger Stimme und nahm die Kapuze zurück. Darunter kam ein faltendurchzogenes Gesicht zum Vorschein, ein langer, grau-weißer Vollbart und schütteres Kopfhaar. Kein Geist, dachte Anneliese erleichtert. Nur ein alter Mann.

»Ich war auf dem Weg nach Rietbach und wurde vom Unwetter überrascht. Dürfte ich freundlicherweise den Regen in Ihrer gemütlichen Stube abwarten? Ich verspreche auch, nicht zur Last zu fallen.«

Anneliese drehte sich zu Marva um, die einen unsicheren Blick mit ihren Kindern tauschte. Johannes hatte jedem Obdach gewährt. Er hätte auch diesen Fremden nicht weggeschickt. Aber nun waren sie allein – schutzlos. In den Augen ihrer Mutter sah Anneliese die Besorgnis aufflackern, doch der anhaltende Regen und der Donner, der widerhallend das Tal erschütterte, machten eine schnelle Entscheidung erforderlich. Kurzum schob Marva die Tür weiter auf.

»Bitte. Wärmen Sie sich am Feuer auf.« Sie machte eine einladende Kopfbewegung und der Mann betrat die Hütte. Wasser tropfte ihm von Nase und Schultern und formte dunkle Ringe auf dem Holzboden. Achtsam lehnte er seinen langen Spazierstock gegen die Wand.

»Haben Sie vielen Dank. Das ist sehr großzügig«, sagte er, als Marva ihm den durchnässten Mantel abnahm und ihn zum Trocknen aufhängte. Schlotternd verschränkte der Mann die Arme vor der Brust und rieb sie sich. Marva reagierte prompt.

»Liese, sei so gut und bring unserem Gast etwas Warmes zum Überziehen.«

Anneliese tat, worum ihre Mutter sie gebeten hatte, und reichte dem Fremden das braune Schaffell vom Schaukelstuhl. Er warf es sich über die Schultern.

»Bitte. Wir wollten gerade zu Abend essen.« Marva wies ihm einen Stuhl zu. »Es ist nicht viel. Nur eine wässrige Suppe, aber sie wird Sie von innen wärmen.«

Der Mann nahm am Tisch Platz. »Oh, es riecht ganz köstlich.«

Marva stellte jedem eine Schale hin, dazu gab es Brot, das so hart war, dass man sich daran die Zähne ausbeißen konnte. Man reichte sich die Hände, ein Tischgebet wurde gesprochen, während das Gewitter über der Hütte tollte. Im flackernden Licht zweier Kerzen aßen sie gemeinsam, und Anneliese fühlte eine seltsame Geborgenheit in Gegenwart des Fremden, die sie nicht erklären konnte. Sie beobachtete Kasper, der gebannt zuschaute, wie der Mann hungrig den Holzlöffel in die Suppe tauchte. Wie er schmatzte und schmauste und zwischendurch so herzhaft vom Brot abbiss, dass sich die Krümel vor ihm verteilten und wie Sägespäne in seinem Vollbart aussahen. Kasper gluckste vor Lachen. Auch Anneliese musste schmunzeln, dennoch stieß sie ihren Bruder mit dem Ellenbogen in die Seite. Kurz verschluckte er sich vor Schreck, hüstelte mit hochrotem Kopf, fing sich aber wieder, nachdem sie ihm dreimal kräftig zwischen die Schulterblätter geklopft hatte.

Der Mann sah flüchtig von seinem Essen auf, hob die Schale an seine Lippen und schlürfte die Brühe. Auch Anneliese kam nicht umhin, ihn zu mustern. Seine grauen Augen waren leicht getrübt. Seine Brauen spannten sich als dichter Busch darüber, der in sechzig Jahren nicht gestutzt worden war.

»Es ist köstlich«, nuschelte er in Marvas Richtung, dabei wischte er mit dem Brot die Schale aus. »Ich kann Ihnen nicht genug danken, gute Frau. Da draußen scheint die Welt unterzugehen.«

»In der Tat«, stimmte Marva verhalten zu.

Er ließ seinen Blick umherwandern und stutzte vor dem Balken mit den Kräutern und den zu Kränzen gebundenen Haselnusszweigen daran.

»Sie haben eine Verbindung zur Natur, wie ich sehe«, schloss er.

»Wir achten sie«, erklärte Marva knapp.

»Hm. Und … deshalb die Hasel?« Er zog die Brauen hoch. »Das spricht wohl eher für Bewunderung. Oder Anbetung.«

»Sie bietet Schutz vor Unwettern«, erläuterte Kasper unbedacht.

»Oh, tatsächlich? Ist dem so?« Der Mann betrachtete die Haselkränze genauer, als wolle er sie studieren. »Wenn ich mich recht entsinne, steht die runde Form des Kranzes für die Hoffnung, die Unendlichkeit und das ewige Leben.« Mit einem interessierten Nicken ließ er seinen Blick auch über die weißbeerige Mistel und den Wacholder streifen, die in der Stube hingen.

Anneliese staunte über diesen Mann. Offensichtlich hatten sie sich keinen Bettler ins Haus geholt, sondern einen Gelehrten. Er fragte nicht weiter nach, was es mit den vielen Pflanzen auf sich hatte. Stattdessen kramte er ein kleines, in Leder gebundenes Buch und einen Bleistift aus seiner Jackentasche hervor.

»Das da sieht hübsch aus. Sie gestatten, dass ich eine Skizze anfertige?« Er begann zu schraffieren.

Anneliese sah erst ihren Bruder und dann ihre Mutter verwundert an. In Marvas Augen stand dieselbe Ratlosigkeit wie in Kaspers. Was zeichnete dieser Mann da und warum? Der Fremde verhielt sich merkwürdig, aber Anneliese fürchtete sich nicht vor ihm. Im Gegenteil, er wirkte interessant, und das auf eine Weise, die sie nicht erklären konnte.

»Sind Sie ein Maler?« Marva schaute ihm über die Schulter.

»Oh, nein. Gewiss nicht. Dazu fehlt mir gänzlich das Talent. Ich versuche dennoch, so gut es geht, festzuhalten, was sich mir an Sonderlichkeit bietet.«

»Sonderlich? Dann glauben Sie nicht an die Kraft und den Zauber, der in der Natur verborgen liegt? Jener Zauber, der ein jedes Herz erwärmen kann?« Marva klang beinahe tadelnd.

Der Mann hob seinen Blick vom Buch.

»Gute Frau, seien Sie versichert, ich glaube an vieles. Ich bin sogar geneigt, zu behaupten, dass ich zu den wenigen welchen gehöre, die nichts für unmöglich halten. Alles, was den Menschen hilft, was Heilung, Trost, Mut und Zuversicht spendet, ja, an all das glaube ich gern. Wissen Sie, es ist nicht das erste Mal, dass ich auf so viel Natur in einem Haus stoße. In Straßburg, da habe ich einmal einen ganzen Baum gesehen, der in der guten Stube aufgestellt war. Sie nannten ihn den Gabenbaum. Es war eine Tanne, um genau zu sein. Hier. So sah sie aus.« Er blätterte in seinem Buch und hielt ihnen eine Zeichnung hin.

»Was ist das zwischen den Ästen?«, erkundigte Anneliese sich.

»Das, och, das nennt sich Schmuck. Bunte Bänder, Äpfel, Nüsse. Was die Leute eben so haben.«

»Welchem Zweck dient es?« Kasper zog die Stirn kraus.

»Zweck? Was für eine Frage.« Er lachte kurz auf, wurde ernst und wandte sich Marva zu. »Sie werden den Zweck gewiss kennen, meine Liebe.«

Marva schaute nachdenklich zu Boden, als sie wieder aufblickte, glänzten ihre Augen im Kerzenschein. »Zur Feier der Wintersonnenwende werden seit jeher grüne Zweige als Schutz sowie zur Beschwörung des Sommers geschlagen. Der immergrüne Baum ist der ...«

»Wohnsitz der Götter. Ganz recht«, beendete er ihren Satz. »Und damit das Zeichen des Lebens selbst. Nun, all das geht auf einen heidnischen Brauch zurück. Lange bevor die Christen dieses Land zivilisierten.« Er lachte kurz auf. »Schon die alten Germanen, unsere Vorfahren, holten sich solche Bäume ins Haus. Sie waren lange da, weit vor unserer Zeit. Aber, was rede ich? Eure Mutter scheint sich bestens auszukennen.«

Anneliese und Kasper schauten erwartungsvoll zu ihr, die nun beim Geschirrabräumen innehielt.

»Sie kennen die alten Geschichten.« Der Mann hatte keine Frage gestellt, sondern eine Feststellung gemacht.

Marva nickte zaghaft, drehte sich zu ihnen um, und ein seliges Lächeln huschte über ihr Gesicht. »Bunica hat sie mir erzählt – meine Großmutter. Als Kind hat sie einen ähnlichen Baum mit eigenen Augen gesehen. Er soll wunderschön gewesen sein.«

Der Mann seufzte auf und sein Bart verzog sich in einem zufriedenen Lächeln. Eine andächtige Stille trat zwischen sie.

»Sind Sie aus der Gegend?«, brach Anneliese das Schweigen.

»Ach, von hier und da. Ich lebe schon so lange, dass ich mich nicht mehr daran erinnern kann, wo ich einmal angefangen habe.« Er lachte hell auf und tippte sich mit dem Zeigefinger gegen die Schläfe. »Jedenfalls, vor einer Woche, da war ich noch in Starnberg. Und daran erinnere ich mich sehr gut.«

»Sind Sie ein Kaufmann?«, hakte Kasper nach.

Er bewegte den Kopf erst in die eine, dann in die andere Richtung. »So was in der Art. Das, was ich anbiete, lässt sich allerdings mit keinem Geld der Welt bezahlen.«

»Wenn Sie kein Kaufmann sind, was sind Sie dann?« Kasper war von Neugier erfasst.

Der Mann verschränkte die Arme auf dem Tisch und beugte sich in geheimnisvoller Manier vor. Erwartungsvoll taten die Geschwister es ihm nach.

»Ich, meine lieben Kinder, bin ein Märchenerzähler«, verriet er mit langsam ansteigender Stimme. »Ich reise umher, höre mir an, was die Menschen berichten, und sammle ihre Geschichten. Dann trage ich sie weiter von Ort zu Ort und von Stadt zu Stadt. Jemand wie ich bringt Abenteuer in die entlegensten Gegenden hinein, ebenso wie die dramatischen, traurigen Geschichten – einfach alles, was das Herz begehrt.«

»Sie sind der Winklers Pitter.« Konsterniert sank Marva zurück auf ihren Stuhl.

»Dann haben Sie also von mir gehört?« Er richtete sich mit stolzgeschwellter Brust auf.

»Mein Mann … er hat mir von Ihnen erzählt. Besser gesagt, von einem Ihrer öffentlichen Auftritte. Auf dem Münsterplatz – vor einigen Jahren.«

Er machte schmale Augen, als überlege er angestrengt.

»In Freiburg«, half sie seinem Gedächtnis auf die Sprünge.

Der Mann schien kurz darüber nachzudenken, strich sich dabei über den Bart, der seine Brust wie ein Vorhang bedeckte und nickte langsam. »Ah, ja«, stieß er dann erlösend aus. »Ich erinnere mich an diesen Nachmittag. Herrliches Wetter, kein einfaches Publikum. War nicht leicht, es zu begeistern. Am Ende ist es mir aber doch gelungen.«

Kaspers Augen strahlten fasziniert. »Was für eine tolle Beschäftigung. Ich wünschte, ich wäre wie Sie! Würde umherreisen und Geschichten erzählen dürfen.«

Marva lachte auf. »Ja, mein Kasperkind. Du liebst Geschichten.«

Er nickte mit funkelnden Augen, wandte sich dann wieder dem Mann zu, der seinem Traum Gestalt verliehen hatte. »Gibt es viele wie Sie?«

Winklers Pitter zuckte die Schultern. »Nun ja. Ein paar. Ab und zu begegnen wir einander. Habt ihr je von den Brüdern Grimm gehört?«

Die Kinder schüttelten die Köpfe.

»Wer sind die? Sind das auch Märchenerzähler?«, fragte Kasper rasch.

»Oh ja. Genau wie ich tragen Sie Geschichten, Legenden und Sagen zusammen, damit die Welt von so mancher Heldentat erfährt. Wie der von Hänsel und Gretel.«

»Bitte, würden Sie uns die Freude machen und uns die Geschichte erzählen?«, bat Anneliese ihn.

»Och, nun …« Er suchte bei Marva nach Zustimmung. Diese nickte mit einem leichten Lächeln. Pitter lehnte sich weiter vor und begann, mit gesenkter Stimme von den Geschwistern zu erzählen, die sich im Wald verirrten und das Lebkuchenhaus fanden, in dem die böse Hexe wohnte. Kaspers Augen wurden so groß wie Untertassen, als Winklers Pitter zu der Stelle kam, an dem Gretel die Hexe in den Ofen stieß und damit ihren Bruder und sich selbst vor dem sicheren Tod bewahrte.

»Und wenn sie nicht gestorben sind, dann leben sie noch heute«, endete Pitter beschwingt und sah sich verdutzt unter Anneliese, Marva und Kasper um, als habe er aufwallenden Applaus erwartet, nicht aber nachdenkliches Schweigen.

»Gretel hat die Hexe einfach so gestoßen?«, fragte Kasper nach einer Weile.

»Nun, es gehörte sicher ein wenig Überwindung dazu, aber ... was tut man nicht alles für seine Geschwister«, erklärte Pitter feinfühlig belehrend, und Anneliese merkte, dass er solche Fragen von Kindern gewohnt war.

Es war spät geworden. Kasper gähnte wiederholt, und auch Annelieses Lider waren schwer. Marva räumte den Tisch ab, wischte mit einem Tuch darüber und platzierte die Tonvase mit den getrockneten Wiesenblumen mittig auf dem Häkeldeckchen. Es war ihr wieder wichtig, dass alles seinen Platz hatte, und Anneliese musste lächeln, als ihr aufging, wie ihre Mutter in ihre Ordnung zurückgefunden hatte. Die Kerzen auf dem Tisch waren fast abgebrannt. Draußen hatte sich das Unwetter beruhigt – das Gewitter war weitergezogen. Winklers Pitter klopfte tatkräftig auf seine Oberschenkel, ehe er sich schwerfällig hochstemmte.

»Nun denn, es wird Zeit für mich, aufzubrechen.« Er schob leise den Stuhl an den Tisch heran. »Ich danke Ihnen vielmals für Ihre Gastfreundschaft. Es war mir wirklich eine Freude.«

»Aber es ist doch schon Nacht«, sagte Anneliese.

»Eben. Stockfinster da draußen«, pflichtete Kasper ihr in einem Gähnen bei.

»Die Kinder haben recht. Sie müssen nicht in die Dunkelheit hinaus. Warten Sie bis zum Morgen«, stimmte Marva zu. »Sie können in der Scheune schlafen.«

»Ich will Ihnen keine Umstände machen.«

»Tun Sie nicht.« Sie drückte ihm das Schaffell wieder in die Hände, das er über den Schaukelstuhl gelegt hatte.

»Tarik wird sich über Gesellschaft freuen«, sagte Kasper.

»Tarik?«

»Unser Pferd«, erklärte Anneliese.

Winklers Pitter hob verdutzt die Brauen. »So?«

Kasper nickte stolz. »Na ja, eigentlich gehört er mir. Jetzt, wo Papa nicht mehr da ist. Tarik ist mein bester Freund und er ist ganz lieb. Da brauchen Sie keine Angst haben.«

»Nun. Wenn du das sagst, mein Junge, dann bin ich beruhigt.« Pitter wandte sich wieder Marva zu. »Haben Sie Dank. Auf so viel Freundlichkeit stößt man nicht mehr sehr oft. Ich nehme Ihr Angebot gerne an.«

Sie wünschten einander eine gute Nacht. Zufrieden sah Anneliese zu, wie Winklers Pitter mit dem Fell unterm Arm in die Scheune ging. Knarrend schloss sich die Tür hinter ihm.

Annelieses Blick blieb darauf geheftet. Vorfreudig dachte sie bereits an den Morgen. Welche Geschichten er wohl noch zu erzählen hatte?

»Was für ein außergewöhnlicher Mann«, befand Marva, nachdem Kasper schon zu Bett gegangen war.

»Ja«, hauchte Anneliese mit einem seligen Lächeln.

Marva zog den Vorhang zu ihrem Schlafplatz zu, und es wurde ruhig in der kleinen Hütte. In der Dachstube rollte sich Kasper in seine Decke. Anneliese lag noch eine Weile wach neben ihrem Bruder und starrte ins Dunkel. Sie dachte an das Lebkuchenhaus, an Hänsel und Gretel. Als sie ihre Augen schloss, sah sie auf einmal den Gabenbaum vor sich, den Pitter ihnen gezeigt hatte. Unwillkürlich stellte sie sich vor, wie die Tanne die Stube schmückte – reich behangen mit Äpfeln, Nüssen und bunten Bändern. Sie nahm das Funkeln und Leuchten wahr, das von ihr ausging. Es erfüllte den gesamten Raum. Mit diesem herrlichen Bild vor Augen schlief sie ein.

◆◆◆

Als der Tag anbrach und sich die Sonne zaghaft über dem Wald erhob, war Anneliese als Erste auf den Beinen. Sie band sich ihre Schürze um, hängte sich den Eimer mit den Küchenabfällen für die Hühner an den Unterarm und schloss leise die Haustür hinter sich.

Der Hof war in eine seltsame Stille gehüllt. Ein dichter, undurchdringlicher Nebel hatte sich wie eine Mauer um das Grundstück gelegt. Im Innern des dunstigen Kreises bot sich Anneliese ein ernüchternder Anblick. Der Reisigzaun, den ihr Vater um das Gemüsebeet herum angelegt hatte, war zur einen Seite umgestürzt und versank dort förmlich im Schlamm. Vereinzeltes Blattwerk ragte wie Schilf aus einem Moortümpel, durchlöchert von Hagel, platt gedrückt vom Starkregen, der in der Nacht gefallen war. Derselbe Regen hatte den Bach anschwellen lassen und wirkte nun von unten auf die kleine hölzerne Brücke ein. Teile davon waren vom Strom mitgerissen worden. Wie der Arm eines schlachtmüden Kriegers baumelte der Brüstungsbalken im Wasser. Immerhin, die Trittfläche war heil geblieben.

Anneliese war erleichtert, zu sehen, dass der Hühnerstall die Nacht weitestgehend unbeschadet überstanden hatte, und auch an der Scheune konnte sie keine größeren Schäden entdecken. Vorsichtig schob sie das Tor auf und ging hinein, um den alten Geschichtenerzähler zum Frühstück ins Haus zu bitten, doch er war fort. Zurückgelassen hatte er die Zeichnung des Gabenbaums auf dem Schaffell, das ordentlich zusammengelegt im Heu lag. Anneliese nahm sie an sich, und als sie wenig später voll Bedauern zum Pfad schaute, der ins Dorf führte, fielen ihr die Fußspuren auf, die sich tief in den Schlick gegraben hatten. Zu gerne hätte sie Winklers Pitter noch ein wenig länger gelauscht und sich in seinen Geschichten voller Abenteuer und Wunder verloren. Anneliese hoffte inständig, dass sie ihn eines Tages wiedersehen würde. Dass es kein Abschied für immer war, sondern ein auf bald.

Ächzend richtete sie den Zaun auf, rettete vom Kohl, was zu retten war, und legte die Rüben in den Korb, die der Regen ausgegraben hatte. Dabei horchte sie den anschwellenden Geräuschen des Waldes. Die Sonnenstrahlen brachen sich in den Wipfeln der Kiefern und Tannen und erinnerten die Vögel daran, zu singen. Darüber zogen die letzten grauen Wolken schnell und unaufhaltsam gen Westen.

Mit ihnen verflog das Bedauern über Winklers Pitters Fortgehen, und eine tiefe Verbundenheit nahm dessen Platz ein. Vielleicht, so dachte Anneliese und klemmte sich den Korb wieder unter den Arm, sollten sie dem Sturm danken, weil er den alten Mann zu ihnen geführt hatte. Die Kraft der Natur hatte nicht nur Zäune umgeworfen und Bäche ansteigen lassen, sondern auch in ihr etwas losgelöst: den Traum von einem eigenen Gabenbaum. Eines Tages würde sie ihn vor sich sehen – glänzend, prächtig und funkelnd. Ein Baum so strahlend, dass er den Verzweifelten Hoffnung und Trost spendete und selbst die unnachgiebigsten Herzen erweichte.

◆◆◆

Der Winter kam früh, und mit ihm kehrten Schnee und Eis in den Schwarzwald zurück. Zu allem Übel tauchte an einem Samstag Ernst Finken auf dem Hof auf. Während Anneliese und Kasper in Rietbach gewesen waren, hatte Marva mit ihm verhandelt. Er hatte sich gnädig zeigen wollen, indem er der Familie einen Aufschub gewährte, als Pfand für die Schulden jedoch Tarik samt dem Wagen mitgenommen. Als die Kinder aus dem Dorf heimkehrten, fanden sie den Stall verwaist vor. Kasper weinte bittere Tränen um seinen ältesten Freund und schimpfte gleichzeitig auf die Mutter.

»Warum hast du das zugelassen?«, tönte er. »Er hat ihn mir weggenommen, und du hast nichts dagegen getan. Ich hasse dich!« Er machte sich wütend von ihr los, warf Stühle um und die Tonvase vom Tisch, die daraufhin klirrend auf dem Boden zerschellte. Krachend fiel die Scheunentür hinter ihm zu.

»Er meint das nicht so«, versuchte Anneliese ihre Mutter zu trösten, die mit kummererstarrter Miene die Scherben in ihrer Schürze sammelte und sie dann in die Spüle kippte. Stöhnend wischte sie sich mit dem Handrücken über ihre Stirn und folgte Kasper aus dem Haus. Anneliese ging ihr nach. Sie sah zu, wie ihre Mutter am Scheunentor klopfte, ihrem Sohn gut zuredete, der jedoch öffnete nicht.

»Mama, lass ihn sich ausweinen und dann …« Anneliese kam neben ihre Mutter und stockte. Marvas Blick war an ihr vorbei ins Leere geglitten. Hüstelnd hielt sie sich die Kehle, atmete erschwert ein und ging weiter bis zur Waldgrenze, wo sie auf die Bank sank, die ihr Mann unter einer großen Linde aufgestellt hatte. Schweigsam saß sie da, tief versunken in ihrer Bedrückung. Anneliese setzte sich zu ihr.

»Du hattest keine andere Wahl, als ihn Finken zu überlassen«, sagte Anneliese aufbauend. »Kasper wird das auch verstehen. Er braucht nur noch etwas Zeit.«

»Hm«, machte Marva, wandte sich ihr zögerlich zu und legte ihre Hand auf die ihrer Tochter.

Kasper blieb bis zum Abend in der Scheune. Erst als die Nacht kam und es schon stockdunkel geworden war, kehrte er in die Hütte zurück. Er sprach kein Wort, kletterte die Leiter zur Dachstube hinauf und verkroch sich unter seiner Decke.

6

Pfannkuchen

Anfang 1816

Irgendwo, so meinte Anneliese, hatte sie gehört, jeder Mensch müsse sich Gottes Prüfungen unterziehen. Dass er jedem, wenigstens einmal im Leben, die Beständigkeit entzieht, um ihn auf den richtigen Weg zu führen. Anneliese konnte nicht sagen, ob es eine Tatsache war oder vielmehr der Versuch, jene zu beschwichtigen, die am meisten zu leiden hatten. Denn, bei all dem Tröstlichen, das sich aus diesem Grundsatz ergab, stellte sich ihr doch die Frage, warum einige so viel ertragen mussten und andere nichts.

Ohne Zugpferd war die Arbeit eine einzige Plackerei. Den Kindern war nichts weiter als ein Bollerwagen geblieben, auf dem sie das Holz sammelten, das sie täglich im Wald einholten, um es auf dem Markt anbieten zu können. Ohne Tarik waren sie bei Frost und Schnee doppelt so lang und mit weniger Brennholz unterwegs nach Freiburg. Eisern zog sich der Winter über mehrere Wochen hinweg, bis die Kälte endlich nachließ.

An einem milden Montagnachmittag tauchte ein silberner Pfeil über den höchsten Baumwipfeln auf. Die Kraniche waren zurück und erweckten mit ihrem trompetenhaften Gesang das Land aus der Winterstarre. Die darauffolgenden wärmeren Temperaturen brachten endlich Erleichterung, und der Wald erstrahlte bald wieder in frischem jungem Grün. Entlang der Baumgrenze hoben sich erste Knospen von Primeln und Narzissen aus dem feuchten Erdreich. Anneliese und ihre Mutter fertigten Reisigbesen an, die sie, zusammen mit getrockneten Kräutern, auf dem Markt anboten. Kasper bastelte fleißig Strohsterne, schnitzte kleine Tier- und Heiligenfiguren, die sie ebenfalls zu verkaufen versuchten. Seine erste Schnitzerei nach der Ente für Friedrich hatte jedoch der Versöhnung mit seiner Mutter gedient. Ohne ein Wort zu sagen, hatte er ihr das kleine Pferd in die Hand gedrückt, sie umarmt, und Marva hatte ihn ganz fest gehalten.

◆◆◆

Seit Stunden stand Anneliese am Wagen. Es war ein nebelverhangener Apriltag. Der Himmel war in ein grau-weißes Licht getaucht, die geschlossene Wolkendecke hielt die Sonne vom Marktplatz fern.

Kasper saß gegen das Rad gelehnt und schnitzte wieder einmal an einem Pferd. Ein halbes Dutzend davon hatte er bereits in unterschiedlichen Größen und Formen angefertigt – eine Herde, die er vor sich aufgebaut hatte.

Viele Kunden waren an diesem Tag nicht unterwegs. Unter den Flanierenden erkannte Anneliese die Dirne wieder. In den vergangenen Wochen hatte sie sie des Öfteren gesehen, stets in Begleitung eines zwielichtig dreinschauenden Mannes mit dunklen Koteletten. Da er immer ein paar Schritte auf Abstand blieb, hatte Anneliese ihn anfangs nicht mit Rosa in Verbindung gebracht. Mittlerweile aber war sie sicher: Sie traten immer zusammen auf. Anneliese spürte ein zunehmendes Unwohlsein. Sie hoffte, Rosa würde an ihnen vorbeigehen und sie nicht wieder behelligen. An diesem Morgen jedoch hielt sie bei den Kindern an und inspizierte deren ärmlichen Stand genauer.

»Wie ich sehe, habt ihr euer Angebot erweitert«, sagte sie mit einem einfältigen Grinsen. »Und doch wirkt alles irgendwie so … verkleinert. Was ist geschehen?«

»Wir mussten Tarik weggeben«, antwortete Kasper traurig.

»Euren Gaul?« Rosa beugte sich zu ihm hinunter, hob einen Mundwinkel zur Wange und strich ihm über den Schopf. »So ein Jammer aber auch.« Sie ließ ihren erhabenen Blick über das Holz, die Reisigbesen und Kaspers Schnitzereien gleiten, bevor sie sich Anneliese zuwandte und sie aufmerksam musterte.

»Ihr werdet es mir hoffentlich nicht verübeln, aber … ihr seht erbärmlich aus. Wann habt ihr zuletzt etwas gegessen?«

Anneliese wechselte einen ratlosen Blick mit ihrem Bruder. Ihre letzte Mahlzeit, bestehend aus Pilzen, Kiefern- und Birkenrinde, war fast zwei Tage her. Kaspers knurrenden Magen hörte sie bis hinter den Wagen, und der betörende Duft der französischen Pfannkuchen, die ein Händler hinter ihnen anbot, machte es nur noch schlimmer.

Anneliese nahm sich zusammen. »Möchten Sie etwas kaufen?«, entgegnete sie fordernd, ohne auf die Frage einzugehen.

Rosa lächelte spitz. »Nein, danke. Jedoch … vielleicht kann ich etwas für euch tun?« Sie sah erneut zu Kasper. »Du hast großen Hunger, mein Kleiner, habe ich recht?«

Er nickte mit gesenktem Kopf.

Rosas Gesicht war voll aufgesetzter Fürsorge. »Ich bin gleich wieder da.« Sie verschwand in der Menge. Wenig später kehrte sie zurück, in Händen zwei in weißes Papier eingeschlagene dampfende Päckchen.

»Bitte sehr.« Sie reichte Kasper eins.

»Vielen Dank!« Er ließ ein Jauchzen hören, als er die goldgelb gebackenen Pfannkuchen aus dem Papier wickelte. Deren köstlicher Duft strömte Anneliese in die Nase, und ihr lief das Wasser im Mund zusammen. Doch sie lehnte kopfschüttelnd ab, als Rosa ihr das Gebäck hinhielt. Noch immer hatte sie Bedenken, was diese Frau anging, und war sich sicher: Rosas Großzügigkeit war Berechnung.

»Na schön«, tönte Rosa mit vorgerecktem Kinn, zog einen ihrer schwarzen Handschuhe aus, zupfte sich etwas vom Pfannkuchen ab und schob es sich zwischen die blutrot geschminkten Lippen. »Köstlich. Dann bekommst du eben beide, mein Kleiner.« Sie gab Kasper Annelieses Portion.

»Danke schön!«, nuschelte er mit vollem Mund.

Rosa lächelte breit.

»Das … das ist sehr nett von Ihnen«, stammelte Anneliese, um Höflichkeit bemüht.

»Nun, so bin ich eben.« Rosa zuckte leicht die Schultern. Sie ließ ihren Blick an Annelieses löchrigem Umhang und den abgetragenen Schuhen hinuntergleiten, kam dicht an sie heran und lehnte sich vor. Anneliese stach der starke Geruch von Puder und Rosen in die Nase, doch sie rührte sich nicht.

»Nichts vermag einen Menschen so leicht zu brechen wie der Hunger. Ist es nicht so, Anneliese?«, flüsterte sie. »Ich könnte euch da von Nutzen sein. Du willst doch sicher, dass es deinem Bruder gut geht.«

Anneliese schaute zu Kasper. Seine Wangen waren prall vom Pfannkuchen, gierig leckte er das Fett vom Einschlagpapier und von seinen Fingern.

»Das ist doch kein Leben für euch«, fuhr Rosa laut seufzend fort. »Du könntest bei mir Geld verdienen und deinem Bruder etwas bieten. Mehr als das hier. Denk darüber nach.

Du weißt, wo du mich findest.« Sie löste sich von ihr, zwinkerte Kasper zu und wandte sich zum Gehen. Der zwielichtige Mann folgte ihr. Anneliese sah ihr mit einem flauen Gefühl in der Brust nach.

»Ich hab dir ein Stück übrig gelassen.« Kasper stemmte sich hoch. »Das schmeckt einfach himmlisch.«

»Iss du. Mir ist nicht nach Essen zumute.«

»Sicher?« Er wedelte mit dem Pfannkuchenstück vor ihrer Nase.

Sie nickte mit einem aufgesetzten Lächeln. Kasper zuckte kurz die Schultern, stopfte sich den Rest des Kuchens in den Mund und kehrte zufrieden und satt zu seiner Schnitzerei zurück. Anneliese hing noch eine Weile ihren Gedanken nach und erspürte den leeren Geldbeutel in ihrer Tasche. Vielleicht, so dachte sie, hatte Rosa recht. Vielleicht würde ihr nichts anderes übrigbleiben, als ihr Angebot irgendwann anzunehmen. Um den Hof zu retten, Kasper ein besseres Leben zu ermöglichen und ihre liebe Mama aus der Verbitterung zu holen, die sie in diesen Tagen wieder mehr zu verschlucken drohte. Sie dürfe nur nie erfahren, um welche Arbeit es sich handelte. Die Armut hielt die Familie schon so lange fest umklammert, dass in Anneliese der Wunsch wuchs, ihr einfach nur zu entfliehen.

♦♦♦

Seit Tagen quälte Marva ein schlimmer Husten, und als sie am Ostersonntag hohes Fieber bekam, das sie ans Bett fesselte, versetzte das ihre Kinder in Angst.

»Geh doch ins Dorf, den Pfarrer um Hilfe bitten«, schlug Kasper vor. »Er sagte auf Papas Beerdigung, wir sollen uns an ihn wenden, wenn wir etwas benötigen. Vielleicht kann er uns auch etwas zu essen geben. Es ist immerhin Ostern, oder?«

Anneliese haderte mit sich. Ihr Bruder hatte den Pfarrer anders erlebt als sie. Während Kasper der Vorstellung des aufopfernden Geistlichen verfallen war, war ihr das mulmige Gefühl, das sie in seiner Gegenwart verspürt hatte, noch sehr präsent. Aber hatten sie eine Wahl?

»Kommst du für eine Weile allein zurecht?«, fragte sie.

Kasper schluckte schwer, sah zu seiner kranken Mutter und nickte entschlossen. Anneliese stand auf, legte ihren Umhang an und hüllte sich in Schal und Kopftuch.

»Ich bin so schnell zurück, wie es geht«, versprach sie, ehe sie aus dem Haus ging. Draußen fiel leichter Nieselregen. Nebelschwaden waberten wie geisterhafte Wesen zwischen den Bäumen und auf dem Pfad nach Rietbach umher und erschwerten ihr die Sicht. Anneliese zog ihr Tuch über Mund und Nase und hielt das Gesicht gesenkt. Der Wind blies ihr den Regen in die Augen, doch ihre Füße gaben ihr den Weg vor, den sie schon unzählige Male gegangen war.

Als sie es endlich ins Dorf geschafft hatte, war sie völlig durchnässt. Mühsam schickte sie ihren Blick umher. Der kleine Ort wirkte wie ausgestorben. Weit und breit war niemand zu sehen. Kein Licht brannte in der Dorfschänke der Weingarts. Die Fenster des Schulhauses waren verdunkelt. Obwohl es nicht einmal Mittag war, schien das schlechte Wetter die Menschen in ihren Häusern festzuhalten. Kerzenlicht und Kaminfeuer glühten vereinzelt im Nebel auf wie Leuchtkäfer im Dickicht. Zitternd löste Anneliese ihre eiskalten Hände aus den Taschen ihres Umhangs und klopfte an die massive Tür des Pfarrhauses. Schwere Schritte waren dahinter zu hören. Ein Dienstmädchen öffnete und entließ den köstlichen Duft von Lammbraten auf den Marktplatz.

Annelieses leerer Bauch gluckerte so laut, dass sie unwillkürlich eine Hand darauf presste.

»Ja?« Die Dienstmagd schaute ablehnend an ihr hinunter.

»Ist der Pfarrer zu sprechen?«

»Der werte Pfarrer hat Gäste und wünscht, heute nicht gestört zu werden. Es ist Ostern, Kind, und er muss schließlich die Predigt vorbereiten. Was denkst du dir nur?«

»Ich weiß, und ich will auch nicht lange stören. Aber es ist dringlich. Mein Bruder und ich, wir wissen keinen anderen Rat.«

Die Magd war bereits dabei, die Tür wieder zu schließen, da drückte Anneliese dagegen. »Bitte!«, flehte sie eindringlich. »Es geht um meine Mutter. Sie ist krank.«

Die Frau hielt kurz inne, stieß ein mürrisches Seufzen aus und erbarmte sich. »Komm schon rein. Erwarte jedoch nicht zu viel«, warnte sie, während sie Anneliese über einen schmalen Flur in die Stube führte.

»Verzeihen Sie die Störung.« Die Magd knickste leicht, dann schaute sie scheu in die sie anstarrenden Gesichter, die sich um einen langen, reich gedeckten Tisch gescharrt hatten. Die Furths, ein Dragoner des badischen Bundesheers, der mit seiner Frau zur Volkszählung im Dorf gastierte. Daneben saß ein junger Geistlicher, den Anneliese nie zuvor gesehen hatte. Als Einziger hatte er sich von seinem Stuhl erhoben. Der Pfarrer an seiner Seite jedoch bedeutete ihm mit einer flotten Handbewegung, sich wieder zu setzen.

»So, so. Das Fräulein Holl stattet mir einen Besuch ab. Zu dieser Zeit, bei diesem Wetter?« Der Pfarrer hatte ob Annelieses Anblick hin kurz überrascht die Brauen gehoben, machte sich dann aber wieder über sein Essen her. »Was kann ich für dich tun, Kind?«, fragte er und schob sich eine heiße Marone in den Mund.

»Sie sagten einmal, wir könnten uns an Sie wenden.«

Er nickte. »Wohl war.«

»Meine Mutter, sie liegt mit hohem Fieber darnieder und braucht unbedingt einen Arzt.«

»Nun, dann möget ihr nach einem schicken«, erwiderte er harsch.

»Das Lamm ist ganz köstlich«, sagte die Gattin des Dragoners und tupfte sich mit der Serviette über die Mundwinkel. Wagner lächelte stolz über sein Weinglas hinweg.

Anneliese sah ungläubig auf die Tischgesellschaft. »Gewiss. Ich schaffe den Weg nach Freiburg aber nicht allein, denn wir haben weder Pferd noch Wagen. Wir hatten gehofft, Sie würden uns mit Ihrem Einspänner aushelfen. Hinzu kommt …«, sie machte eine Pause, in der sie ihren Stolz hinunterwürgte wie eine rohe Kartoffel. »Wir können das Geld nicht aufbringen, den Arzt zu bezahlen.«

»Friedbert, wir könnten doch …«, begann Frau Furth, doch ihr Mann stoppte sie mit einer tadelnden Handbewegung und sie schwieg mit gesenktem Kopf. Annelieses Bitte hatte eine peinliche Stille zur Folge. Der Pfarrer durchbrach sie mit einem lauten Stöhnen. Anschließend blickte er mit einem entschuldigenden Lächeln in die Gesichter seiner Gäste, legte seine Gabel neben den Teller, stand auf und ging auf Anneliese zu.

»Wie du schon sagtest, der Weg ist beschwerlich und mein Stallbursche sitzt bei seiner Familie am Ostertisch.« Er betrachtete sie eingehend. Anneliese nahm den starken Geruch von Alkohol wahr, der von ihm ausging. Sie hielt kurz den Atem an. »Ich könnte das Pferd anspannen«, schlug sie dann leise vor.

Wagner stöhnte abermals. »Und wer sagt, dass der Freiburger Arzt überhaupt abkömmlich ist? Wir sollten niemanden an diesem höchsten aller Feiertage belasten. Meinst du nicht auch? Erst recht nicht für …« Er stoppte sich, doch Anneliese wusste, ebenso wie die Anwesenden, was er hatte sagen wollen. Wut stieg in ihr auf. Mühsam schluckte sie sie hinunter, genau wie eine Erwiderung. Es wäre zwecklos, ihm zu sagen, dass jeder Mensch Hilfe verdiente, ob nun vom Dorf respektiert oder nicht. Sie biss die Zähne aufeinander, in der Erkenntnis, Pfarrer Wagner richtig eingeschätzt zu haben. Er war kein Geistlicher für jedermann. Eher ein Scheinheiliger, dem Geld und Einfluss wichtiger waren als die Menschen.

»Ich schlage vor, ihr wartet das Fest ab. Es ist sicher nicht so ernst, wie du denkst.« Er schob Anneliese sanft, aber bestimmend hinaus.

»Es ist sogar sehr ernst, Herr Pfarrer«, versuchte sie ihm klarzumachen, doch er nickte nur müde ab.

»Nach den Feiertagen komme ich vorbei und sehe nach ihr. Wie klingt das?«

»Bis dahin könnte es zu spät sein«, sagte Anneliese heiser, als sie zurück im Flur waren. Mit einem weiteren müden Nicken verabschiedete sich der Pfarrer und kehrte zu seinen Gästen zurück.

Anneliese spürte die Hand der Magd in ihrem Rücken. »Hier. Gebäck für euch.« Aus ihrer Schürze holte sie ein in Tücher gewickeltes Paket hervor, das sie Anneliese an der Haustür übergab. »Ich werde für eure Mutter beten«, sagte sie und schob Anneliese sanft hinaus.

Die Tür schloss sich vor ihr, und für einen Moment starrte Anneliese sich daran fest, ehe sich die Tränen in ihre Augen drängten. Sie hatte sich dem Pfarrer offenbart, obwohl sie nichts mehr hasste, als zu betteln. Anneliese hatte auf sein Mitgefühl gehofft und war abgewiesen worden – vertröstet mit ein paar Keksen. Resigniert ließ sie die Schultern hängen. Der Regen war heftiger geworden. Er durchdrang ihre Kleidung bis auf die Haut. Was sollte sie Kasper sagen? Wie sollte sie ihm erklären, dass sie keine Hilfe zu erwarten hätten? Anneliese zitterte, doch es war nicht allein die Kälte, die ihre Glieder gefrieren ließ, sondern vielmehr ihre Verzweiflung. Es war jene Gleichgültigkeit der Menschen, die sie erschaudern ließ. Wenn nicht einmal die Kirche sich ihnen gegenüber barmherzig zeigte? Wer dann?

Sie schleppte sich zurück nach Hause. Langsam, Schritt für Schritt, ohne Eile. Sie fürchtete den Moment, in dem sie ihrem kleinen Bruder sagen musste, dass kein Arzt kommen würde. Aus der Ferne drang Wolfsgeheul zu ihr vor. Ein Fuchs sprang auf ihren Weg, hielt kurz inne und schaute sie an, ehe er sich abwandte und wieder im Wald verschwand. Bis auf die Knochen durchnässt kehrte Anneliese wenig später in die Hütte zurück. Kasper war gerade dabei, der Mutter ein feuchtes Tuch auf die Stirn zu legen. Sorgfältig hängte Anneliese ihren Umhang zum Trocknen neben die Tür und ließ sich anschließend auf einen Stuhl plumpsen.

»Da bist du ja wieder, Liese.« Kasper drehte sich mit Erleichterung in der Stimme zu ihr um. »Mama schläft jetzt. Sie hat die ganze Zeit wirr geredet. Aber jetzt ist sie ruhiger.« Er kam neben seine Schwester. »Was hat der Pfarrer gesagt? Ist schon jemand unterwegs nach Freiburg? Wann wird der Arzt kommen?«

Anneliese schnappte kaum hörbar nach Luft, bevor sie antwortete: »Es wird kein Arzt kommen. Niemand wird kommen, Kasper.«

»Was meinst du damit?«

»Pfarrer Wagner wird uns nicht helfen«, sagte sie mutlos und ohne von der Tischplatte aufzusehen. Kasper schüttelte ungläubig den Kopf. Für ihn schien es unbegreiflich zu sein, dass der Pfarrer seine Hilfe verwehrte. Eine Mischung aus Wut und Unverständnis verzerrte seine Miene. Schnaubend starrte er vor sich hin, als sammle er seine Kräfte für den nächsten Wutanfall. Anneliese legte ihre Hand auf seinen Arm. Sie konnte spüren, wie verkrampft seine Muskeln waren. »Kasper?« Ihre Stimme erdete ihn. Blinzelnd schaute er zu ihr auf.

»Mama muss allein gesund werden – mit unserer Hilfe«, entschied sie. »Wir müssen sehen, dass sie etwas zu sich nimmt. Damit ihr Körper sich gegen dieses Fieber behaupten kann.« Sie holte die Plätzchen aus ihrer Tasche, die sie von Wagners Magd bekommen hatte, breitete das Tuch aus und schob sie ihrem Bruder hin. Kurz blitzte ein Funken Freude in seinen Augen auf.

»Nimm dir davon. Auch du musst wieder zu Kräften kommen. Ich gehe und sehe nach Mama.«

Die Tage vergingen, und Pfarrer Wagner besuchte sie nicht. Anneliese hatte ohnehin nicht damit gerechnet, dass er sein Versprechen halten würde, und doch versetzte es ihr einen zusätzlichen Stich ins Herz, zu erkennen, dass er ihre Erwartungen so willig erfüllte. In der letzten Aprilnacht hing der Mond hell, silbrig und so groß über dem Schwarzwald, dass es schien, als könne man ihn berühren. Es hatte endlich aufgehört, zu regnen, und zum ersten Mal seit Wochen war der Himmel klar. Anneliese hatte die vergangenen Tage mit Kasper abwechselnd am Bett der Mutter gewacht. Es war ihnen gelungen, ihr immer mal wieder etwas Weidenrindentee einzuflößen. Und als der große Mond zum zweiten Mal aufging, richtete Marva sich auf. Am nächsten Morgen saß sie wieder am Frühstückstisch und aß etwas Getreidebrei.

Erleichtert stellten die Kinder fest, dass sich ihre Mutter von Tag zu Tag erholte, und zwei Wochen später hatte sich eine seltsame Normalität eingestellt. Marva ging ihren täglichen Pflichten nach, und doch ließ sie jede noch so kleine Anstrengung nach Luft schnappen. Kalter Schweiß bedeckte häufig ihren Körper. Er zeigte sich in Form von dunklen Flecken auf ihrer Kleidung. Anneliese ahnte, dass ihre Mutter sich für den Moment zwar besser fühlte, die Krankheit jedoch nicht besiegt war. Sie schlummerte lediglich wie ein Feind, der sich zurückgezogen hatte, um zu einem späteren Zeitpunkt erneut zuzuschlagen.

7

Sternschnuppen

Die Raunächte ließen das alte Jahr ausklingen und kündigten das neue an. Wie immer räucherte Marva um die Zeit die Stube mit weißem Salbei aus, zum Schutz vor bösen Geistern. Anneliese stand in eine Decke gehüllt vor der Tür und sog die frostige Winterluft tief in sich ein. Ein sternenklarer Himmel hatte sich über sie gespannt und kündete von einem klirrend kalten Tag. Keine Wolke verschleierte die Sicht, und Anneliese verlor sich in dem Anblick, der ihr einen Moment des Friedens brachte. Eine Sternschnuppe, hell leuchtend wie eine Feuerkugel, blitzte auf. Anneliese schloss fest die Augen und wünschte sich ein besseres Leben, ohne Kummer und Not. Doch das, was sie trotz ihrer geschlossenen Lider sah, überraschte sie, weil sie nicht an ihn gedacht hatte und er dennoch vor ihrem geistigen Auge aufflackerte, als wäre nichts dabei: der Gabenbaum – strahlend schön, prächtig, herzerwärmend.

Hinter ihr öffnete sich quietschend die Haustür, und Anneliese blickte wieder in den Himmel. Die Sternschnuppe war verschwunden, verglüht auf ihrem Weg zur Erde. Und es war, als hätte es sie nie gegeben, ebenso wenig wie den Gabenbaum, der für einen kurzen Augenblick ihre Gedanken kontrolliert hatte.

»Was machst du hier draußen?« Kasper trat neben sie und schaute sie verunsichert von der Seite an.

»Ach, gar nichts.« Sie legte den Arm um ihren Bruder und kehrte gemeinsam mit ihm ins Haus zurück.

◆◆◆

Der Januar hielt den Schwarzwald noch unter einer frostigen Kuppel gefangen. Doch schon der Februar brachte wärmere Temperaturen, und im März erwachte der Wald aus seinem tiefen Schlaf. Alles blühte in einer Geschwindigkeit auf, die es den Holl-Kindern täglich ermöglichte, Neues zu entdecken. Obstbäume bildeten Knospen, brachten kräftige Blüten in Weiß und Rosa hervor. Dann kamen die Frühjahrsstürme und zerrten sie von den Ästen, als wollten sie sie daran erinnern, dass es Zeit war, die Früchte auszubilden.

Anneliese fuhr mit Kasper weiterhin nach Freiburg, und beide hatten sich inzwischen an die mitunter rauen Sitten der Marktleute gewöhnt. Die gleichaltrige Marie war mittlerweile zu Annelieses Freundin geworden. Man tauschte Äpfel gegen Mirabellen ein, trank die Milch gemeinsam und unterhielt sich, lachte, sprach über die Marktbesucher und das Geschäft. Auch die Dirne Rosa streifte immer noch umher. Sie tat unbehelligt und unschuldig. Obwohl sie die Kinder nicht mehr angesprochen hatte, blieb sie in der Nähe, als warte sie darauf, dass Anneliese auf sie zukäme.

An diesem Freitag lockte das warme, sonnige Wetter mehr Menschen auf den Markt als gewöhnlich. Leute kamen und gingen, feilschten, kauften. Anneliese hatte den Zeitpunkt verpasst, an dem der Marktalltag für sie so selbstverständlich geworden war, dass sie kaum noch auf den Einzelnen achtete. An diesem Morgen jedoch stach ein ihr bekanntes Gesicht aus der Menge. Es war der junge Geistliche, der am Ostersonntag am Tisch des Pfarrers gesessen hatte. Unwillkürlich hatte sie sich sein jungenhaftes Gesicht eingeprägt. Das kurz geschorene Haar und die großen braunen Augen, aus denen er sie mitleidig angesehen hatte, als sie um Hilfe für ihre Mutter gebeten hatte. Anneliese wollte ihn nicht wiedersehen. Zu unangenehm wäre ihr die Begegnung mit ihm. Um unentdeckt zu bleiben, senkte sie den Blick und führte unauffällig eine Hand vor ihr Gesicht. Die Schmach, die sie an jenem Tag im Pfarrhaus empfunden hatte, war noch nicht verwunden. Zu ihrer Enttäuschung hatte der junge Geistliche sie aber längst ausgemacht. Aufgeschlossen trat er an ihren Stand heran, begrüßte Kasper herzlich und suchte dann behäbig Annelieses Blick.

»Wir kennen einander«, sagte er, als sie ihre Hand vom Gesicht genommen hatte und zaghaft zu ihm aufsah.

»Nicht, dass ich wüsste«, log Anneliese.

»Du bist doch das Mädchen, das an Ostern beim Pfarrer Wagner war.«

Anneliese presste betreten die Lippen aufeinander und schaute zum Kirchturm hinauf, als wäre dort eine interessante Beobachtung zu machen.

»Nun, ich bin Philipp, Pfarrer Wagners Neffe«, sagte er, ihre Missachtung ignorierend, sah sich kurz nach dem Kirchturm um und stellte sich dann in ihr Blickfeld. »Es tut mir leid, dass euch nicht geholfen wurde. Ich selbst habe erst später erfahren, um was es ging. Es war nicht in meinem Sinne. Das versichere ich euch.« Er lächelte Kasper zu, ehe er sich wieder an Anneliese wandte.

»Es fällt mir schwer, das zu glauben.« Anneliese konnte sich nicht zügeln. »Sie sind an jenem Tag auch nicht aufgestanden und haben für mich gesprochen. Genauso wenig wie die anderen, die an diesem reich gedeckten Tisch saßen. Während wir hungern mussten.«

Philipp schaute sie mit mitleidsvoller Miene an. »Ihr seid auf euch gestellt? Ohne Vater? Ist das richtig?«

Anneliese nickte knapp.

»Das bedauere ich sehr. Wie kommt ihr denn zurecht?« Er musterte Kasper aufmerksam, besah sich seine aufgeschürften Knie, die dürren Waden, sein strähniges braunes Haar.

»Was geht Sie das an?« Anneliese schichtete das Brennholz auf.

»Vermutlich gar nichts. Aber … es interessiert mich, wie es euch ergeht. Und wärt ihr in meiner Pfarrei, ich … ich hätte dich nicht fortgeschickt.«

»Ihre Pfarrei?« Anneliese sah ihn an und hob skeptisch die Brauen. Bestimmt war er nur unwesentlich älter als sie. »Wo bitte wäre denn Ihre Pfarrei?«

»Nun, genau genommen bin ich noch kein Pfarrer. Ich bin noch dabei, einer zu werden. Ich erwarte meine Weihe im nächsten Jahr.«

»Glückwunsch. Dann machen Sie es vielleicht besser als ihr werter Onkel.« Anneliese wandte sich einer Kundin zu, reichte ihr ein Paket Feuerholz und steckte das Geld dafür ein.

»Das habe ich vor«, versprach der junge Geistliche beherzt. Mit ernster Miene beugte er sich anschließend zu Kasper hinunter, der die Knie angezogen hatte und sie mit den Armen umschloss, während er auf die von ihm geschnitzten Tiere vor sich schaute.

»Die sind schön. Was kosten die Pferde?« Philipps Frage war an Kasper gerichtet. Dieser tauschte einen irritierten Blick mit seiner Schwester.

»Ein halber Kreuzer das Stück«, antwortete Anneliese behutsam.

Philipp griff tief in die Tasche seines langen, schwarzen Mantels. »Ich nehme sie alle.«

Verdutzt blickte Kasper auf die Münzen herab, die Philipp ihm in die Hand gedrückt hatte.

»Du hast Talent, Junge. Die Kinder in der Klosterschule werden sich über diese Pferde freuen.« Philipp verstaute die Schnitzereien sorgfältig in seiner Umhängetasche. »Also dann. Adieu.« Er hob eine Hand zum Gruß und ging seiner Wege.

Kasper hielt die Münzen in seinen ausgestreckten Händen, so dass Anneliese sie zählen konnte. Die Kinder staunten nicht schlecht. Philipp hatte ihnen das Dreifache von dem gegeben, was sie verlangt hatten. Hatte er sich etwa verzählt? Erwägend schickte Anneliese ihren Blick in die Menge, in der er untergetaucht war. Nein, dachte sie bei sich. Es war kein Versehen gewesen. Soeben hatte er ihnen gezeigt, dass er nicht so war wie sein Onkel. Dank ihm hatten sie genug Einnahmen, um Finken zu besänftigen. Sie konnten aufatmen.

Zum ersten Mal seit fast zwei Jahren hatte Anneliese das Gefühl, dass sie es schaffen würden. Es schien, als wäre das Glück zu den Holls zurückgekehrt und mit ihm die lang entbehrte Zuversicht in ihre Herzen. In den darauffolgenden Wochen kam Philipp regelmäßig an den Stand und jedes Mal kaufte er etwas. Mal waren es Kaspers Schnitzereien, mal Reisigbesen oder Feuerholz. Wenngleich Anneliese sich auch fragte, ob er lediglich sein schlechtes Gewissen bereinigen wollte, sprach sie ihn nie darauf an. In jedem Fall wirkte er fest entschlossen, der Familie etwas Gutes zu tun, und dafür waren sie ihm dankbar.

◆◆◆

Inzwischen hatte der Sommer den Frühling abgelöst, und ein weiteres Mal wechselte die Jahreszeit. Die Natur spendete der Familie genug Nahrung, so dass der Hunger eine Zeitlang vergessen war. Es gab reichlich Beeren, Obst aus dem Garten und prall-grüne Kohlköpfe, die Marva im Verschlag unter der Küche einlagerte. Die warmen Temperaturen hielten die Kinder zu Hause. Feuerholz ließ sich gerade nur schlecht verkaufen, und Marva hatte ihnen eine Pause von den anstrengenden Pflichten verordnet.

Die Familie verbrachte ihre Zeit am liebsten im Wald. Gemeinsam hielten sie nach Eichelhähern und Rehkitzen Ausschau. Für die Dauer eines Sommers lachten und alberten sie herum, als hätte es ein Davor nicht gegeben, und weder Verlust noch Enttäuschung hätten ihre Gemüter getrübt. An Annelieses neunzehntem Geburtstag spielten sie Königshof, schlürften Himbeersaft aus Walnussschalen und kühlten die Füße im Bach ab, mit Gänseblümchenkronen und Wiesenschaumkrautdiademen in den Haaren. In der lauen Nacht lagen sie in stiller Eintracht dicht an dicht im hohen Gras, umgeben von Glühwürmchen, und schauten in die Sterne. Dann dachte Anneliese, wie groß und wundersam diese Welt doch war, und sie wünschte sich nichts sehnlicher, als dass dieser Sommer ewig dauern würde.

Der September verging wie eine sanfte Melodie, und dann verfärbten sich die Blätter, fielen ab: die Quintessenz des Herbstes. Die letzte Ernte wurde eingeholt, bevor die rauen Stürme einsetzten, die nicht nur das Laub von den Bäumen und Sträuchern fegen würden, sondern auch die vorübergehende Unbekümmertheit aus dem Leben der Holls. Anneliese schüttelte sich bei dem Gedanken, dass erneut der Winter nahte und bereits seine Fühler nach ihnen ausstreckte. Die Angst vor der Armut, vor der Unbarmherzigkeit von

Dunkelheit und Kälte, schlich sich in ihr Herz zurück. Wehmütig fuhren sie wieder auf den Markt und boten ihre Waren an, während der Sommer davonschlich, die kurzen, lauen Nächte endeten und die Zikaden leiser wurden.

In den vergangenen Monaten war Kasper so schnell emporgeschossen, dass er seine Schwester beinahe eingeholt hatte. Weil seine Kleider nicht mehr passten, bediente er sich an den Sachen des Vaters, die Marva in der Betttruhe aufbewahrte, die für die Kinder wie eine Schatzkiste war.

An diesem Tag durfte Anneliese das Hochzeitsgewand ihrer Mutter anprobieren. Es war traditionell, wenn auch inzwischen etwas altmodisch. Dennoch fühlte sie sich in dem dunkelblauen Faltenrock und dem mit grünen Bändern zugeknoteten Oberteil wie eine vornehme Dame. Marva setzte ihr ihre aus buntem Papier bestehende Hochzeitskrone auf, und Anneliese drehte sich einmal um sich selbst. Sie kam sich wie eine Fürstin vor. Indes hatte Kasper sich die zu großen Hosen mit einem Riemen um den Bauch geknotet und die Hemdärmel mehrere Male umgekrempelt.

»Du wirst schon noch hineinwachsen«, hatte Marva gemeint, nachdem sie die klobigen Holzfällerschuhe ihres Mannes vorne mit Stoffresten ausgestopft und ihrem Sohn gereicht hatte. Kasper sah an sich hinunter, grinste und zuckte die Schultern. Die Hosenbeine schlackerten nur so um seine dünnen Beine. Anneliese konnte ein Lachen nicht unterdrücken. Kasper schien sich nicht daran zu stören. Er war stolz darauf, die Sachen seines Vaters tragen zu dürfen, und lächelte erhaben, während Marva ihm die Hosenbeine mit Nadeln feststeckte.

Ein wenig erinnerte Kasper Anneliese an ihren lieben Papa. Ihr Bruder hatte dieselbe Anmut, die gleiche Ausdruckskraft wie er. Aber er war auch schmächtig, blass und kränklich. Anneliese krallte ihre Finger in die Rockfalten und schluckte. Sie sah Kasper an, in Wahrheit aber durch ihn durch. Er grinste mit geschwellter Brust, als Marva ihm den kleinen Handspiegel vorhielt. Vaters alte Sachen waren für ihn in diesem Augenblick das Größte. Anneliese spürte die Schwermut in sich aufsteigen. Kasper verdiente es, glücklich zu sein. Sie alle verdienten es. Und sie dachte wieder an ihren Traum vom Gabenbaum, der die Schatten vertrieb und Hoffnung und Trost spendete. Zwar nahte das Jahresende, aber damit auch die Zeit der Besinnlichkeit und Wunder. Anneliese würde nicht zulassen, dass die Angst vor einem weiteren entbehrungsreichen Winter ihrer Familie die Lebensfreude nahm.

In dem Moment, als Kasper zu tanzen begann und Marva im Takt dazu in die Hände klatschte, beschloss Anneliese, eine Tanne ins Haus zu holen, sobald die Tage dunkler geworden waren. Und vielleicht würde sie mit ihr den Zauber von Weihnachten in die kleine Hütte tragen und das Glück würde sich endgültig an sie heften.

◆◆◆

Die Äste der meisten Laubbäume ragten schon ausgezehrt in den Himmel, als Anneliese Philipp auf dem Markt wiedersah.

»Es gibt Neuigkeiten.« Er drückte ihr einen Korb mit Brot und Wurst in die Hand. Sie nickte dankend und stellte ihn neben sich.

»Die Kirche hat mich in die Klosterschule nach Dormagen gesandt, in der ich die katholischen Werte der Schüler beaufsichtigen und dafür sorgen soll, dass gute Christenmenschen aus ihnen werden«, fuhr er fort.

»Gratulation.« Sie schichtete die Feuerholzbündel vor dem Wagen auf.

»Es gibt einen freien Platz.« Philipp kam ihr nah und sprach in gesenkter Lautstärke. »Der Prior sprach mir die Aufgabe zu, einen Jungen auszuwählen, den ich für geeignet halte. Dem das Privileg zuteilwerden soll, höhere Bildung zu erfahren.«

Anneliese hielt mit dem Aufschichten des Holzes inne. Ihr Herz klopfte in düsterer Vorahnung. Sie schickte ihren Blick über den Markt, hielt Ausschau nach Kasper, den sie für ein Tauschgeschäft losgeschickt hatte.

»Ich möchte, dass dein Bruder mich am Freitag begleitet, wenn ich nach Dormagen fahre.« Philipps Entschlossenheit veranlasste Anneliese dazu, ihn anzusehen.

»Dort würde es ihm an nichts fehlen. Er wäre von harter, körperlicher Arbeit befreit. Die Schule hätte Vorrang. Kasper hätte immer genug zu essen, ein sicheres Heim. Gleichaltrige Freunde …«

»Nein.« Anneliese schüttelte den Kopf. »Ich denke nicht, dass das im Sinne unserer Familie wäre. Meine Mutter könnte ihn niemals fortgeben. Wir sind eine Einheit.«

»Das verstehe ich und respektiere es. Glaube mir. Aber … bedenkt doch bitte, es geht um sein Glück. Ich habe dich an jenem Ostersonntag gesehen. Es fiel dir nicht leicht, um Hilfe zu bitten. Du sahst aus, als hättest du wochenlang kaum etwas zu dir genommen. Und, bitte verzeihe mir, wenn ich das so sage, aber … auch jetzt sieht man euch beiden die Not noch an.«

»Der Wald und unser Garten geben uns alles, was wir brauchen«, erwiderte sie.

»Für den Moment mag das so sein. Aber Kasper versinkt in der Kleidung seines Vaters. Ich habe ihn gerade gesehen. Ein

Heranwachsender braucht seine eigenen Sachen. Auch dafür wäre in Dormagen gesorgt.«

Anneliese spürte, wie ihr die Schamesröte in die Wangen stieg. Kasper schien nicht aufzufallen, dass ihn die Leute wegen seiner Kleidung anstarrten. Es schien ihn auch nicht zu stören, dass seine Hände immer wieder in den Ärmeln verschwanden. Seufzend strich sie sich über das Tuch, das ihre langen Haare bändigte, und schluckte schwer ob der Tatsache hin, dass sie sich die Umstände schönredeten. Dass ihre Bescheidenheit nichts weiter war als Hinnahme.

»Ich wünschte, ich könnte auch etwas für dich tun, doch …«, sagte Philipp stockend.

Anneliese hob eine Hand. »Ich weiß schon. Ich bin zu alt für eine Klosterschule und außerdem bin ich nur ein Mädchen.«

Er schlug kurz die Augen nieder. »Vergib mir, dass ich nicht mehr machen kann.«

»Es ist ein Anfang und weit mehr, als sonst jemand für uns getan hat. Ich weiß das zu schätzen. Danke! Aber ich glaube nicht, dass Kasper freiwillig mitgehen wird.«

»Dann musst du mit ihm reden und es ihm erklären. Du willst doch, dass er es einmal besser hat.«

Anneliese seufzte abermals laut. Sie wusste, dass es eine Möglichkeit für ihren Bruder war, der Armut zu entkommen – dem langen Winter, der ihnen bevorstand, und jenen, die noch vor ihnen lagen.

»Sprecht in Ruhe darüber«, bot Philipp an. »Entscheidet euch. Ich komme am Freitag auf euren Hof und werde alles Notwendige mit deiner Mutter besprechen, wenn du damit einverstanden bist?«

Anneliese nickte schweren Herzens und Philipp verabschiedete sich.

»Was hat er gewollt?« Kasper legte die in Papier eingeschlagenen Schlachtabfälle in den Wagen. Der säuerliche Geruch des Fleisches stieg Anneliese in die Nase, und sie drehte den Kopf weg.

»Das erzähle ich dir, wenn wir wieder zu Hause sind.« Sie gab Kasper ein Stück Brot. Herzhaft biss er hinein, setzte sich auf seine Jacke auf den Boden und lehnte sich gegen das Rad. Anneliese betrachtete ihn gedankenverloren. Das Gespräch mit Philipp über ihn ließ sie nicht los, und innerlich lieferten sich Herz und Verstand ein blutiges Gefecht. Anneliese liebte ihren Bruder so sehr. Wie konnte sie ihn fortschicken? Wie ihm die Gelegenheit auf ein besseres Leben verwehren?

8

Nachtisch

Beim Abendessen wurde Philipps Vorschlag besprochen. Marva haderte mit sich, zeigte sich dem Angebot jedoch nicht ablehnend gegenüber. Kasper war außer sich.

»Ihr wollt mich nicht mehr!« Er stand so hastig vom Tisch auf, dass sein Stuhl polternd hinter ihm umfiel. Schluchzend verbarg er das Gesicht hinter seinen Händen.

»So einen Unsinn möchte ich nicht hören.« Marva legte den Arm um ihn. »Das hat rein gar nichts damit zu tun. Denk doch nur mal daran, wie schön es dort sein wird. Du wirst viele Freunde finden, und jeden Tag kommt gutes Essen auf den Tisch. Brot, Fleisch, Kartoffeln. Kuchen.«

»Na und? Da gehe ich nicht hin. Bestimmt nicht«, rief er zornig aus, kletterte die Leiter zu seinem Schlafplatz hinauf und warf sich auf die Matratze, so dass der Staub von der Decke rieselte.

Anneliese atmete seufzend aus. »Ich rede mit ihm.«

Marva nickte dankbar, dann trocknete sie ihre aufkommenden Tränen mit dem Wollschal, der locker um ihre Schultern lag.

In der Dachstube strich Anneliese Kasper sanft über den Rücken.

»Habe ich irgendetwas falsch gemacht?«, wimmerte er in sein Kissen.

»Aber nicht doch, Kasper. Ganz im Gegenteil. Du wirst belohnt.«

»Kommt mir nicht wie eine Belohnung vor«, nuschelte er.

»Ach, wie ich dich doch beneide. Lernen, worauf es ankommt. Eine andere Sprache, vielleicht Latein. Mathematik und Geographie. Du wirst herausfinden, wie unsere Erde aussieht. Sicher gibt es in diesem Kloster eine große Bibliothek. Du darfst Bücher lesen, Geschichten, so viel du willst.«

Er zog die Nase hoch und drehte sich zu ihr.

»Und es wird Nachtisch geben. Pfannkuchen oder Pudding. Oh, ich wünschte, ich könnte mit dir gehen.«

»Dann komm doch mit«, murmelte er hoffnungsvoll.

Anneliese rang sich ein Lächeln ab. »Das geht leider nicht. Die Schule ist nur für besonders schlaue Jungen. Und außerdem … einer muss sich doch um Mama kümmern.«

Kasper schaute grübelnd vor sich hin.

»Und denk dran, es ist ja nicht für immer. Wir werden uns sehen, ab und an. Du wirst eine gute Schulbildung erfahren und einen Beruf erlernen können, der dich absichert.«

»Aber ich sollte doch Holzfäller werden wie Papa.«

Anneliese schluckte, bevor sie über seinen Schopf strich. »Und das ist ein ehrenwerter Beruf. Aber du hast mir mal gesagt, du wärst auch gerne ein Geschichtenerzähler. Bestimmt wirst du viele Geschichten erzählen können, wenn du auf dieser Schule warst.«

»Denkst du?« Er zog eine Schnute.

»Da bin ich ganz sicher, kleiner Frosch.« Sie rutschte zu ihm auf, drückte ihn an sich und Kasper presste sein Gesicht an ihre Schulter.

»Du wirst sehen, es wird dir gefallen«, versprach Anneliese und kämpfte mit den Tränen. Sanft strich sie ihrem Bruder über den Kopf, beugte sich über ihn, um den Duft seiner Haare einzuatmen: Heu und Stroh. Zu wissen, dass sie getrennt werden würden, schmerzte unsäglich, doch sie schalt sich, tapfer zu bleiben. Kasper sollte nicht merken, wie schwer es ihr tatsächlich fiel, ihn gehen zu lassen.

Der Freitag kam und mit ihm Pfarrer Wagners Einspänner. Leise vor sich hin grummelnd nahm Anneliese es hin, dass der Pfarrer seinen Neffen nach Dormagen begleiten würde.

»Guten Morgen zusammen«, sagte Wagner und stieg ächzend vom Kutschbock.

Zähneknirschend sah Anneliese von ihm zu Philipp. Dieser deutete entschuldigend ein Schulterzucken an und hob einen Mundwinkel zur Wange, als er neben seinem Onkel auf sie zukam. Anneliese brachte keine Begrüßung heraus und ließ ihrer Mutter den Vorrang, als es darum ging, die Männer hineinzubitten. Drinnen setzte sie Teewasser auf und beobachtete Wagner unauffällig von der Seite. Widerwille verschaffte sich in Anneliese Raum, weil er an ihrem Tisch saß.

»Für mich nicht, danke.« Wagner hielt die flache Hand über die Tasse, die vor ihm stand, als Marva ihm einschenken wollte. Philipp nahm den Tee dankend an, schlürfte vom Rand und ließ währenddessen seinen Blick neugierig umherschweifen.

»Gewiss hat Ihre Tochter Ihnen bereits erzählt, warum wir hier sind«, meinte er. Marva setzte sich zu ihnen.

»Das hat sie. Ja.«

»Die Klosterschule in Dormagen ist Jungen vorbehalten, die zwar mittellos sind, in denen die Kirche jedoch ein gewisses Potenzial erkennt«, berichtete Wagner nüchtern.

»Ein … nobles Unterfangen.« Marva umschloss ihre Tasse

mit beiden Händen. »Es ist schön, zu hören, dass die Kirche sich den … Mittellosen annimmt. Unsere Erfahrungen, was das angeht, waren mitunter ein klein wenig anders.«

»Und das bedauern wir unsäglich«, beteuerte Philipp. Sein Onkel gab ein leises Brummen von sich.

»Ich versichere Ihnen, ich nehme meine Aufgabe, mich für das Wohl der Menschen einzusetzen, sehr ernst«, fuhr Philipp fort.

Marvas Augen schmälerten sich. »Warum mein Sohn?«, fragte sie von Skepsis befallen. »Sie kennen meinen Kasper doch kaum.«

»Nun, ich weiß, dass er äußerst begabt darin ist, Figuren zu schnitzen, und von Anneliese habe ich außerdem erfahren, dass er gerne liest. Dass er Geschichten mag.«

»Und das qualifiziert ihn für einen Platz an dieser Schule?«, hakte sie kritisch nach.

Wagner wechselte einen unsicheren Blick mit seinem Neffen. Dieser lächelte leicht und schaute in seine Tasse, als läge die Antwort auf dem Grund verborgen. »Das will ich meinen, ja.« Er sah zu Marva auf, schwenkte seine Tasse in der Hand und trank aus.

»Wir können uns kein Schulgeld leisten«, sagte Marva weiter.

Wagner lachte leise auf. »Meine Liebe, als wäre uns das nicht bekannt. Die Kirche übernimmt selbstredend die Kosten.«

»Das ist richtig. Sie brauchen rein gar nichts zu tun, außer mir Ihr Vertrauen zu schenken. Seien Sie versichert, ich werde auf Kasper achtgeben«, ergänzte Philipp.

Marva seufzte lang anhaltend, während sie kurz vor sich hinsah. Ihr Kiefer spannte sich sichtbar an, dann schaute sie bedeutungsvoll zu Anneliese auf, die beim Ofen stehend nervös ihre Finger knetete.

»Ich hole ihn.« Anneliese ging hinaus in den Stall, dort, wo Kasper in Tariks leerem Unterstellraum einen Zufluchtsort gefunden hatte – um nachzudenken, sich zu beruhigen, zu verstecken oder einfach nur zu schnitzen. Vorsichtig drückte sie die Tür auf und fand ihren Bruder sitzend gegen die Wand gelehnt vor, den Blick stur geradeaus gerichtet. Über ihm auf dem schmalen Fensterbrett standen aufgereiht seine Holzfiguren. Andere hatte er mit Wollfäden an den Wänden und zwischen den Strohsternen an der Decke befestigt, so dass sie überall um ihn herum waren. Vögel, Kühe, Rehe und vor allem Pferde. Anneliese bewunderte den zauberhaften Raum, den er sich geschaffen hatte, jedes Mal aufs Neue.

»Es ist so weit«, sagte sie ruhig.

Zaghaft blickte er zu ihr auf. In seinen wässrigen Augen stand ein Vorhaben, verwoben mit der Erkenntnis, keine Wahl zu haben – leuchtend hell wie eine Fackel im Sturm.

»Wenn ich mit ihm gehe und fleißig lerne und einen Beruf habe, könnte ich doch vielleicht Tarik zurückkaufen. Oder?«

»Ja! Warum nicht?« Anneliese wünschte sich, dass es so käme. In Wahrheit rechnete sie jedoch nicht mit einem Wiedersehen, denn mit seinen einundzwanzig Jahren hatte Tarik bereits ein stolzes Alter erreicht. Doch das sagte sie Kasper nicht. Stattdessen redete sie ihm gut zu. Er sollte glauben, dass es möglich war, seinen Freund zurückzubekommen.

»Du kannst alles schaffen, Brüderchen, wenn du nur willst.«

Kasper schaute grübelnd vor sich, dann stand er, bestärkt von ihrem Zuspruch, auf, klopfte sich das Stroh von den Kleidern und trat aus seinem Versteck.

Der Abschied wenig später, trieb ihnen die Tränen in die Augen. Während Philipp Kaspers Tasche auflud, gelang es Marva nicht, ihre Trauer zurückzuhalten. Anneliese bemühte sich, die Fassung zu wahren. Sie wollte nicht, dass Kasper sie weinen sah. Er sollte voll Zuversicht und Freude nach Dormagen fahren und nicht mit dem Kummer über die Familie im Herzen. Doch es fiel Anneliese unglaublich schwer, sich stark zu geben. Kasper umarmte seine Mutter fest und lange.

»Warum weinst du denn, Mama?«, fragte er, als sie sich voneinander lösten und er ihr direkt ins Gesicht sah.

»Ich weine, weil ich mich so freue, mein kleiner Frosch.« Sie beugte sich vor und küsste seinen Haaransatz.

Anneliese schluckte ein Schluchzen hinunter. Sie war so stolz auf ihn, weil er seiner Reise gefasst entgegensah. »Schreib uns so oft wie möglich, ja?«

Kasper wandte sich ihr zu. »Das mache ich. Versprochen.«

Anneliese schloss ihn in ihre Umarmung und sog ein letztes Mal den vertrauten Duft seiner strubbeligen Haare ein.

»Sei immer brav.« Ihre Stimme brach ein, als sie ihm diesen Rat mitgab.

Er nickte mit einem schwachen Lächeln, das nicht von seinen traurigen Augen ablenken konnte. Nur widerwillig ließ Anneliese ihn los und sah mit schmerzvoller Miene zu, wie er auf den Kutschbock zu Wagner und Philipp stieg.

»Auf Wiedersehen!« Philipp hob eine Hand zum Abschied, und sein Onkel trieb das Pferd an.

»Gute Reise!«, rief Anneliese ihnen nach.

Kasper schaute zurück, und Anneliese lief hinter der Kutsche her, bis zur alten Buche, dort, wo sich der Weg gabelte. Sie warf beide Arme in die Luft, winkte, lächelnd und eifrig, bis das Fuhrwerk hinter den Bäumen verschwunden war. Eine seltsame Stille blieb zurück, die nur von Marvas Wimmern durchbrochen wurde und wenig später der sich schließenden Haustür. Anneliese atmete die Verzweiflung weg, die sich in ihr auszudehnen versuchte. Es war richtig, Kasper gehen zu lassen, redete sie sich ein, als sie zu ihrer Mutter hineinging. Es war gut.

◆◆◆

Der Tag war ausgefüllt. Anneliese erledigte ihre häuslichen Pflichten, bereitete den Wagen für den Markt vor und war dankbar für jede Form von Ablenkung. Doch als sie sich abends schlafen legte und Kaspers verlassene Bettstatt neben ihrer sah, verschaffte sich der Herzschmerz Raum.

Es war, als hätte sie mit ihrem kleinen Bruder ein Stück von sich selbst weggeben. Er fehlte ihr schon jetzt unsagbar. Was, wenn auch ihn das Heimweh nicht schlafen ließ? Gab es jemanden, der sich seiner annahm? Ihn tröstete? Anneliese grämte sich. Was für einen Preis sie doch bezahlten, damit er versorgt war. Sie dachte an Philipps lobende Worte über die Klosterschule. Ihm vertraute sie, wenn auch nicht seinem Onkel. Sie zwang sich, an das Wohl ihres Bruders zu denken, aber es war nur ein kleiner Trost. Genau genommen wussten sie nicht einmal, wann sie sich wiedersehen würden.

Anneliese weinte bitterliche, lautlose Tränen, damit ihre Mutter nichts von dem Kummer mitbekam, den sie nicht länger bändigen konnte. Sie lag mit dem Gesicht zur Zimmerdecke und lauschte dem arbeitenden Holz. Zwischen dem Knacken und Knarzen, dem sich Ausdehnen und Zusammenziehen vernahm sie das leise Schluchzen ihrer Mutter. Anneliese stieg die Leiter hinunter und krabbelte zu ihr ins Bett. Marva schlug die Decke um sie beide, legte den Arm um ihre Tochter, strich ihr über das Haar und küsste ihre tränennassen Wangen. Und Anneliese kuschelte sich an sie, wie sie es zuletzt getan hatte, als sie noch ein kleines Mädchen gewesen war. In den Armen ihrer Mutter fand sie Geborgenheit und Trost. Sie drehten sich einander zu, lächelten die Trostlosigkeit weg und schliefen ein.

◆◆◆

Dreimal die Woche verbrachten Anneliese und ihre Mutter ihre Tage damit, Holz aus dem Wald zu holen. Von Sonnenaufgang bis zur Dämmerung waren sie mit Hacken, Sägen und Verladen beschäftigt, um genug Material für den nahenden Winter zu beschaffen, das sie auf dem Markt anbieten konnten. Inzwischen waren sie an die Schwielen an den Händen gewöhnt. Die Splitter, die durch die Haut stachen und die Blasen an den Füßen, von den anstrengenden Märschen über unwegsames Gelände. Obgleich die schwere Arbeit an ihnen zerrte, gaben sie nicht auf.

Anneliese fuhr weiterhin nach Freiburg, und manchmal begleitete ihre Mutter sie. Dann verkauften und feilschten sie oder tauschten Brennholz, Kräuter, Tannengrün und Reisigbesen gegen Lebensmittel ein. Trotz aller Bemühungen kehrten sie manchmal mit nur zwei Kupferstücken aus Freiburg zurück. Es war nicht genug, um satt zu werden, und nicht ausreichend, um sich von dem Geldverleiher zu befreien, der die nächste Rate anforderte. Mitte November war Rosa noch einmal am Stand der Holls gewesen. Sie hatte Anneliese Komplimente gemacht und ihr erneut vom Roten Salon berichtet, in dem sie sie nur allzu gern willkommen heißen würde. Marva hatte sie daraufhin rüde verwiesen. Am selben Abend beichtete Anneliese ihr, dass es nicht die erste Begegnung mit der Dirne gewesen war.

»Hanebüchen!« Marva saß mit hochrotem Kopf am Tisch. »Du hältst dich fern von dieser Frau. Hast du verstanden, Liese?« Es war ihr todernst. Selten hatte Anneliese sie so ablehnend wie entschlossen erlebt. »So eine Person bringt nichts Gutes. Das Geschäft, von dem sie sprach, ist ein bodenloser Schlund, in dem junge Mädchen für immer verschwinden. Nichts nehmen wir mehr von dieser Frau an. Gott helfe uns, vorher verhungern wir lieber.«

»Ja, Mama.« Anneliese schwor in diesem Augenblick Gehorsam. Sie wusste, sie würde Rosa nie wieder erwähnen oder das, womit sie ihren Lebensunterhalt verdiente.

Der milde November verblasste wie ein Schemen im Nebel. Er hatte ihnen einen Aufschub gewährt, der es ihnen ermöglicht hatte, die Marktbesuche ohne große Schwierigkeiten fortzuführen. Doch im Dezember hatte der Herbst seine Kraft endgültig ausgehaucht und das Zepter an den Winter übergeben. Der erste Schnee war noch vor Beginn der Adventszeit auf die hohen Tannen herabgefallen, hatte das Land unter einer weißen, pulvrigen Schicht bedeckt, und die Kälte hatte alles in einen tiefen Schlaf versetzt.

Vor der Hütte der Familie Holl war der Boden steinhart gefroren. Weißer Dampf stieg von dort aus zur Wintersonne empor. Obwohl Anneliese ihrer Mutter mehrfach zu erklären versucht hatte, dass sie allein zurechtkam, bestand diese darauf, ihr beim Füttern der Hühner zu helfen.

»Geh wieder ins Haus«, wiederholte sie, als Marva sich an die Brust fasste, rasselnd Luft einsog und heftig zu husten begann. Seit fast zwei Wochen plagte sie eine Erkältung, die nicht besser, sondern schlimmer zu werden schien.

»Ich mache das schon, Mama. Du musst dich ausruhen«, bekniete Anneliese sie, aber Marva schüttelte nur den Kopf.

»Es geht schon.«

Anneliese war zutiefst beunruhigt. Die Haut ihrer Mutter, um Nase und Mund herum, hatte sich bläulich verfärbt. Ihre Wangen waren eingefallen, die Ränder unter ihren Augen schienen sich seit gestern weiter verdunkelt zu haben. Sie war nur noch ein Schatten ihrer selbst, blass und mit schütterem Haar, knochig und krumm wie ein vom Feuerbrand befallener Apfelbaum.

9

Unsichtbar

Ende 1817

Dunkelheit beherrschte die Tage, und manchmal war es, als würde die Sonne gar nicht erst aufgehen. Das triste Wetter verschmolz mit der Dämmerung zu einer endlos erscheinenden Nacht. Zu allem Übel ging eine heimtückische Seuche um, die jene attackierte, die am schwächsten waren. Die gute Frau Hering war als eine der ersten erkrankt und verstorben, noch ehe die Holls von einem Wegearbeiter von der Krankheit erfahren hatten, die auch in Freiburg grassierte.

Anneliese und Marva hatten daraufhin Heinrich besucht, um ihm ihr Beileid auszusprechen. Doch er gab ihnen zu verstehen, dass sie unwillkommen waren. Als wären sie Bittsteller, hatte er ihnen einen Laib Brot zugeschoben, bevor er, unter Elviras drängenden Rufen, seine Tür wieder geschlossen hatte. Anneliese schockierte sein Mangel an Höflichkeit in dieser Situation.

»Nicht einmal das Datum für Frau Herings Beisetzung hat er uns genannt«, hatte Anneliese irritiert festgestellt.

»Aus gutem Grund.« Mit gekränkter Miene hatte Marva sich von der Backstube abgewandt und den Heimweg vorgegeben. »Er will nicht, dass die Leute über ihn reden, oder darüber, was er mit uns zu schaffen hat.«

Anneliese hatte Mühe gehabt, mit ihr Schritt zu halten. In dem Moment war ihr klar geworden, dass ihre Mutter immer noch nicht über Heinrich hinweg war. Vielleicht hatte sie in der kurzen Zeit, die sie mit ihm verbracht hatte, geglaubt, sie hätte den Menschen zuvor unrecht getan, indem sie sie auf Abstand gehalten hatte. Wider Erwarten hatte Marva sich für jemand Neues geöffnet und war betrogen worden. Nun schien es, als hätte die Enttäuschung, die sie durch Heinrich erfahren hatte, ihr Herz für immer für die Außenwelt verschlossen.

Anneliese ging einige Schritte hinter ihr, hörte, wie sie sich leise schnäuzte. Sie wollte sie trösten, wollte ihr sagen, dass die Abweisung nichts mit ihr zu tun hatte, auch wenn sie Zweifel hatte, tat es aber nicht. Ihre Mutter zu belehren, würde nichts bringen. Sie ahnte, dass es ihr nicht allein um Heinrich ging. Zum ersten Mal in ihrem Leben fürchtete sie wohl die Folgen der sozialen Ausgrenzung, und obwohl sie kein Wort darüber verlor, wusste Anneliese, dass mit Frau Herings Tod auch ihre Hoffnung darauf gestorben war, eines Tages doch noch in Rietbach willkommen zu sein.

In den nachfolgenden Tagen verschlechterte sich Marvas Stimmung zusehends, und bald darauf verließ sie den Hof überhaupt nicht mehr. Anneliese übernahm alle Botengänge. Sie belieferte Frau Furth mit Tinkturen für ihre Katzen und legte Tannengestecke mit Christrosenblüten auf das Grab ihres Vaters und das von Frau Hering.

Die Kälte drang in jeden Winkel des Hauses. Anneliese zog sich das Ziegenfell enger um ihre Schultern, fachte den Ofen neu an, legte ein Holzscheit nach, dann noch eins. Hinter ihr las Marva Kaspers herzzerreißenden Brief, der am Morgen eingetroffen war, wieder und wieder.

»Er braucht noch Zeit, sich einzugewöhnen«, sagte Anneliese, gab Kohlsuppe auf zwei Teller und setzte sich zu ihrer Mutter an den Tisch. »Wir wussten alle, dass es schwer für ihn werden würde. Ebenso wie für uns.« Sie schob ihrer Mutter den Löffel, dann die letzte Brotkante hin.

»Du musst etwas essen, Mama.«

Schwerfällig seufzend faltete Marva den Brief zusammen und verstaute ihn hinter dem Holzpferd auf dem Kaminsims. Lange Sekunden starrte sie sich an der Schnitzerei ihres Sohnes fest. Und Anneliese war, als könne sie ihren Schmerz darüber fühlen, ihn fortgegeben zu haben. Sie schnappte nach Luft, fing sich aber wieder.

»Mama, bitte!«, drängte sie sie. Nur langsam löste Marva sich aus ihrer Lethargie und kehrte zu ihr an den Tisch zurück. Anneliese war nicht entgangen, dass sie immer häufiger in Tagträumen festzuhängen schien und immer seltener etwas aß. Seit sie sich die Vorräte eingeteilt hatten, hatte Marva begonnen, ihre Ration bereitwillig an Anneliese abzutreten. Offenbar hatte sie nicht nur die Hoffnung, sondern unlängst auch der Appetit verlassen.

»Die Suppe ist gut. Koste! Iss wenigstens etwas davon«, bat sie ihre Mutter nachdrücklich.

»Ich bin nicht hungrig, Liebes.« Sie berührte Annelieses Schulter im Vorbeigehen, dann wandte sie ihren Blick aus dem Fenster, gegen das sanft die Schneeflocken klopften. Seit Tagen schneite es nun schon und der kleine Hof der Holls war von der Außenwelt abgeschnitten, der Weg nach Freiburg unpassierbar.

Anneliese bedauerte es, dass sie den Markt nicht besuchen konnten, war doch Feuerholz bei der anhaltenden Kälte mehr denn je gefragt. Insgeheim hatte sie auf eine Gans zu Weihnachten für sie beide gehofft – ein kleines Festessen, so wie sie es von früher gewohnt waren, als die Familie noch vollzählig gewesen war. Aber an eine Fahrt über die holprige, zugeschneite Landstraße war nicht zu denken. Auf dem langen Weg drohten ihnen außerdem Erfrierungen. Sie mussten abwarten und hoffen, dass sich das Wetter bald bessern würde.

Eine Woche vor Weihnachten, während Marva sich gerade im Haus ausruhte, kam wieder Post, die Anneliese entgegennahm. Ein Brief von Kasper. Der andere von Philipp, der ihnen mitteilte, dass er von Kaspers Sehnsucht nach der Familie wisse. Die Fürsorge jedoch, mit der dieser sich um alle anderen heimwehgeplagten Kinder kümmere, sei Grund zur Annahme, dass er sich einlebe. Jeden Abend, so schilderte er, erzähle Kasper den anderen Kindern Geschichten, um sie aufzuheitern.

Anneliese reichte Philipps Brief an ihre Mutter weiter. Kaspers jedoch nicht, denn sie fürchtete, seine traurigen Zeilen würden sie nur aufwühlen. Den ganzen Monat über hatten sie kein Geld für Ernst Finken zurücklegen können. Und trotz ihrer Sparsamkeit gingen ihre Vorräte bereits zur Neige. Der Kummer ließ sie beide kaum schlafen. Sorgen hielten sie wach und die Frage danach, wie sie die kommenden Wochen überstehen sollten.

Anneliese antwortete Kasper in Marvas Namen, er solle durchhalten und dankbar für seine Möglichkeiten sein. Dass er seine Vorteile schon noch erkennen würde und dass sie sich gewiss bald sehen würden. In Wahrheit war sie jedoch gewillt, ihn sofort nach Hause zu holen. Er fehlte ihr. Daneben musste sie tagtäglich mitansehen, wie ihre Mutter unter der Trennung litt. Ganz gleich, wie sehr sie sich auch um sie bemühte – es konnte ihren Schmerz nicht lindern.

Innerhalb von zwei Jahren war Marva der Männer in ihrem Leben beraubt worden. Den einen an die Ewigkeit, den anderen an die Kirche. Die Armut hatte ihr einen Pfeil ins

Herz gebohrt, mit dem sie leben musste und der sie jeden Tag ein wenig mehr ausbluten ließ. Der Mangel an Licht verschlimmerte ihren Zustand zusätzlich. Ein Rasseln lag auf ihrer Lunge und erschwerte das Atmen, blutiger Auswurf verfärbte ihre Taschentücher. Anneliese war nicht sicher, ob es die Seuche war, die schon Frau Hering geholt hatte, oder ob ihre Mutter von einem anderen Leiden befallen war. Sie machte ihr heiße Aufgüsse mit Thymian und Spitzwegerich, Salbei und Zwiebel, doch nichts schien zu helfen. Die Hilflosigkeit, die sie deswegen empfand, trieb sie sogar in die Kapelle am Dorfrand, wo sie zur heiligen Maria betete, sie möge ihre Mutter wieder gesund machen, sie retten und ihr die Lebensfreude zurückgeben, die ihr abhandengekommen war.

Um fünf Uhr am Morgen wurde Anneliese von Hunger und Kälte geweckt. Beides hatte sie bis in den Schlaf verfolgt. Sie hatte geträumt, sie stünde in einem Saal, in dem ein herrliches Feuer im Kamin brannte. Eine hohe, festlich mit Äpfeln, Nüssen und goldenen Papierengeln behangene Tanne zierte den Raum, umgeben war sie von allerlei Köstlichkeiten: eine gebratene Gans, dampfende Pasteten, Schokoladenpudding, Torten aus feinster Buttercreme. Als sie wach wurde, hatte sie zunächst gedacht, die Tanne stünde vor ihr. Sie glaubte, den köstlichen Duft des Essens zu riechen und die Wärme des Kaminfeuers auf der Haut zu spüren. Doch dann war da wieder das hohle, nagende Gefühl im Magen und sie begriff, dass es nur ein Traum gewesen war. Resigniert erfühlte Anneliese mit dem Zeigefinger ihre eiskalte Nasenspitze, erspürte ihre starr gefrorenen Zehen.

Ein Poltern kam von draußen, und sie sprang auf. Die Hühner gackerten aufgebracht, als sie das Gewehr ihres Vaters vom Haken neben der Tür nahm und vors Haus trat.

»Bleib drin, Mama«, sagte sie, nachdem auch Marva, von den Geräuschen aufgeschreckt worden war.

Draußen schlug Anneliese klirrend kalter Wind entgegen. Wolken verschleierten den Mond, so dass sie kaum etwas sehen konnte. Langsam tastete sie sich bis zum Hühnerstall vor, doch dann: eine rasche Bewegung, ein unförmiger Schatten. Anneliese wich erschrocken zurück, stolperte und landete auf dem hart gefrorenen Boden. Ein Schuss löste sich dabei, zischte übers Dach hinweg und schreckte schlafende Vögel auf. Zuerst dachte Anneliese, ein wilder Hund sei in den Hühnerstall eingedrungen, doch dann erkannte sie, dass es ein weiß gescheckter Fuchs war, der nun an ihr vorbeiraste. In seinem Maul zappelte ihre beste Legehenne.

»Halt!« Anneliese rappelte sich auf, wollte ihm nach.

»Lass ihn gehen.« Marvas sanfte Stimme hielt sie zurück. Überrascht drehte Anneliese sich um. Sie hatte nicht einmal bemerkt, wie ihre Mutter das Haus verlassen hatte. Für einen Moment standen die Frauen dicht beieinander, schauten in den Wald hinein, wo der Fuchs mit der Henne verschwunden war. Marva legte Anneliese eine Decke um die Schultern, und sie gingen wieder hinein, ließen das Geschehene geschehen, sprachen nicht, legten sich schlafen, und nach einer Weile wurde es wieder still in der Hütte.

Annelieses Gedanken jedoch kreisten weiter. Die Henne war ein Verlust. Abermals mussten sie mit noch weniger auskommen. Unruhig wälzte sie sich umher, versuchte, in ihren schönen Traum zurückzufinden. Das wohlige Gefühl, das sie beim Anblick des Tannenbaums empfunden hatte, war noch da. Ebenso wie der Hunger, der sie geweckt hatte. Sie wusste nicht, ob es der Aufregung geschuldet war, aber nun verlangte ihr Magen lautstark nach Essen. Anneliese dachte an das Getreide, das sie gestern eingeweicht hatte, und ihr Bauch stimmte diesem Gedanken freudig gluckernd zu.

Leise kletterte sie erneut die Leiter zur Stube hinunter, setzte Wasser für einen Tee auf, entschlossen, damit ihren Bauch zu besänftigen. Doch dann fiel ihr Blick auf die mit einem Tuch abgedeckte Schüssel, und sie wurde schwach. Gierig schob sie sich einen Löffel vom Getreide in den Mund und schluckte die nicht einmal halb zerkauten Körner hinunter. Es knackte und knirschte zwischen ihren Zähnen. Ein stechender Schmerz im Oberkiefer, nachdem sie auf ein besonders hartes Korn aufbiss, verebbte neben dem Gefühl, endlich wieder etwas im Magen zu haben. Drei Tage hatten sie fast gänzlich auf Essen verzichtet, um ihre Vorräte zu schonen. Nun ließ ihr der Hunger keine Wahl.

Anneliese verbrachte den nächsten Tag damit, eine Schlingfalle für den Fuchs zu bauen. Die wollte sie nachts neben der Stallklappe aufstellen, um die letzte Henne zu schützen. Sobald sie wieder etwas Geld erübrigen konnten, würden sie neue Hühner kaufen. Doch der Fuchs war ein Problem. Hatte er einmal Beutetiere ausgemacht, würde er immer wieder kommen.

Anneliese schob diese Gedanken beiseite, denn Weihnachten stand unmittelbar vor der Tür. Nur noch drei Tage bis Heiligabend. Sie hatte den Entschluss gefasst, ihrer Mutter eine Freude zu bereiten. Zwar hatte sie kein passendes Bäumchen für die Stube finden können, dafür aber hatte sie Tannenzweige vom morgendlichen Waldspaziergang mitgebracht und sie kurzerhand mit Strohsternen behangen. Mistel- und Stechpalmenzweige zierten Balken und Zargen der Hütte und verliehen ihr eine stimmungsvolle Gemütlichkeit. Gleich morgen würde Anneliese die letzten Kartoffeln mit Rosmarin und Petersilie im Ofen zubereiten.

Als Nachtisch hatte sie ein Apfel-Birnen-Mus im Sinn. Die Lebensmittel hatten sie sich aufgespart, und Anneliese war der Ansicht, dass ihre Mutter nun eine Stärkung gebrauchen konnte und Ablenkung von den Alltagssorgen. Ihr Plan, sie mit einem guten Essen zu überraschen, beflügelte sie regelrecht und ihre täglichen Pflichten gingen ihr leicht von der Hand. Sie war sicher, ihre Mutter würde sich nach einer guten Mahlzeit schneller erholen.

Doch als sie am Nachmittag an deren Bettstatt trat, um ihr Brühe zu bringen, fand sie sie verändert vor. Marvas Wangen waren tiefrot, ihre Stirn glänzte schweißnass. Sie versuchte, sich aufzurichten, fiel aber sofort wieder ins Kissen zurück. Anneliese klopfte das Herz in einer unheilvollen Vorahnung. Sie setzte sich zu ihr.

»Alles ist gut. Bleib du nur liegen, Mama.«

»Ich brauche … nur … etwas Schlaf«, flüsterte Marva abgehakt und hustend. »Du wirst sehen … dann geht es mir bald besser.«

Anneliese nickte und lächelte leicht in dem Versuch, gefasst zu wirken. Zaghaft bettete sie ihre Hand auf die mütterliche Stirn. Sie glühte förmlich. Während Marva langsam eindämmerte, legte Anneliese ihr Wadenwickel an, genau so, wie sie es von ihr gelernt hatte, und kochte Weidenrindentee. Doch das Fieber wollte einfach nicht sinken. Am Ende dieser Nacht war Anneliese ratlos, erschöpft, hilflos.

»Ich glaube, du brauchst diesmal wirklich einen Arzt«, sagte sie, als der Tag anbrach.

Marva stöhnte, ihre Lider flatterten, Schüttelfrost ließ ihren Körper erzittern. Anneliese wusste nicht, ob ein Arzt noch etwas tun konnte, aber sie wollte sich an diesen letzten Funken Hoffnung klammern. Sie hatte getan, was in ihrer Macht gestanden hatte, all ihre Heilkenntnisse angewandt. Aber ihre

Mutter war schwer krank. Sie konnte dabei zusehen, wie das hohe Fieber ihre letzten Reserven verbrannte.

»Ich geh jetzt ins Dorf und versuche, dir einen Arzt zu beschaffen«, kündigte sie an. In dem Moment jedoch, in dem sie sich vom Stuhl aufrichtete, schnellte die Hand ihrer Mutter vor.

»Nein!« Keuchend umfasste Marva Annelieses Handgelenk. Eine tiefe Entschlossenheit lag in ihrer kraftlosen Stimme. Sie blickte ihre Tochter durch glasige Augen an. »Es wird niemand kommen.«

»Aber ich muss doch irgendetwas tun!« Anneliese kniete sich vor sie, umschloss ihre Hand fester.

»Du tust genug.« Marva sog angestrengt den Atem ein, schloss leidend die Augen.

»Bitte …«, hauchte Anneliese verzweifelt. »Lass mich nicht allein, Mama. Ich bin noch nicht so weit.« Mit tränennassen Wangen erflehte sie das Unerflehliche. Marva lächelte müde und berührte Anneliese am Kinn. Ihre Hand war eiskalt. Ein weiterer Hustenanfall schüttelte sie. Anneliese richtete sie ein wenig auf, strich ihr über den Rücken und reichte ihr das Stofftuch, nach dem sie fahrig getastet hatte. Marva presste es sich vor den Mund. Ein Pfeifen entwich ihrer Lunge. Sie schloss die zitternde Faust um den nun blutbefleckten Stoff.

»Ich wünschte … ich hätte … noch etwas mehr Zeit.« Japsend lehnte sie sich zurück, nachdem sie wieder zu Atem gekommen war. »Um zu erleben, wie du und Kasper eure Träume wahrmacht. Aber … es liegt nicht mehr in meiner Macht, Liebes.«

Mühselig schluckte Anneliese die lähmende Betroffenheit hinunter, die sich in ihr regte. Lange hatte sie verdrängt, dass ihre Mutter nach dem letzten Winter nie richtig gesund geworden war. Dass die hinterhältige Krankheit jederzeit zurückkehren konnte, um einzufordern, was sie aufgeschoben hatte. Auf einmal schien sie es eilig zu haben. So sehr, dass Anneliese kaum begreifen konnte, was geschah. Allein die Vorstellung, dass ihre geliebte Mutter nicht mehr bei ihr sein würde, riss ihr den Boden unter den Füßen weg. Dabei hätte sie es wissen, sich auf das Unausweichliche vorbereiten müssen, das nun bevorstand. Ihr Versäumnis wog schwer in ihr, denn nun war sie nicht imstande, Stärke zu zeigen. Nicht für ihre Mutter und auch nicht für sich selbst.

»Ich bin so stolz auf dich, Liese«, hauchte Marva. »Auch wenn du mich nicht mehr sehen kannst, so werde ich doch immer bei dir sein, meine Tochter.« Sie sog stöhnend Luft ein. Ihre Lider flatterten erneut, ihr Atem ging schnell, im Takt ihres fiebergeschwächten Herzens.

Ohne es zu wollen, drängte sich Anneliese die Frage auf, wie viele Schläge es noch schaffte. Ihre Mutter war spindeldürr, das Gesicht eingefallen und kreideweiß. Selbst das Rot der heißen Wangen schien sich abzukühlen. Und mit jeder Stunde, die sie an ihrem Bett wachte, wich das Leben aus ihrem Körper, wie das Wasser aus dem Brinkeisel in einem heißen Sommer.

Als die Nacht den Schwarzwald in Dunkelheit hüllte, war der Tod bereits im Raum. Anneliese wurde von Kälteschauern geflutet. Sie spürte die Anwesenheit des Endgültigen, als sie die Hand ihrer Mutter an ihr Gesicht bettete.

»Versprich mir«, wisperte Marva kaum hörbar. »Gebt aufeinander acht. Du und Kasper. Was auch passieren mag, haltet euch stets lieb.«

Anneliese hob den Blick, sah ihrer Mutter ins Gesicht, nickte eifrig und durch tränennasse Augen.

»Sorge dafür, dass es deinem Bruder gut ergeht. Er ist noch so jung …«

»Ich verspreche es.« Annelieses Stimme brach ein. Sie schluckte mehrmals hintereinander, um sie wieder zu festigen. Über Marvas Gesicht huschte ein zufriedenes Lächeln. Bis zuletzt hielt sie Anneliese mit ihrem Blick fest, ehe ihre Augen leer und starr wurden. Eingefroren im Zeitpunkt ihres Todes.

10

Was ewig währt

Tag und Nacht wechselten sich ab. Anneliese blieb wie betäubt am Bett der Mutter und merkte kaum, wie die Zeit verging. Weder trank sie noch aß sie. Sie rührte sich nicht. Erst als das weiße Licht der Wintersonne zum dritten Mal die Stube erhellte, war es, als spürte sie eine sanfte Berührung an ihrer Wange, die sie dazu veranlasste, aufzuschauen. Sie nahm die Blaumeise wahr, die gegen das Fenster pickte, hörte das Knacken und Knirschen im Gebälk und sie erinnerte sich, dass sie noch am Leben war.

Benommen trat sie vors Haus, hinaus in die klirrende Kälte. Der Boden war noch immer gefroren. Eiszapfen hingen vom Dach und glitzerten wie gläserne Speere in der aufsteigenden Morgensonne. Anneliese holte Wasser aus dem Bach und wusch sich die eingetrockneten Tränen von den Wangen. Sie band sich das Haar zu einem Zopf, zog sich an und machte sich auf den Weg nach Rietbach. Damit folgte sie dem ersten klaren Gedanken, der ihr durch den Kopf geschossen war. Sie klopfte an die Tür der Backstube und berichtete Heini gefasst, was ihrer Mutter zugestoßen war. Obwohl er ihnen zuletzt kühl und distanziert gegenüber gewesen war, hatte sie keinen anderen Rat gewusst, als sich an ihn zu wenden. Immerhin hatte es eine Zeit gegeben, in der sie ihm etwas zu bedeuten schien. Den Pfarrer würde Anneliese nicht noch einmal fragen, denn sie konnte nicht vergessen, dass er ihnen in der bittersten Stunde die Hilfe verwehrt hatte. Vielleicht, so dachte sie zähneknirschend, wäre ihre Mutter heute noch am Leben, wäre ihr an jenem Osterfest von einem Arzt geholfen worden. Außerdem hatte Marva immer betont, dass sie sich keine christliche Bestattung wünschte. Sie wollte bleiben, wo sie die besten Jahre ihres Lebens hatte – wo ihr Zuhause war.

»Ist gut«, hatte Heinrich betroffen wie schockiert gemeint. Schleunigst hatte er eine Tasche gepackt, die Pferde angespannt und war, ohne auf Elviras Zetern einzugehen, mit Anneliese auf den Hof gefahren. Am Waldrand, unterhalb der hochgewachsenen Linde, hatte er schweigend mit Spitzhacke und Spaten ein Grab ausgehoben und die Tschusch zur letzten Ruhe gebettet. Gedankenverloren hatte er eine Weile mit Anneliese an ihrem Grab gestanden und leise Tränen vergossen. Und wie Anneliese ihn so von der Seite angeblickt hatte, war ihr klar geworden: Er hatte sie geliebt. Auf seine Weise.

Im Haus setzte Anneliese Wasser auf. Sie tranken Tee und Heinrich sah ihr gedankenverloren zu, wie sie hungrig etwas vom Brot hinunterschlang, das er mitgebracht hatte.

»Wir sollten darüber reden, was nun aus dir wird«, brach er die bleierne Stille, die im Raum hing. »Ihr seid jetzt Waisen.«

»Kasper ist in Dormagen sicher«, sagte sie zwischen zwei Schlucken Tee.

Heinrich nickte in einem Ausatmen. »Es ist gut, dass der Bub dort ist. Und dass er seine Mutter am Ende nicht so sehen musste.«

»Er hat sich nicht verabschieden können.« Anneliese ließ das Stück Brot, das sie hielt, sinken.

»Er wird sie in Erinnerung behalten, wie sie war. Bedauere das nicht. Für ihn ist es so einfacher.«

Anneliese schluckte schwerfällig und schaute seufzend vor sich. Er hatte recht. Sie dagegen hatte hilflos zusehen müssen, wie ihre Mutter gestorben war. Das würde sie auf ewig verfolgen. Kasper war dem entgangen. Und nun wartete die schrecklichste aller Aufgaben auf sie: Sie musste ihm mitteilen, dass die Mutter es nicht geschafft hatte. Dass die Krankheit stärker gewesen war als sie. Noch dazu würde ihr Wiedersehen noch weiter ins Ungewisse verschoben werden. Würde er das verkraften?

»Ich werde mich für dich umhören.« Heinrich holte sie aus ihren Überlegungen. »Vielleicht braucht jemand ein Arbeitsmädchen oder eine Magd.«

»Danke, aber ich habe Arbeit«, entgegnete Anneliese leise.

»Du meinst die deines Vaters?« Er lachte auf. »Mädel, das ist keine Arbeit für dich. Und du willst doch nicht allen Ernstes weiterhin allein nach Freiburg? Da bist du für jeden herumlungernden Strolch leichte Beute.«

Sie senkte die Brauen über ihre Augen, weil er ihr plötzlich so besorgt vorkam. All die Monate zuvor hatte es ihn doch auch nicht geschert, wie sie ihr Geld verdient hatten. Warum jetzt?

»Ich kann selbst auf mich aufpassen«, erwiderte sie verhalten.

»Ihr habt noch Schulden beim Finken?«, hakte er vorsichtig nach.

Sie nickte.

Heinrich fuhr sich seufzend durchs Haar.

»Du könntest den Hof aufgeben, sobald dich jemand eingestellt hat. Als Magd stünde dir ein Zimmer im Gesindehaus zu.«

»Das möchte ich aber nicht«, meinte sie verzagt.

»Es ist ganz schön einsam hier draußen.«

»Es ist mein Zuhause.«

»Ja. Ich weiß«, hauchte er verständnisvoll.

Anneliese wurde das Herz schwer bei dem Gedanken, immerzu allein zu sein, ohne Eltern, getrennt von ihrem Bruder, nur um am Ende doch den Hof zu verlieren, auf dem sie aufgewachsen war.

»Gibt es keine Arbeit für mich in der Backstube?« Sie schaute ihn hoffnungsvoll an. Er wandte den Blick ab.

»Das geht nicht«, sagte er endlich bedauernd und seufzte erneut schwer. Heinrich blieb ihr die Antwort auf das Warum schuldig, und Anneliese brauchte auch keine. Seine Frau würde sie niemals dulden. Elvira hatte ihre Mutter gehasst und sie hasste sie ebenso.

»Ich gebe dir Bescheid, sobald ich von einer Arbeitsstelle für dich höre«, sagte er und stand auf.

Sie nickte aus Höflichkeit. Doch sie hatte nicht vor, den Hof zu verlassen.

Beim Hinausgehen betrachtete Heinrich Anneliese bedauernd und sorgenvoll, als hätte er ihre Entscheidung in ihrem Gesicht gelesen. »Du bist stur, Anneliese. Stur wie dein Vater es war. Ich wünsche dir viel Glück.« Er setzte seinen Hut auf und ging.

Noch am selben Abend schrieb Anneliese unter Tränen und mit zittriger Hand ihrem Bruder, dass ihre geliebte Mutter gestorben war. Nichts war ihr je so schwergefallen. Mit verknotetem Herzen erwartete sie seine Antwort.

◆◆◆

Tage vergingen, wurden zu Wochen, ohne einen Brief von Kasper. Mitte Februar, als Schnee und Kälte nachgelassen hatten, kehrte Anneliese nach Freiburg zurück. Finken hatte angekündigt, dass er, nun, da ihre Mutter nicht mehr lebte, zum nächsten Zahltermin im Juni die volle Summe zurückerwarte. Andernfalls würde er den Hof veräußern. Anneliese ging allein in den Wald, hackte, sägte und schleppte Holz, um es auf dem Markt anzubieten. Sie arbeitete ohne Unterlass, doch mit wenig Hoffnung. Wie sollte sie das Geld auftreiben, das er von ihr verlangte? Sie sparte ihren gesamten Verdienst und versorgte sich mit dem, was ihr Wald und Garten boten.

Im März bildeten sich erste Knospen an den Obstbäumen. Doch dann kehrte der Frost noch einmal zurück und erstickte das Leben, das sich zu früh geregt hatte. So wusste Anneliese schon, dass der Apfelbaum in diesem Jahr nur wenige Früchte tragen würde. Manchmal hatte sie Glück – wenn ein Fisch im Teich anbiss, oder ein Kaninchen in ihre Falle geriet. Meist jedoch überwog der Hunger.

Nachdem Heinrich keine Stelle in der Nähe für sie hatte finden können, hatte er ihr empfohlen, nach München zu gehen. Von einem Lieferanten hatte er gehört, dass die Wohlhabenden in der bayerischen Großstadt für ihre herrschaftlichen Häuser immer nach Dienstboten suchten. Anneliese hatte sich seinen Vorschlag durch den Kopf gehen lassen, ihn dann aber abgelehnt. Der Schwarzwald war ihre Heimat, und sie hatte Kasper versprochen, dass er nach der Mutter nicht auch noch sie verlieren würde. Dass er bald zu ihr zurückkehren konnte, damit sie wieder vereint wären.

Der Mai brachte die Natur zum Erblühen, und die wärmeren Tage erleichterten den Weg nach Freiburg. Die viele Arbeit ließ Anneliese kaum Zeit zum Nachdenken. Sie war dankbar für die Zerstreuung, die ihr der Markt bot. Doch wenn sie des Nachts wach in ihrem Bett lag und dem Knirschen und Knacken des Holzes lauschte, kam ihr das kleine Haus furchtbar groß und gespenstisch leer vor. Dann war ihr die Einsamkeit fast unerträglich. Sie vermied das Nichtstun am Tage, konnte aber manchmal nicht verhindern, dass ihre Gedanken abschweiften und Erinnerungen an längst vergangene Augenblicke sie einholten. Oft reichten Kleinigkeiten aus, die sie durch die Zeit fallen ließen. Der Waldpfad, über den sie so oft ihren Vater begleitet hatte. Die alte Buche am Bach, wo sie mit Kasper und ihrer Mutter und später auch mit Heinrich gewesen war. Damals schien es, als wäre das Glück dabei, in ihr aller Leben zurückzukehren. Es war nur von kurzer Dauer gewesen.

Mittlerweile schienen die Leute aus dem Dorf in Anneliese nur eine weitere Fremde zu sehen. Seit die alte Frau Hering gestorben war, sah niemand mehr auf dem Hof der Holls vorbei. Heinrich nickte Anneliese lediglich höflich zu, wenn es sie nach Rietbach verschlug, wo sie Frau Furth die Tinkturen für die Katzen brachte, welche diese immer noch regelmäßig bei ihr bestellte. Zwar war Herr Furth nicht sonderlich erpicht darauf, mit dem Waldmädchen, so wie die Rietbacher Anneliese inzwischen nannten, Geschäfte zu machen, ihre Pfefferminzpaste hatte sich jedoch als einzig wirksames Mittel gegen die Flöhe erwiesen, die Furths ständig im Haus hatten. Der Rest von Rietbach sah in ihr die Gefahr, die zuvor von Marva ausgegangen war. Die Tochter der Hexe, verschrie Elvira sie und ermahnte ihren Mann, Anneliese kein Brot mehr zu geben. So mancher Rietbacher hoffte zweifellos, dass auch die Letzte der Holls alsbald für immer verschwinden würde. Sogar Pfarrer Wagner hütete sich davor, ihr Fürsprecher zu sein, weil er Elvira und die Weingart nicht gegen sich aufbringen wollte. In höflicher Knappheit hatte er Anneliese sein Beileid zum Tod der Mutter ausgesprochen, als sie sich zufällig auf dem Marktplatz begegnet waren, dann hatte er das Thema gewechselt.

»Ich erhielt Nachricht von meinem Neffen. Dein Bruder macht sich ganz ausgezeichnet in Dormagen«, hatte er verlauten lassen, nachdem sie sich bereits abgewandt hatte. »Vielleicht tritt er ja in den Orden ein.«

Anneliese hatte ihm daraufhin einen finsteren Blick über ihre Schulter zugeworfen und war schnurstracks auf ihren Hof zurückgekehrt. Kasper, ein Geistlicher? Anneliese konnte darüber nur mit dem Kopf schütteln, denn der Gedanke war so abstrus wie lächerlich gewesen. Ihr Bruder war nie gern in die Kirche gegangen und hatte wie sie eher den Glauben ihrer Mutter geteilt, die bis zuletzt an den alten Bräuchen festgehalten hatte. Anneliese konnte sich nicht vorstellen, dass er seine Einstellung so sehr geändert hatte. Es sei denn, sie ließen ihm auf der Klosterschule keine Wahl. Über diese Möglichkeit hatte sie bis zu diesem Tag noch nicht nachgedacht. Nun fühlte sie sich noch elender. Was, wenn Philipps Sorge um Kasper doch nicht so uneigennützig war, wie sie geglaubt hatten? Ihr hämmerten die Schläfen, als sie die Wahrscheinlichkeit gedanklich durchging, dass Kasper bekehrt werden sollte. Hatten sie ihn etwa in die Obhut von Menschen gegeben, die allein darauf aus waren, aus jungen Freigeistern gottesfürchtige Männer zu machen, die ihr Leben der Kirche verschrieben? Bisher hatte Kasper nichts darüber in seinen Briefen erwähnt und auch Philipp nicht. Zuletzt hatte er einfühlsam auf die Nachricht vom Tod der Mutter geantwortet. Kasper sei erschüttert. Er brauche Zeit, um den Verlust zu verarbeiten, aber er sei nicht allein.

Annelieses Gedanken gingen unaufhaltsam. Sie fühlte, wie sich die Skepsis immer tiefer in ihr Herz bohrte. Es war, als hätte ihre Mutter ihre Vorsicht vor den Menschen an sie weitergegeben. Wie ein Erbe, das man nicht ausschlagen konnte und das durch die Abgeschiedenheit, in der Anneliese lebte, genährt wurde.

Als Ernst Finken auf den Hof kam, gab Anneliese ihm all ihre Ersparnisse. Doch es war nicht genug, um ihn zufriedenzustellen.

»Meine Wohltätigkeit hat Grenzen«, donnerte er, nachdem sie einen letzten Aufschub erbeten hatte. Abwägend strich er sich über den grauen Bart, stand vom Stuhl auf und zog sich den knielangen Gehrock glatt.

»Ich komme bald wieder. Es wäre besser, du würdest deine Schulden dann bezahlen.«

»Sie bekommen Ihr Geld«, versicherte sie eingeschüchtert und senkte demütig ihren Blick. Anneliese kam sich klein vor. Unsichtbar. Sie zuckte verschreckt zusammen, als Finken mit der flachen Hand auf die Tischplatte schlug. Brummend schüttelte er den Kopf, rauschte aus der Tür und stieg in seine Kutsche.

Anneliese schloss die Tür hinter ihm und brach in der Stube zusammen. Sie zitterte am ganzen Leib, den leeren Sparstrumpf noch in Händen, sank sie auf ihre Knie. Nicht einen Kreuzer hatte sie für sich behalten. Die harte Arbeit für einen letzten Aufschub, der ihr weder Sicherheit gab noch Essen auf den Tisch brachte. Der kleine Teich war leer gefischt und die Ernte war bisher schlecht. Anneliese schlug die Hände vors Gesicht und weinte. In diesem Moment verschmolzen Armut, Ungewissheit und Einsamkeit zu einem tonnenschweren Gewicht. Es lastete auf ihr, so dass sie nach Luft rang und sich zwingen musste, aufzustehen. Und sie erinnerte sich daran, dass sie kein Kind mehr war. Dass sie die Verantwortung für den Hof, für Kasper hatte.

»Dies ist noch nicht das Ende«, sprach sie sich Mut zu, wischte sich mit der Schürze die Tränen von den Wangen und machte sich wieder an die Arbeit. Vor dem Haus wartete das Holz darauf, gehackt zu werden.

11

Das Bäumchen

Oktober 1818

Der Herbst hatte den Sommer gewaltsam abgelöst. Er fegte mit heftigen Stürmen über das Land, die schwere Äste zum Schwanken brachten, Bäume abbrachen und entwurzelten. Wie Fallbeile stürzten sie herab auf die Wege und begruben alles und jeden unter sich, der sich hinaustraute.

Anneliese kannte die Gefahr. Nach einer Nacht, in der der Wind stetig leiser geworden war, wagte sie sich dennoch erstmalig nach Tagen wieder in den Wald, um ihre Vorräte aufzufüllen: Pilze sammeln, Birkenrinde, Tannenzweige und Zapfen. Herabgefallene Äste hatten ihre Kaninchenfallen in den Boden gerammt wie Pfähle in einen Acker. Die Gabelungen waren zerborsten, einige der Stricke durchtrennt. Jene, die noch brauchbar waren, sammelte Anneliese für die neuen Fallen ein.

Die Suche nach Essbarem gestaltete sich mühsam. Hinzu kam, dass die Gefahr, von Geäst getroffen zu werden, noch nicht gebannt war. Achtsam setzte Anneliese deswegen einen Fuß vor den anderen und schickte ihren Blick wachsam suchend umher. An einem alten Kirschbaum fand sie einen Schwefelporling, den sie vorsichtig mit dem Messer vom Stamm löste. Ein Splitter schob sich dabei unter ihre Haut.

Zischend zog sie ihn aus ihrer Handinnenfläche, benetzte die blutende Wunde mit ihrem Speichel, riss ihr Halstuch entzwei und wickelte sich den Stoff um die Hand.

Der Schmerz verging so schnell, wie er gekommen war, und Anneliese sah gedankenschwer an der Kirsche hinauf, deren Krone so weit in den Himmel ragte, dass es aussah, als würde sie die Wolken streifen. Wie schade, dachte sie. Der blassgelbe Pilz, der aus dem Stamm gewuchert war, mochte ihr als Nahrung dienen, doch für den Baum bedeutete er das Ende. Noch sah man es ihm nicht an. Dabei hatte er sein Kernholz längst befallen und daraus braune, würflige Brocken gemacht. Sein Inneres war zerpflückt, die Struktur und Festigkeit unwiederbringlich zerstört. Ihr Vater hätte diese Kirsche bestimmt gefällt. Sie selbst konnte es nicht. Es fehlte ihr die nötige Kraft, einen so großen Baum zu Fall zu bringen. Vielleicht jedoch würde der nächste Sturm diese Aufgabe für sie übernehmen.

Anneliese streifte weiter umher. Verwundert blieb sie stehen, als die zweistämmige Eiche in Sichtweite kam. Überraschend hatte sie den Pfad erreicht, auf dem ihr Vater verunglückt war. Plötzlich wurde sie von den Gefühlen überwältigt, die sie seit jenem schicksalhaften Tag begleiteten. Diese schreckliche, lähmende Angst war zurück. Die Hilflosigkeit, die Verzweiflung. Dann flackerte das Bild ihres toten Vaters vor ihrem geistigen Auge auf, und der Schock raubte ihr den Atem. Wie präzise sie es sich doch eingeprägt hatte. Dabei hatte sie mit aller Macht vergessen wollen.

Sie weinte, schüttelte den Kopf, denn es war, als hätte dieser Ort ihre Trauer konserviert. In dem Gefühl zu ersticken, umfasste Anneliese ihren Hals, drückte kurz, aber fest zu, damit der körperliche Schmerz den seelischen überlagerte, der für sie in diesem Augenblick unerträglich war. Lange hatte sie diesen Wegabschnitt gemieden, Umwege in Kauf genommen, nur um der Erinnerung an einen der furchtbarsten Tage ihres Lebens zu entkommen. Nun hatte sie der Wald an jenen Ort zurückgeführt, und es fühlte sich an, als wäre seit dem Unfall kaum Zeit vergangen. Endlich schaffte Anneliese einen tiefen Atemzug, der ihre Lunge füllte und sie daran erinnerte, dass sie als Einzige aus ihrer Familie noch da war. Gewaltsam löste die Einsamkeit die Trauer ab.

Kasper, dachte sie laut seufzend, und Tränen kullerten ihre Wangen hinab, während sie mit sehnsüchtigem Blick vor sich hinstarrte. Innerlich suchte sie nach dem trostbringenden Bild ihres Bruders. Wie er neben ihr durch den Wald spazierte, seine kleine Hand in ihrer. Annelieses Umgebung verschwamm, ihre Hand schloss sich, als läge seine darin, und langsam beruhigte sich ihr aufgewühltes Herz.

Die Sonne kam hinter den Wolken hervor, und der helle Gesang einer Kohlmeise drang ungehindert an Annelieses Ohr. Wie ein Weckruf holte er sie aus ihrer Phantasie und brachte sie dazu, weiterzugehen. Nur wenige Meter von ihr entfernt wippte der Vogel auf den Ästen einer jungen Tanne, die mitsamt ihrer Wurzel auf den Weg gekippt war. Anneliese ging darauf zu und stellte sie wieder auf. Die Tanne, kaum größer als Kasper, als sie ihn zuletzt gesehen hatte, war schön gewachsen. Gleichmäßig und mit dichten, glänzenden, dunkelgrünen Nadeln.

Plötzlich fühlte Anneliese eine Verantwortung für den kleinen Baum. Sie konnte ihn nicht zurücklassen, in einer Welt, die ihn ausgestoßen hatte, weil er nicht stark genug gewesen war, um dem Unwetter zu trotzen. Kurzerhand beschloss sie, ihn mit nach Hause zu nehmen.

Zurück auf dem Hof suchte Anneliese nach einem geeigneten Platz, um den kleinen Baum einzupflanzen. Doch sie brachte es einfach nicht über sich, ihn draußen zu lassen – allein in der Kälte, Wind und Wetter hilflos ausgeliefert. Nachdenklich strich Anneliese über die zarten Triebspitzen. Ein paar Knospen waren bei dem Sturz abgebrochen, zwei seiner Zweige geknickt. Mit einem Messer schnitt Anneliese sie ab. Harz quoll aus den Wunden der Astlöcher hervor wie Honig aus einem Bienenstock. Die Tanne war noch so jung, so verletzlich.

»Ich weiß schon, was wir machen«, sagte Anneliese mit einer eindringlichen Klarheit, als hätte sie keinen Baum vor sich, sondern ein Findelkind, das auf ihre Fürsorge angewiesen war. Fürs Erste war Tariks alte Futterwanne genau richtig für den Baum. Sorgsam bedeckte Anneliese die Wurzeln mit einer Mischung aus nasser Erde und Kompost, gab dem Bäumchen zu trinken und stellte es zu sich in die Stube. Dort würde es in Ruhe wachsen und gedeihen können, behütet und beschützt von ihr, bis es groß und stark genug war für die Welt.

In der ersten Nacht stand der kleine Baum neben der Tür. Am nächsten Tag rückte Anneliese ihn näher an den Tisch heran, während sie aß. Am Abend holte sie ihn zu sich neben den Schaukelstuhl, in dem sie Strohsterne bastelte, dicht vor dem Ofen. Immer wieder ertappte sie sich dabei, wie sie mit dem Bäumchen sprach. Wie sie ihm von ihrem Tag, ihren Sorgen und davon, was noch zu tun war, berichtete. Manchmal war ihr, als erbebte es daraufhin leicht, als bewege es, in dem Schauspiel aus Licht und Schatten, welches das Feuer im Ofen in den Raum warf, kaum sichtbar seine Zweige. Dann musste sie lächeln, weil es wie eine Antwort war. Ein stiller Gruß, ein Sich-bemerkbar-Machen, und sie fühlte sich weniger allein.

Stets behielt sie den kleinen Baum im Blick, achtete darauf, dass er genug Wasser hatte und nicht zu nah am Ofen stand.

Nach einem arbeitsreichen, regnerischen Tag verspürte Anneliese das tiefe Bedürfnis nach Licht und Wärme. Obwohl sie für gewöhnlich sparsam war, zündete sie gleich mehrere Kerzen an und verteilte sie in der Hütte, um die erdrückende Dunkelheit zu bekämpfen. Am Tisch sitzend zählte sie anschließend ihre verbliebenen Kerzen.

Da fielen ihr ein paar Stümpfe in die Hände, die zu klein für die Ständer geworden waren. Was sollte sie damit tun? Sie einschmelzen, sie fortwerfen? Während sie darüber nachdachte, fiel ihr Blick auf das Holzpferd, das Kasper ihrer Mutter geschenkt hatte. Dahinter war die Zeichnung des Gabenbaums von Winklers Pitter gegen die Wand gelehnt. In Anneliese arbeitete etwas, während sie zur kleinen Tanne aufschaute, die trotz des Kerzenlichts um sie herum immer noch im Schatten lag.

Einem inneren Impuls folgend sprang sie vom Stuhl auf und hastete in die Scheune. Tariks Stellraum war noch genau so, wie Kasper ihn verlassen hatte. Seine Tiere und Strohsterne hatte sie lange, von Kummer geplagt, nicht anrühren können. Zu schmerzvoll war die Erinnerung an die gemeinsame Zeit mit ihrem Bruder. Doch nun wusste sie, wie sie Kaspers Schmuckstücken eine neue, ihr Trost spendende Bedeutung verleihen konnte.

Rasch nahm Anneliese einige der Holztiere von der Wand, klaubte die Sterne von der Decke und brachte sie in die Hütte. Vorsichtig hängte sie die Tiere zwischen die Äste der kleinen Tanne und steckte die Sterne auf die Nadeln. Zwischendurch hielt sie immer mal wieder inne und dachte sich, wie hübsch der Baum geschmückt doch aussah. Sie fand keine Ruhe. Angespornt von der Idee des Gabenbaums, bastelte sie Halterungen aus Papier, wickelte Nähgarnfäden fest um die Kerzenstümpfe, so dass sie sich ins Wachs drückten, und befestigte beides miteinander. Anschließend band sie die Kerzen auf die Zweige der Tanne. Vorsichtig entzündete sie die Dochte.

»Ja!«, platzte es anschließend aus ihr heraus. »So. Genau so sollst du strahlen, kleiner Baum.« Zufrieden setzte sie sich in den Schaukelstuhl. Während die Tanne unter dem Lichterglanz zu beben schien, wurde Anneliese warm ums Herz.

Ach, wenn Papa und Mama ihn nur sehen könnten, und Kasper, dachte sie bei sich. Kurz stieg die Traurigkeit darüber in ihr auf, doch dann fand sie im Strahlen des Baumes Trost. Es verdrängte die Dunkelheit und hielt die Schatten zurück, vor denen Anneliese sich fürchtete. Die Schwere, die auf ihrem Herzen gelegen hatte, war von ihr genommen, und sie spürte eine Leichtigkeit, die sie lange nicht mehr empfunden hatte. Sie war nicht länger allein. Der Baum, dessen Rettung sich als Glücksfall herausstellte, war zu ihrer Quelle der Freude geworden. Sanft versprühte er seinen herrlichen Tannenduft in der Hütte und linderte ihre Einsamkeit wie ein lieber Freund. Er verlieh Anneliese ein wohliges Gefühl. Sie kümmerte sich um ihn, hegte und pflegte das Bäumchen, als gehörte es tatsächlich zur Familie.

♦♦♦

Zum Wochenbeginn war der Himmel wolkenverhangen. Nebelschleier versperrten die Sicht, so dass alles außerhalb des Gemüsegartens von einem dichten weißen Film verdeckt war – als gäbe es nichts außer dem Holl–Hof weit und breit.

In der Nacht hatte sich die Wunde an Annelieses Hand immer wieder durch Brennen und Pochen bemerkbar gemacht, was ihr den Schlaf geraubt hatte. Als sie am Morgen den Verband abgenommen hatte, waren ihr die Rötung und die

Schwellung aufgefallen. Die Wunde, der sie nur wenig Beachtung geschenkt hatte, hatte sich entzündet. Rasch bereitete sie sich einen Aufguss aus Thymian zu und trug vorsichtig Pestsalbe auf. Die Paste aus Harz und Schweineschmalz hatte sich schon früher bewährt. Zischend vor Schmerz erneuerte Anneliese gerade den Verband, als sie hörte, wie eine Kutsche vorfuhr. Sie ging zum Fenster und sah Ernst Finken aussteigen. Er war in Begleitung eines Mannes, der am Wagen wartete und dabei so finster dreinschaute, dass Anneliese eine Gänsehaut überkam. So früh hatte sie Finken nicht zurückerwartet. Mit angehaltenem Atem öffnete sie die Tür.

»Guten Tag, Fräulein Holl. Darf ich eintreten?« Ehe Anneliese etwas sagen konnte, war er im Haus.

»Ihr letzter Besuch ist noch nicht lange her. Ich habe das Geld noch nicht zusammen«, sagte sie verunsichert.

Er winkte schmunzelnd ab, klopfte mit seinem Spazierstock gegen einen stützenden Balken und sah sich prüfend um. »Solide gebaut. Ich muss schon sagen, Ihr Vater verstand es, mit Holz umzugehen.«

»Das war seine Berufung«, antwortete sie heiser. »Warum ist das wichtig?«

»Ich will ehrlich zu Ihnen sein, Fräulein Holl«, sagte er mit gespieltem Bedauern. »Es gibt einen Interessenten für diesen Hof. Jemand, der in der Lage ist, dafür zu bezahlen. Ich könnte sofort an ihn verkaufen.«

Annelieses Herz pochte mit einem Mal so schnell in ihrer Brust, dass sie glaubte, ohnmächtig zu werden. »Lieber Herr Finken, ich bitte Sie, tun Sie das nicht! Ich habe das Geld schon bald. Morgen fahre ich wieder auf den Markt. Zum Ende der Woche werde ich es sicher haben.«

Er schnalzte abschätzig mit der Zunge. »Nun, ich habe mich Ihnen gegenüber äußerst großzügig und nachgiebig gezeigt. In den vergangenen Monaten habe ich es stillschweigend hingenommen, dass Sie meist zu spät und dann auch noch zu wenig bezahlt haben. Ich war Ihnen gegenüber zurückhaltend, aufgrund der Tatsache, dass Sie nunmehr allein dastehen. Aber der Tod Ihrer Eltern kann nicht weiterhin als Ausrede dienen.«

Anneliese atmete bestürzt aus. »Ich bemühe mich nach Leibeskräften, Herr Finken.«

»Dann müssen Sie sich mehr bemühen, oder aber ich werde Sie vom Hof verweisen, weil er rechtmäßig mir gehört.«

»Ich verspreche, ich werde Sie bezahlen. Wenn Sie mir nur noch diese Woche geben.«

Er schnaubte, presste sichtbar den Kiefer zusammen und schaute sie durchdringend an. »Meinetwegen. Sollten Sie das Geld bis dahin nicht aufgetrieben haben, werde ich mich gezwungen sehen, Sie von diesem Grundstück entfernen zu lassen. Haben wir uns da verstanden?«

»Jawohl, Herr Finken«, antwortete Anneliese unterwürfig.

Er ging zur Tür. Bevor er jedoch hinaustrat, drehte er sich noch einmal zu ihr um. Er kam ihr nah, legte seinen Daumen an ihr Kinn, drehte ihren Kopf zu den Seiten und lächelte anzüglich. Anneliese war wie gelähmt.

»Ein Jammer, dass Sie Ihre Gottesgaben nicht anders einsetzen«, murmelte er und ließ von ihr ab. »Eine Vermählung wäre sinnvoll für Sie gewesen. Bedauerlich, dass Ihr Vater es versäumt hat, entsprechend vorzusorgen. Aber … es gibt durchaus Möglichkeiten, wie sich eine schöne, junge Frau gewisse Privilegien verdienen kann. Auch ohne einen Ehemann. Wenn Sie verstehen, was ich meine? Möglicherweise kann ich Ihnen da behilflich sein.«

Sein anzüglicher Blick tastete sich über ihren Körper, und Anneliese fuhr ein kalter Schauer über den Rücken. Ein Gefühl des Ekels kroch in ihr hoch. Starr vor Entsetzen sah sie zu, wie Finken in seinen Wagen stieg. Der Mann, der ihn begleitete, schaute sie finster an, ehe er auf den Kutschbock kletterte und die Zügel anspannte. Er war ihr unheimlich, doch längst nicht so wie sein Dienstherr. Finken fasste sich noch einmal an den Hut, nickte ihr mit undurchsichtiger Miene zu.

Die Kutsche ratterte den Weg hinab Richtung Dorf, und Anneliese blieb verunsichert und befangen zurück. Mit einer schwindelerregenden Klarheit wurde ihr bewusst, dass sie schutzlos war. Heinrich hatte sie gewarnt. Es war gefährlich für eine junge Frau, allein und abgelegen zu leben. Offenbar sah Finken nicht länger das Kind, die Tochter der Familie Holl in ihr, sondern etwas anderes. Etwas, das sich Männer nach Belieben nehmen konnten. Sie musste ihn loswerden. Aber dafür musste sie weiterarbeiten. Für den Moment hatte sie kaum etwas in ihrem Sparstrumpf. Der Winter stand bereits wieder vor der Tür und die Vorräte, die sie angehäuft hatte, würden sie kaum über die nächsten Monate bringen.

In der Nacht fand Anneliese kaum Schlaf. Sie träumte schlecht. Zwei Männer lauerten ihr im Wald auf, verfolgten und jagten sie wie ein wildes Tier. Es gelang ihr, sich ins Haus zu flüchten, doch die Männer verschafften sich Zutritt. Sie packten sie, warfen sie nieder und dann …

Anneliese wachte schreiend auf. Ihr war, als fühlte sie noch immer die Hände, die sich zuletzt um ihre Kehle geschlossen hatten. Sie schnappte nach Luft, raffte sich hoch und füllte einen Becher mit Wasser, den sie durstig trank. Bitterlich weinend sank sie am Tisch zusammen. Der Alptraum war so real gewesen, er hatte sich so echt angefühlt wie die Wirklichkeit.

Draußen ertönte Gepolter. Ein Kratzen und Schaben, ein Heulen. Anneliese schreckte zusammen, fasste sich ans Herz, das mit einem Mal so schnell klopfte, dass es den Takt ihres Atems vorgab. Sie war wie festgefroren auf ihrem Stuhl, während sie in die Nacht lauschte und für einen Moment überlegte, ob ihr Alptraum sie verfolgte. Doch dann erklang erneut das Heulen, und sie war sicher: Sie träumte nicht mehr. Etwas war da draußen. Sollte sie nachsehen? Oder einfach abwarten? Darauf hoffen, dass es von allein aufhörte? Anneliese schluckte erschwert. Sie war vor Angst wie gelähmt. Der Traum hatte eine Furcht in ihr losgelöst, die sie gefangen hielt. Doch die Geräusche erstarben einfach nicht. Was auch immer dafür verantwortlich war, es rief nach ihr, forderte ihre Aufmerksamkeit. Anneliese ballte die Hände zu Fäusten. Sie hasste es, sich so hilflos zu fühlen.

»Herr Gott nochmal«, fluchte sie, um ihre Angst als unbegründet abzutun, sich zum Aufraffen zu zwingen. Langsam und widerwillig gehorchte ihr Körper ihrem Befehl. Mit zittrigen Händen warf sie sich einen Schal um die Schultern, löste vorsichtig das Gewehr ihres Vaters vom Haken, nahm ihren Mut zusammen und trat mit einer Laterne vor die Tür.

Eine Eiseskälte herrschte vor. Dunkelheit hatte den Hof umschlossen wie ein feindliches Heer, das eine Burg belagerte. Mit pochendem Herzen näherte Anneliese sich dem Hühnerstall, von wo aus die Geräusche kamen. Ein schrilles Jaulen durchzog die Nacht, das gespenstisch widerhallte. Anneliese wusste nicht, was sie erwarten würde. Noch immer vernebelten Fetzen ihres Alptraums ihren Verstand. Am ganzen Körper zitternd schaute sie an der Scheune vorbei zum Hühnerstall. Im fahlen Licht des Halbmondes nahm sie eine kleine Gestalt wahr, die in der Klappe des Stalls festhing und in dem Versuch, sich zu befreien, schrille Töne von sich gab. Als sie näher heranging, erkannte sie den weiß gescheckten Fuchs wieder. Sein auffälliges Fellmuster leuchtete im Licht ihrer Laterne. Vor ihm im Gras lag regungslos die letzte Legehenne. Sie musste ihm aus dem Maul gefallen sein, als die Strickfalle zugeschnappt hatte.

»Nein!«, stieß Anneliese wutentbrannt aus.

Der Fuchs jaulte lauter, riss heftiger am Strick, der ihn festhielt. Anneliese legte das Gewehr an, zielte. Doch dann: ein leises Wimmern. Es durchdrang die Nacht und ließ sie innehalten. Auch der Fuchs horchte auf, wurde ganz still, schaute sie an. In seinen großen, dunklen Augen spiegelte Anneliese sich im Mondschein wider und sie ließ das Gewehr sinken. Unschlüssig schaute sie zum Wald, von wo das Wimmern gekommen war, und eine Gänsehaut überrollte sie. War es von einem Tier oder … menschlich? Ein Waldgeist vielleicht? Den Fuchs jedenfalls schien das Geräusch ebenso irritiert zu haben. Er wehrte sich nicht länger gegen die Falle, in die er getappt war. Er sah sie einfach nur weiterhin an, als würde er sie darum bitten, sein Leben zu verschonen.

Anneliese zog die Brauen tief, während sie den Fuchs ungläubig betrachtete. Ein solches Verhalten war ungewöhnlich. Immerhin war er das Raubtier, trotzdem war sie in diesem Moment die Jägerin. Und der Fuchs schien zu wissen, dass sie die Stärkere war. Diejenige, die über Leben und Tod entscheiden konnte. Anneliese schnaubte, strich sich fahrig das Haar hinter die Ohren.

»Zum Kuckuck!«, stieß sie aus, ging achtsam auf ihn zu und löste den Strick, der sich fest um sein rechtes Hinterbein gewickelt hatte. Der Fuchs ließ alles über sich ergehen, als wüsste er, dass sie ihm nur helfen wollte. Sowie er befreit war, schnappte er sich die Henne und flitzte davon. Am Waldrand drehte er sich noch einmal zu ihr um. Nur kurz, aber lang genug für Anneliese, um zu begreifen, dass der Fuchs eine Füchsin sein musste. Denn nun war da auch ein Junges! Es hatte sich im Schutz der tiefhängenden Tannenäste versteckt, reckte nun der Mutter die Schnauze entgegen, als wolle es seiner Erleichterung über den glimpflichen Ausgang der Jagd kundtun.

Anneliese stieß laut Atem aus, fasste sich an die Stirn und kehrte ins Haus zurück. Die Begegnung hatte sie wachgerüttelt. Sie erspürte ihren Körper, gewann das Gefühl für die Wirklichkeit zurück. Die Kälte kroch wieder ihre nackten Füße hinauf, und sie huschte zurück ins Bett.

Gedankenversunken zog sie die Decke bis über ihre Schultern, legte das Lammfell über sich und rutschte bibbernd ins Kissen. Neben der Kälte ließ sie auch die Einsamkeit erzittern. Aber die Tatsache, dass sie das Gewehr hatte sinken lassen, erleichterte Anneliese. Obgleich sie wegen des drohenden Verkaufs ihres Hofes eine große Hoffnungslosigkeit spürte, war der Gedanke tröstlich, einer Mutter mit ihrem Kind geholfen zu haben.

Mit der Hand tastete sie nach Kaspers Brief, den sie unter ihrem Kissen verwahrte. Nachdem sie ihm so oft geschrieben hatte, hatte er endlich geantwortet. Wenn auch seine Zeilen anders waren als zuvor – kühler, distanzierter –, so war sie dennoch froh, etwas von ihm erhalten zu haben. Er schrieb, dass ihm der Unterricht gefalle, das Wetter in Dormagen gut sei und Philipp ein ausgezeichneter Lehrer. Kein Wort über die Mutter. Kein Vorwurf. Anneliese fragte sich, wie viel Offenheit in seinem Schreiben steckte. In ihren unzähligen Briefen jedenfalls hatte sie nie erwähnt, wie schlecht es ihr ging und wie trist ihr Leben manchmal war. Auch nicht wie sehr sie darunter litt, niemanden zu haben, der sie aufbaute, der ihr die Hand reichte, wenn sie nicht mehr weiter wusste. Kasper hatte mit den Worten geschlossen, er hoffe, bald wieder bei ihr auf dem Hof zu sein.

Der Hof. Er war auch Kaspers Zuhause. Wie könnte sie ihn enttäuschen? Der Gedanke, dass alles, was sie kannten und wofür es sich zu leben lohnte, bald verloren wäre, bereitete Anneliese großen Kummer. Geld. Sie brauchte Geld, um zu retten, was ihnen geblieben war. In dem Moment schoss ihr ein dunkler Gedanke durch den Kopf. Eine Möglichkeit, die Anneliese stets vor sich hergeschoben hatte.

Sie sprang auf und holte die getrocknete Rose aus der Bibel ihres Vaters hervor, die sie einst von der Dirne erhalten hatte. Widerstrebend starrte sie sich daran fest, als deren unmoralisches Angebot in ihr hochschoss. Es widerte sie an, gleichzeitig steckte in ihm eine bittere Wahrheit: Höchstwahrscheinlich war es besser, sich anzubieten, bevor irgendwann Männer herkommen würden, um sie sich einfach zu nehmen. Sie war allein, sie war mittellos. Niemand interessierte sich für sie. Wenn sie nicht verlieren wollte, was ihr geblieben war, würde sie die Dirne aufsuchen müssen. Annelieses Augen füllten sich mit Tränen, als sie das erkannte. Hatte sie nicht ihrer Mutter zugesagt, sich von Rosa fernzuhalten? Gleichwohl hatte sie ihr versprochen, für Kasper da zu sein. Dass sie irgendwann wieder zusammen sein würden. Ohne ein Zuhause würde sie dieses Versprechen niemals einhalten können.

Anneliese legte die Rose auf ihren Nachttisch. Ihr Magen rebellierte, sobald sie daran dachte, sich zu verkaufen. Sie verstand nichts von Männern, nichts von der Liebe. Aber … war das überhaupt entscheidend? Anneliese hatte sich immer eine Liebe gewünscht, wie ihre Eltern sie hatten. Doch nach allem, was sie wusste, war die Realität meist eine andere, und eine tiefgründige Liebe zu finden nahezu unmöglich. Es wäre das Beste, wenn sie gleich damit abschloss. Um zu überleben, musste sie ihre romantischen Vorstellungen ein für alle Mal begraben. Nur so würden sie ihren Hof behalten können.

An Schlaf war für sie in dieser Nacht nicht mehr zu denken. Sie weinte um ihre Tugend, ihre Kindheit, und das Alleinsein war ihr wieder unerträglich. Schließlich klemmte sie sich ihre Bettdecke unter den Arm und suchte Trost beim Tannenbaum. Im warmen Kerzenschein sah sie vor ihrem geistigen Auge den Abend erneut geschehen, an dem Winklers Pitter bei ihnen gewesen war. Sie erinnerte sich an seine Reiseberichte, an das, was er gesehen und erlebt hatte. Die Erzählung vom Straßburger Gabenbaum hatte sich in ihr Gedächtnis eingebrannt und ließ sie einfach nicht los. Ein immergrüner Baum, der den Menschen zur Weihnachtszeit Freude, Trost und Hoffnung spendete. Anneliese dachte, dass er ihrem Tannenbäumchen sehr ähnlich gewesen sein musste.

Leise schluchzend sank sie in den Schaukelstuhl und verschmolz beinahe mit ihm. Ihr Blick blieb auf die Tanne gerichtet. Eine ganze Weile sah sie dabei zu, wie die Kerzen flackerten und einige von Kaspers Figürchen sanft in den Ästen schaukelten. Plötzlich spürte sie, wie sie von einer ungeahnten Friedlichkeit erfüllt wurde. Schon immer hatte die Natur auf Anneliese eine beruhigende Wirkung gehabt. Bäume strahlten für sie Freude und Leichtigkeit aus, doch das Immergrün der Tanne hatte tatsächlich etwas Besonderes an sich. Und in diesem Besonderen erkannte Anneliese das Göttliche, von dem ihre Mutter und Pitter gesprochen hatten. Die Erkenntnis gab ihr einen Ruck, befreite sie von der Geisteströgheit und veranlasste sie dazu, aufzustehen.

Anneliese hängte Nüsse und Äpfel in die Zweige der Tanne, zwischen die Figürchen und Strohsterne. Der Baum sah nun immer üppiger aus. Schließlich kramte sie sogar noch rotes Schleifenband aus einer Schublade, das früher einmal ihre Zöpfe zusammengehalten hatte. Nun sollte es ebenfalls den Baum schmücken. Anneliese trat einen Schritt zurück und betrachtete prüfend und ein wenig außer Atem ihr Werk. Das Rot belebte das Immergrün und vielleicht, so dachte Anneliese, würde es auch die Aufmerksamkeit der Menschen erregen.

»Sehr schön!«, sagte sie und knickste vor dem kleinen Tannenbaum. Soeben hatte sie beschlossen, dass er sie nach Freiburg begleiten würde. Als ihr Freund und Glücksbringer. Am Ende war es ohnehin egal, was die Leute von ihr dachten.

12

Wendungen

Am Morgen fiel ihr der Weg nach Freiburg unerwartet leicht. Anneliese wusste nicht, woher sie diese neue Kraft nahm, die sie erfüllte, aber sie war dankbar dafür. Sie würde ihr helfen, die schwere Pflicht zu tun und Rosa im Roten Salon aufzusuchen. Statt sofort zu ihr zu gehen, zögerte Anneliese den Moment jedoch hinaus. Sie zog die kleine Tanne neben das Rad und richtete die roten Schleifen an ihren Zweigen. Zuletzt hängte sie Kaspers Holztiere, die Strohsterne, Nüsse und Äpfel wieder hinein und fummelte am Schmuck, so lange bis der Baum in ihren Augen perfekt war. Noch war der Marktplatz wie ausgestorben. Die Händler bauten auf, sortierten, platzierten, schimpften und delegierten.

»Du hast diesmal noch mehr vom Wald mitgebracht als sonst.« Marie kam hinter ihrem Stand hervor und begutachtete das geschmückte Bäumchen.

»Bestimmt hältst du mich jetzt für verrückt.« Anneliese grinste schief.

»Nicht doch. Ich finde es sehr schön. So einen Baum habe ich noch nie gesehen. Hat so was Friedvolles. Und erinnert ein bisschen an Weihnachten. Mit all den Geschenken in seinen Zweigen.«

»Geschenke? Ja! Das finde ich auch«, antwortete Anneliese mit einem Lächeln. Marie hatte absolut recht. »Es ist auch ein Gaben… nein, ein Weihnachtsbaum. Das klingt feierlicher.« Für Anneliese war es die perfekte Bezeichnung. Jeder kannte das Weihnachtsfest, und für sie stand es für Licht, Wärme, Geselligkeit und Hoffnung in der dunklen Zeit. Es war ein Name, unter dem sich jeder Mensch etwas vorstellen konnte.

Marie hob kurz verblüfft die Brauen, dann nickte sie, als wäre dieser Name selbstverständlich. »Das klingt schön.«

Anneliese konnte dem nur zustimmen. Zufrieden besah sie sich das Bäumchen und erspürte erneut seine beruhigende Wirkung.

»Ich bin wirklich froh, dass du wieder da bist.«

Marie stupste sie in die Seite, dann half sie ihrem Großvater dabei, die Schaffelle auf dem Verkaufstisch zu stapeln. Nikolaus schenkte Anneliese ein freundliches Lächeln. Ihr winziger Stand hatte durch die Tanne an Farbe und Ausdruck gewonnen, und sie hatte das Gefühl, dass die Menschen das zu schätzen wussten – egal, ob Händler oder Kunden. Einige blieben interessiert bei ihr stehen. Andere schüttelten den Kopf. Kinder riefen: »Schau mal, Mama« und deuteten auf den geschmückten Baum.

Zwischen all diesen unterschiedlichen Reaktionen drängte sich Anneliese wieder ihr Vorhaben auf, und ein langer Seufzer entfuhr ihrer Kehle. Sie wandte sich an ihre Freundin. »Könntest du kurz auf meinen Stand achten? Ich habe noch etwas zu erledigen.«

»Sicher.« Marie nickte.

Anneliese überquerte den Platz. Widerwillig bog sie in die Wolfshöhle ein und nestelte an ihrer Baumperle, während ihr der Herzschlag in den Ohren dröhnte. Der Rote Salon befand sich mittig in einer Reihe von heruntergekommenen

Fachwerkhäusern. Mit seiner herausstechenden, rostroten Fassade war er nicht zu verfehlen.

Es war eine dieser Gegenden, vor denen ihr Vater sie immer gewarnt hatte. Der Gestank von Unrat und Fäulnis hing wie ein giftiger Nebel in der Luft. Kindergeplärr mischte sich unter die Musik, die aus dem Freudenhaus kam. Greise saßen zu den Seiten der Gasse, bettelten in zerlumpten Kleidern zwischen Abfall und zwielichtigen Gestalten. Männer lungerten vor dem Eingang des Salons herum, betrunken, pöbelnd.

Anneliese war wie erstarrt. Sie stand auf der anderen Straßenseite, schlug sich ihr Wolltuch enger um den Körper, als könne es sie vor ungebührlichem Benehmen beschützen. Die Vorstellung, was sie in diesem Haus erwartete, ließ sie erschaudern. Mühsam zwang sie sich, einen Fuß vor den anderen zu setzen und auf das Gebäude zuzugehen, in das Rosa sie eingeladen hatte. Eine unnatürliche Hitze breitete sich in ihr aus, als sie sie im Eingang stehend erblickte. Kalter Schweiß rann Annelieses Schläfen hinab. Noch hatte Rosa sie nicht gesehen. Angeregt unterhielt sie sich mit einem Herrn im dunklen Gehrock und fächelte sich dabei über ihren Busen. Anneliese trieb sich zum Weitergehen an, doch sie wurde immer langsamer. Gerade als sie die Eingangstreppe zum Freudenhaus hinaufsteigen wollte, hörte sie, wie jemand nach ihr rief, und Rosas Blick fuhr zu ihr herum. Erschrocken stand Anneliese kurz still, dann jedoch machte sie kehrt und sah ihre Freundin auf sich zukommen. Verwirrt schaute Marie abwechselnd sie und das Haus an, dessen Ruf allem vorausging.

»Was in aller Welt machst du denn hier?«, fragte sie empört, packte sie am Arm und führte sie zurück über die Straße, als wäre Anneliese lediglich schlafgewandelt. »Da ist wer für dich.«

Verstohlen schaute Anneliese sich nach dem Salon um, von dem aus Rosa ihr einen finsteren Blick zuwarf. Maries Auftauchen hatte sie fürs Erste davor bewahrt, hineinzugehen, und sie spürte eine Erleichterung in sich aufwallen, die ihr Herz in ein normales Tempo zurückführte.

Wieder auf dem Marktplatz traute Anneliese ihren Augen nicht. Eine Menschentraube drängte sich vor ihrem Wagen. Die Leute musterten ihren Stand, tuschelnd, raunend. Als Anneliese näher kam, bemerkte sie die vornehme Dame, die mit einem verzückten Gesichtsausdruck die geschmückten Äste des kleinen Tannenbäumchen berührte. Anneliese fragte sich, ob der Menschenauflauf der Dame geschuldet war. In dem himmelblauen Samtkleid, dem weißen pelzbesetzten Mantel und dem Federhut gehörte sie zweifellos der gehobenen Gesellschaftsschicht an.

»Hier ist sie. Ich habe sie gefunden, verehrte Frau von Anweil.« Marie schob die nichtsahnende Anneliese vor sich, und die Dame empfing sie mit einem freundlichen Lächeln.

»Man sagte mir, Sie verkaufen eigentlich Brennholz. Ist das richtig?«, fragte sie, und Anneliese fiel auf, wie schön sie war.

Unsicher biss sie sich auf die Lippe, denn sie hatte gelernt, sich nicht blenden zu lassen. Wer war diese Frau und warum interessierte sie sich so für ihren Stand? Marie stieß sie leicht in die Seite und erinnerte sie daran, zu antworten.

»Ganz recht. Ich bin nämlich die Tochter des Holzfällers Hannes aus der Nähe von Rietbach.« Zu Annelieses Verwunderung ging das Lächeln der Dame in ein Strahlen über.

»Ah, das erklärt es. Mir gefällt dieser Baum. Wie außergewöhnlich, seine Äste mit allerlei Dingen zu behängen.«

»Nun, es ist nur so eine Idee gewesen. Inspiriert von einer alten Geschichte«, erklärte Anneliese.

»Tatsächlich?« Grübelnd umfasste die Frau ihr Kinn.

Anneliese überlegte, was sie ihr noch darüber sagen konnte. Doch Marie war schneller: »Es ist ein Weihnachtsbaum.«

Frau von Anweil nickte angetan. »Natürlich! Welch stimmungsvolle Bezeichnung. Ich sehe schon, Sie kennen sich aus. Wissen Sie, ich sah einmal einen ganz ähnlichen Baum auf meiner Reise durch Frankreich und verbinde damit wertvolle Erinnerungen. Hierzulande ist mir so etwas noch nicht begegnet und auch niemand, der mit dieser Sitte vertraut ist. Fast hatte ich vergessen, wie festlich und prächtig dieser Baum damals gewesen war, bis ich diesen hier erblickte.«

Anneliese hob irritiert die Brauen.

»Was soll er kosten? Ich möchte ihn gerne kaufen.« Frau von Anweil holte ihre Geldbörse hervor.

Überrascht blinzelte Anneliese mehrmals hintereinander. »Sie … sie wollen den ganzen Baum kaufen?«

»Nein, der halbe reicht völlig.« Sie lachte hell auf, und einige der Umherstehenden stimmten mit ein.

»Natürlich den ganzen Baum«, ergänzte sie dann freundlich und kramte vier Silbermünzen heraus, die sie Anneliese reichte. »Ist das genügend?«, erkundigte sie sich.

Ungläubig sah Anneliese auf das Geld. »So viel?«

Frau von Anweil nickte. »Sehen Sie es als Anzahlung. Mein Mann und ich, wir haben Ihren Vater sehr geschätzt. Ich bedauere seinen Tod. Einige der tragenden Balken unseres Hauses stammen aus Ihrem Wald. Die größten und stärksten Stämme.«

Anneliese rang sich ein Lächeln ab. Die Tatsache, dass sich Frau von Anweil an ihren Vater erinnerte, ehrte und verwirrte sie gleichermaßen. Aber … wer war sie überhaupt?

»Ungemein passend, finden Sie nicht?« Frau von Anweil lehnte sich vor, und eine Idee blitzte in ihren Augen auf.

»Sie haben doch noch immer die besten Bäume im ganzen Schwarzwald, oder?«

»Natürlich«, antwortete Anneliese, ohne zu überlegen.

Frau von Anweil lächelte breit. »Wunderbar! Dann möchte ich bei Ihnen heute etwas in Auftrag geben: einen Weihnachtsbaum für diesen Marktplatz, noch für dieses Jahr. Er soll alles überragen und festlich geschmückt sein. Ebenso wie dieser kleine Kerl. Aber natürlich imposanter.« Sie zeigte auf das Bäumchen. »Und ... um die Fällarbeiten und den Transport werde ich mich kümmern.«

Anneliese legte die Stirn in Falten. »Sehr wohl, aber ... was soll dann meine Aufgabe sein?«

»Sie, wertes Fräulein Holl, werden den perfekten Baum aussuchen und ihn anschließend so zur Geltung bringen, dass er den Freiburgern Freude, Trost und Hoffnung zurückbringt. Dieser elende Krieg hat uns das Glück geraubt, nun holen wir es uns zurück.« Sie strahlte vorfreudig.

Anneliese konnte nicht glauben, was sie gehört hatte. »Wenn es Ihr Wunsch ist«, hauchte sie bereitwillig.

»Mein innigster!« Frau von Anweil klatschte vergnügt in die Hände. »Selbstredend werde ich Sie dafür großzügig entlohnen. Denn ich glaube ganz fest an diesen Brauch. Er macht mir schon jetzt den Gedanken an die dunkle Jahreszeit erträglicher. Und ... hat uns nicht der Herrgott gelehrt, unser Glück mit anderen zu teilen?«

Anneliese war tief beeindruckt von dieser Frau. Mit welcher Präzision sie wiedergegeben hatte, was auch sie dachte. Gleichzeitig fragte sie sich noch immer, wen sie da eigentlich vor sich hatte. Sie traute sich aber nicht, nachzuhaken, denn offenbar war sie die Einzige, die nicht wusste, wer diese freundliche, wohlhabende Frau war. Für einen Moment stand Anneliese schweigsam da und ließ das wohlige Gefühl von

Gemeinsamkeit in sich lodern. Bis Frau von Anweil sie aus ihrer Gedankenwelt holte.

»Das ist doch machbar, oder?«

»Ja … ich meine: selbstverständlich.«

Insgeheim wusste Anneliese allerdings noch nicht, wie sie dieses ungewöhnliche Anliegen umsetzen sollte. Ihre kleine Tanne hatte sie nach Gefühl geschmückt. Sie hatte sich im Vorfeld keine Gedanken darüber gemacht, wie sie am Ende aussehen sollte. Gedanklich versuchte sie zu überschlagen, wie viele Strohsterne, Holztiere und Kerzen vonnöten wären, um eine Tanne zu schmücken, die bis zu den Dächern hinauf reichte. Die Mengen mussten gigantisch sein, und die Herstellung des Schmucks würde einiges an Planung erfordern, zunächst aber überwog in Anneliese die Freude. Nie hätte sie ein solches Angebot auch nur für möglich gehalten. Sie konnte es kaum fassen. »Es wird meine Ehre sein.«

»Erfreulich!« Frau von Anweils Blick kehrte zur kleinen Tanne zurück. Verträumt und verklärt. »Hm, ich schätze, im November werde ich Sie aufsuchen, damit wir den Zeitpunkt festlegen können, an dem Sie den Baum nach Freiburg begleiten werden. Ich würde vorschlagen, Sie bieten bis dahin mehr dieser niedlichen Weihnachtsbäume an. Ich könnte mir vorstellen, dass die Nachfrage nach dem heutigen Tag steigen wird.« Sie zwinkerte Anneliese zu.

Anneliese verneigte sich voll Dankbarkeit vor ihr. Sprachlos sah sie ihr nach, wie sie umringt von Bewunderern ihren Weg über den Markt fortsetzte. Zwei Männer in dunkelroten Livreen trugen das kleine geschmückte Bäumchen hinter ihr her. Kurz überkam Anneliese ein Anfall von Wehmut, weil es ihr ein Freund geworden war, doch dann fühlte sie die Silbermünzen in ihrer Tasche und mit ihnen die Notwendigkeit des Abschieds.

»Ich glaub, mich tritt ein Pferd«, stieß Marie aus. »Ist das zu glauben? Liese? Sag, weißt du eigentlich, wer das war?«

»Ich hatte gehofft, du könntest mir das sagen.«

»Das war die Bürgermeistergattin«, erklärte Marie. »Die erste Frau Freiburgs. Sie ist atemberaubend schön. Findest du nicht?«

Anneliese nickte unmerklich, während sie ihren Blick suchend nach der Dame über den Markt streifen ließ.

»Die Menschen beten sie regelrecht an«, fuhr Marie begeistert fort. »Sie genießt hohes Ansehen, weil sie sich für die Belange der einfachen Bürger einsetzt, wie kein Mann ihres Standes es tut. Was für ein großes Glück du hast, dass du ihre Aufmerksamkeit erregt hast. Stell dir vor, dein Weihnachtsbaum wird schon von Ferne aus zu sehen sein. Wer hätte das gedacht?«

»Ich sicher nicht.« Anneliese kniff sich in den Unterarm, um sicherzugehen, dass sie nicht träumte.

»Du hast soeben ein völlig neues Geschäft begonnen.« Marie stupste sie lobend an.

Anneliese wurde erst langsam klar, dass ihre Freundin recht hatte. Sie musste sich setzen, um das zu verarbeiten. Verdutzt sank sie auf ihren Schemel. Die Münzen klirrten in ihrer Schürzentasche aneinander, und es war wie Musik in ihren Ohren. Eine Melodie, die von mehr Geld kündete. Genug, um Finken zu bezahlen. Genug, um vielleicht der Armut zu entgehen und Kasper wiederzusehen. Im letzten Moment war sie Rosa Bornstedt entkommen und von einer anderen Frau gefunden worden, die ihr eine ehrenvolle Arbeit anbot.

Zu Hause angekommen, schrieb Anneliese umgehend Kasper. Sie bat ihn um weitere Schnitzfiguren, und er willigte begeistert ein, ihr diese schnellstmöglich zu schicken. Anneliese befolgte zudem Frau von Anweils Rat. In einem Waldstück nahe der zweistämmigen Eiche hatte sie eine Vielzahl an jungen Tannenbäumen ausgemacht. Ein halbes Dutzend davon nahm sie, nach dem Vorbild ihres immergrünen Gefährten, mit auf den Markt. Die Wurzelballen umwickelte sie mit Nesselgewebe, weil es für ein Abschlagen für Weihnachten noch zu früh war.

Anneliese schmückte mit dem, was die Natur ihr bot, und als der November kam, hatte sie bereits ein Dutzend Bäume verkauft. Hinzu kamen zahlreiche Vorbestellungen für geschlagene Bäume zu Weihnachten. Frau von Anweil hatte nicht zu viel versprochen. Dennoch war Anneliese überrascht von dem Erfolg. Mehr als einmal hörte sie von ihren Kunden, dass ihre Tannenbäume die Gedanken an den langen, dunklen Winter erträglicher machten, und es rührte sie, dass sie die Menschen offenbar in dem Wunsch vereinte, der auch sie bewegte. Ohne es zu wissen, hatte Anneliese einen Nerv getroffen. Binnen weniger Wochen stieg sie von einer unscheinbaren Marktfrau zur festen Größe auf. Jemand, der respektiert und gern gesehen war und täglich mit einer klimpernden Geldbörse nach Hause fuhr.

◆◆◆

In diesem Jahr schlich sich der Winter leise an. Anders als sonst, schickte er keine eisigen Vorboten im Spätherbst. Er blieb geduldig, es eilte ihm nicht. Einzig die verkürzten Tage erinnerten daran, dass er sich auf den Weg gemacht hatte. Seiner Zurückhaltung jedenfalls war es zu verdanken, dass Anneliese ihre Geschäfte ohne Schwierigkeiten fortführen konnte. Wie angekündigt hatte Frau von Anweil sie wieder aufgesucht und ihr ihre Vorstellung vom Weihnachtsschmuck mitgeteilt: einhundert Kerzen, dreißig rote Schleifen und

Holzfiguren von Kasper, fünfzig Strohsterne, dazu ein Pfund Nüsse und zwei Dutzend Äpfel, die die Kinder am Heiligen Abend vom Baum pflücken konnten. Die meisten Waren hatte Frau von Anweil bei Freiburger Händlern bestellt.

Die Zeit verrann schnell, und wenige Tage vor Weihnachten schickte Frau von Anweil, wie angekündigt, Holzarbeiter zu Anneliese auf den Hof, die den Baum fällen und nach Freiburg bringen sollten. Anneliese hatte eine Weißtanne ausgesucht. Hochgewachsen und stattlich, mit dichtem, sattem Geäst und dunkelgrünen Nadeln, die aus der Ferne schwarz erschienen. Rund fünfzehn Meter, ungefähr dreißig Jahre alt – perfekt für den Freiburger Marktplatz.

Das Fällen geschah zielgenau, präzise und schnell. Knirschend und knackend fiel der Baum mit einem langen Seufzer zu Boden, von wo aus er an die Pferde gespannt und bis zum Weg gezogen wurde. Die Männer hievten ihn auf den Wagen. Seine Reise in die Großstadt begann, und Anneliese war die ganze Zeit bei ihm. Unter den erstaunten Blicken der Freiburger erreichten sie am Nachmittag ihr Ziel. Bei ihrer Ankunft erwartete Frau von Anweil sie bereits.

»Wunderbar! Ganz wunderbar! Nun muss es nur noch gelingen, sie aufzurichten.«

»Warten Sie nur ab«, entgegnete Anneliese beruhigend. Sie hatte die Fahrt genutzt, um den Arbeitern einen Plan zu erläutern, wie das Aufstellen des Baumes gelingen konnte. Vom Hof hatten sie Seile, Pfähle und Keile mitgebracht. Werkzeuge, die ihr Vater für die Auslieferung größerer Stämme in der Scheune gelagert hatte. Nun sollten sie Freiburgs ersten Weihnachtsbaum stabilisieren.

»Allerdings …«, fuhr Anneliese nach einer Pause abschätzend fort. »Wir könnten noch ein paar Männer mehr gebrauchen.«

»Ah, gewiss doch.« Frau von Anweil eilte sofort los und kehrte wenig später mit einem Tross junger Männer in königsblauen Uniformen auf den Platz zurück.

»Zweifellos eine göttliche Fügung, dass Schweizer Gardisten gerade bei uns stationiert sind, um die erneuerte Herrschaft der Fürstenhäuser nach Napoleon zu festigen«, flötete Frau von Anweil, als sie neben Anneliese trat. Diese konnte ein überraschtes Lächeln nicht zurückhalten.

Die Männer, allesamt höflich und zuvorkommend, nickten ihr zu, bevor die Ärmel hochgekrempelt wurden und sie tatkräftig anpackten. Mit vereinten Kräften gelang es ihnen, die Tanne vom Wagen zu heben. Es wurden Zugseile angebracht und lange Planken gegen den dicken Stamm gestützt, um sie in Position zu bringen und letztlich in die für den Stamm vorgesehene Vertiefung im Pflaster zu schieben. Passanten verfolgten das Spektakel, mal interessiert, mal verständnislos. Einige blieben auf Abstand. Andere wiederum halfen wie selbstverständlich mit. Es war ein mühseliges Heben, Hieven, Schleppen und Zerren, bis sich der untere Teil des Baums endlich im sandgefüllten Loch befand und die Männer den Fuß der Tanne rundherum mit Holzkeilen fixieren konnten. Dann endlich war es soweit: Die Dämmerung legte sich über die Stadt und über die Tanne, die nun fest an ihrem Platz mitten auf dem Markt stand, als wäre sie dort gewachsen.

13

Erwartungen

Am nächsten Morgen begann Anneliese mit dem Schmücken des Baums. Neben Marie hatte Frau von Anweil weitere Helferinnen und Helfer angeworben. Die meisten von ihnen engagierte Freiburger, aber auch Händler oder deren Kinder, die nicht, wie gewöhnlich feilschten und verkauften, sondern auf Leitern stehend Annelieses Anweisungen befolgten. Ein jeder ebenso aufgeregt wie sie und froh, bei einem solchen Ereignis dabei sein zu dürfen. Daneben gab es den üblichen Trubel.

Wie jedes Jahr, kurz vor Weihnachten, kamen die Menschen seit Tagen in die Stadt, um sich für den anstehenden Winter und das Fest einzudecken. Handwerker waren aus den entlegensten Gegenden des Breisgaus angereist: Korbflechter, Kuchenbäcker, Schuster und Spielzeugmacher. Fahrende Musikanten schlugen ihr Lager auf, richteten sich mit ihren Instrumenten und Gerätschaften vor dem Münster ein. Alle waren in freudiger Erwartung auf das, was Frau von Anweil angekündigt hatte. Zum ersten Mal würde ein Weihnachtsbaum den Heiligen Abend einläuten.

Bis dahin musste alles perfekt sein. Anneliese hatte bereits viele Stunden am Baum gearbeitet, Strohsterne gebastelt, Schleifen gebunden, Kerzen aufgesteckt und zuletzt Kaspers Holzfiguren, Nüsse und Äpfel zwischen die Zweige gehangen.

Als die Wintersonne am Tag von Heiligabend hinter dem Kirchturm verschwand, begann sich der Platz zu füllen. Die Musikanten spielten *Es ist ein Ros entsprungen*, und Anneliese rückte vom Baum ab. Sie hatte gar nicht gemerkt, wie das Tageslicht langsam verblasst war. Erst als Marie sie sanft am Arm fasste, sah sie am Tannenbaum hinauf. Die Kerzen flackerten leicht in ihren Halterungen, aber sie brannten. Hell und strahlend stand der Baum da und Anneliese wurde klar, dass es geschafft war. Er reichte hinauf bis zu den Dächern der umliegenden Häuser und erstrahlte mit zunehmender Dunkelheit in einer nie dagewesenen, funkelnden Lichterpracht.

Ein Raunen ging um. Voller Neugier und Begeisterung scharrten sich die Menschen um die Tanne. Jung und Alt waren von ihrem Anblick ergriffen. Kinderaugen strahlten ob des farbenprächtigen und köstlichen Baumschmucks. Alle zeigten sich gerührt und fasziniert vom Anblick der neuen Sitte, so wie Frau von Anweil sie angekündigt hatte. Anneliese wurde warm ums Herz. So hatte es Winklers Pitter erzählt. Und genau so hatte sie es sich vorgestellt.

Anneliese war hinter Frau von Anweil getreten, die mit ihrem Ehemann auf den Platz gekommen war. Wie immer war sie die Eleganz in Person. Ein roter Mantel über einem reich mit Stickereien verzierten Kleid. Anneliese blinzelte verblüfft, denn der Stechpalmenkranz, der ihr dunkelbraunes Haar zierte, war ein Entwurf von ihr gewesen.

Stolz ließ Frau von Anweil ihren Blick unter den Anwesenden umherschweifen. Es war unschwer zu erkennen, dass sie die Liebe ihrer Bürger brauchte und sich gerne darin sonnte. Die Musik wurde leiser, bevor sie von Frau von Anweils Stimme abgelöst wurde. Selbstbewusst trat sie vor.

»Dies ist unser Geschenk an euch, liebe Bürger. Möge dieser Weihnachtsbaum die Dunkelheit durchleuchten, die Schatten des Krieges vertreiben und Trost und Wärme in ein jedes Herz bringen. Wir wünschen euch allen ein gesegnetes Weihnachtsfest.«

Tosender Applaus brandete auf. Die Leute jubelten, reckten die Arme in die Luft, pfiffen, und auch Anneliese klatschte wie berauscht in die Hände.

»Er ist wahrlich umwerfend, Liese.« Marie wischte sich eine Träne aus dem Augenwinkel.

Anneliese legte den Arm um ihre Freundin und schmiegte kurz die Wange an ihre Schulter. »Das ist er«, antwortete sie benebelt von der feierlichen Stimmung und dem Gefühl, den Menschen auf dem Platz etwas gegeben zu haben, an das sie sich erinnern würden.

Die Musik spielte wieder. Es gab Glühpunsch und Kuchen, heiße Maronen, gezuckerte Nüsse. Später am Abend war der Markt zusätzlich vom unbeschwerten Kinderlachen erfüllt. Mit Freuden pflückten die Kleinen die Leckereien vom Baum. Anneliese sah ihnen entzückt dabei zu.

»Für diese Kinder ist es das einzige Geschenk.« Nikolaus hielt Anneliese einen Becher mit warmem Bier hin.

»Frau von Anweil gab jenen aus dem Waisenhaus den Vorrang«, erklärte Marie weiter. »Sie sind ihre persönlichen Gäste. Bettelarm sind sie, aber sieh nur, wie sie strahlen.«

Anneliese schaute einem kleinen Jungen dabei zu, wie er abwechselnd in einen Apfel und in ein Stück Kuchen biss, so dass seine Backen prall gefüllt waren. Strubbeliges, dunkles Haar lugte unter seiner viel zu großen Mütze hervor.

Obwohl sonst nichts an ihm an Kasper erinnerte, fühlte sie sich ihrem Bruder plötzlich wieder nah. Es war, als würde sich ein Teil von ihr ablösen und die Welt um sie herum verschwimmen. Kasper fehlte ihr so sehr, dass sie den Trubel und die Feierlichkeit ausblendete, um wenigstens gedanklich bei ihrem kleinen Bruder zu sein. Was er wohl gerade machte? Große Traurigkeit hielt ihr Herz umklammert, weil sie den Anblick des geschmückten Baums nicht mit ihm und den Eltern teilen konnte. Eine Familie stand ausgelassen vor dem Baum beisammen, die ihrer sehr ähnlich war. Zwei Kinder. Die Tochter älter als der Junge. Mühevoll drängte Anneliese die Tränen zurück. Trotz all der Freude, den Menschen um sie herum, die sich angeregt unterhielten, tippte die Einsamkeit ihr in diesem Moment auf die Schulter und erinnerte sie daran, dass sie ihr ständiger Weggefährte war.

Ihr Blick verirrte sich im Nichts. Im flackernden Licht der Kerzen fand sie unverhofft Rosa Bornstedt in der Menge wieder, die in Begleitung des zwielichtigen Mannes über den Platz flanierte. Kurz trafen sich ihre Blicke. Unmerklich schüttelte Anneliese sich, als Maries Stimme sie aus ihrem Gedankenkäfig holte. Sie hakte sich bei ihr unter.

»Welch friedvoller Abend. Und alle sind so fröhlich. Es ist wie ein Wunder!«

»Das ist es, für wahr.« Frau von Anweil stellte sich zu ihnen, die Wangen gerötet von der Kälte und vom Punsch, schloss sie Annelieses Hände in ihre.

»Ich danke Ihnen von Herzen, Frau von Anweil. Dafür, dass Sie mir diese schöne Aufgabe übertragen haben«, sagte Anneliese.

»Oh, der Dank gilt ganz Ihnen. Sehen Sie sich doch nur die Menschen an. Achten Sie auf den Glanz in ihren Augen.« Sie drehte sich halb zum Baum um und der Feuerschein umrahmte ihre makellose Silhouette. Kurz hing Annelieses Blick an ihrem Gesicht fest, an den feinen Zügen um den Mund, den eisblauen Augen, überschattet von langen dunklen Wimpern. Verzögert folgte sie daraufhin Frau von Anweils Weisung und nahm jene wahr, die um den Baum herumstanden. Sie sah die Freude in den Gesichtern der Menschen. Die Fröhlichkeit und die Hoffnung. »Ich denke, das machen wir jetzt jedes Jahr. Was meinst du, mein lieber Gustav?« Frau von Anweil wandte sich ihrem deutlich älteren Ehemann zu. Der Bürgermeister stand unweit von ihnen entfernt in einer Männerrunde und strich sich über seinen hervorstehenden Bauch. »Gustav?«, rief Frau von Anweil nun lauter. Sogleich unterbrach er das Gespräch und kam an ihre Seite.

»Gewiss, Ännchen. Wie üblich hast du die besten Einfälle.« Er trank einen großen Schluck Bier, stieß auf und rieb sich über den grauen Spitzbart.

»Ach, und … Sie haben doch nicht vor, heute noch den langen Heimweg anzutreten?«, fragte Frau von Anweil an Anneliese gerichtet. »Nicht in der Dunkelheit. Das ist viel zu gefährlich.«

Der Bürgermeister musterte Anneliese flüchtig, ehe er seiner Gemahlin nickend beipflichtete. »Selbstredend. Sie bleiben natürlich als unser Gast. Bertha soll das Gästezimmer herrichten.«

»Du bist der großmütigste aller Männer«, rühmte ihn seine Frau.

Er grinste und zuckte leicht mit der Schulter. »Och, nun ja …«

Frau von Anweil hob gerissen die Brauen, zwinkerte Anneliese zu und hakte sich bei ihrem Gemahl ein. Gemeinsam schritten sie über den Markt. Und Anneliese fand, dass sie mit dem Baum um die Wette strahlte. Frau von Anweils Präsenz war besonders. Sie hatte etwas Königliches. Wo immer sie auch anhielten, machten die Leute für sie Platz, erhoben ihre Becher, tranken auf ihr Wohl.

»Heute hat sie auch die letzten Zweifler umgekrempelt.« Marie verfolgte wie Anneliese das Bürgermeisterpaar mit dem Blick. »Es gab doch tatsächlich Leute, die nicht glauben wollten, dass sie das Zeug zur ersten Frau Freiburgs hat. Und sieh sie dir jetzt nur an. Sie überstrahlt einen jeden. Wenn sie es geschafft hat, aufzusteigen, wer sagt dann, dass wir das nicht auch können?« Elegant strich sie sich das kupferrote Haar zurück und kicherte. »Ich wette, du schaffst es. Ich meine, Holzfällerin, Tischlerin … das sind doch sehr ähnliche Berufe.«

Anneliese senkte fragend die Brauen über die Augen.

»Na, Frau von Anweil ist eine Bürgerliche. Die uneheliche Tochter eines Tischlers, um genau zu sein.« Marie sprach in gesenkter Lautstärke. »Dennoch hat sogar der Großherzog von Baden sie bemerkt. Sie war nicht weniger als drei Jahre auf seinem Hof. Es heißt, sie sei seine Mätresse gewesen, bevor sie den von Anweil heiratete.«

Anneliese hob verwundert die Brauen, während sie Frau von Anweils Weg durch die Menge weiterhin verfolgte. Rührte deren Anteilnahme an den Belangen des einfachen Volkes von ihrer eigenen Vergangenheit? Frau von Anweil war es jedenfalls gelungen, sich Rang und Namen zu verschaffen, Armut und Not zu entkommen, den Makel abzuschütteln, an dem man sie maß. Trotz alledem war sie dem Bürgertum noch immer tief verbunden und konnte somit Gutes bewirken. Bei dieser Erkenntnis besserte sich Annelieses Stimmung schlagartig. An diesem Ort, in diesem Moment war kein Platz für Trübsinn oder Hoffnungslosigkeit. Der Zauber und das Göttliche, von dem ihre Mutter in Bezug auf das Immergrün der Tanne einst gesprochen hatte, war spürbar zugegen. Und Anneliese fühlte sich zurück in ihren schönen Traum versetzt.

Da war es wieder, dieses wohlige Gefühl. Ihr Weihnachtsbaum war ebenso strahlend schön, prächtig und vollkommen. Und das Beste war: Er war real.

◆◆◆

Das Fest war erst weit nach Mitternacht ausgeklungen. Anneliese hatte nicht bis zum Ende durchgehalten. Gerne wäre sie noch geblieben, aber die Strapazen der vorangegangenen Tage hatten ihren Tribut gefordert. Die Müdigkeit hatte sie von jetzt auf gleich überfallen, weshalb sie dankbar gewesen war, als Bertha, das Dienstmädchen der von Anweils, gekommen und sie in deren Haus begleitet hatte.

Das Gästezimmer war herrschaftlich. Die Laken reinweiß, die Matratze des Himmelbetts weich, ohne irgendwelche abstehenden Federn oder Einbuchtungen. Entgegen ihrer Erwartung war Anneliese sofort eingeschlafen und erst aufgewacht, als das Tageslicht durch das Sprossenfenster gefallen war. Und zum ersten Mal seit langer Zeit hatte sie das Gefühl, ausgeruht zu sein. Nach einem Frühstück mit Eiern, Speck, Brot, Butter und Marmelade glaubte Anneliese sich im Himmel wiedergefunden zu haben.

»Ich habe noch etwas für Sie«, verkündete Frau von Anweil geheimnistuerisch, als Anneliese sich auf den Heimweg machen wollte. Draußen fielen dicke Schneeflocken wie Zuckergusskleckse aufs Pflaster vor dem hohen Fachwerkhaus der von Anweils. Ein Bursche brachte ein Fuhrwerk. Das Pferd, von dem es gezogen wurde, erkannte Anneliese sofort.

»Tarik!«

Sie lief auf ihn zu, streckte ihre Hand nach ihm aus, und er wieherte leise, trabte ungeduldig auf der Stelle, bis Anneliese ihn berührte. Liebevoll strich sie dem alten Freund über die Nüstern. Tarik wippte leicht mit dem Kopf, als wolle er seiner Freude über das Wiedersehen Ausdruck verleihen. Anneliese bettete ihre Wange an Tariks Hals und lauschte für einen Moment seinem rasch gehenden Atem.

»Ich dachte mir, dass ihr euch kennt«, sagte Frau von Anweil. »Mein Mann hat einen Gefallen bei diesem Geldverleiher eingelöst. Ernst Finken. Er meinte, dies sei ein Holzfällerpferd, das er gepfändet hat. Ich nahm mir die Freiheit, Ihre Schulden gleich mit zu begleichen.«

»Ich … ich weiß nicht, was ich sagen soll.« Anneliese war den Tränen nah. »Ich bin … frei?« Sie benötigte einen Moment, um zu realisieren, was das für sie bedeutete. »Wir beide sind frei, mein Freund!«, stieß sie dann erleichtert aus, bettete ihre Stirn an Tariks Wange und schloss kurz die Augen. »Ich hatte nicht mehr zu hoffen gewagt, dich wiedersehen.«

Frau von Anweil lächelte sanft. »Mein Weihnachtsgeschenk an Sie, liebe Anneliese.«

Anneliese betrachtete sie ungläubig.

»Sie können unmöglich weiterhin mit dem Bollerwagen den beschwerlichen Weg zu uns auf den Markt auf sich nehmen«, erklärte Frau von Anweil, als hätte sie keine andere Wahl gehabt. Dann nickte sie dem Burschen zu, woraufhin dieser Anneliese die Zügel überreichte. Ungläubig nahm sie sie entgegen und besah sich dann bewundernd das Gespann genauer. Der Wagen war mindestens eine Elle länger als der ihres Vaters, mit breiteren, stabileren Rädern. Das Geschirr tiefschwarz, glänzend und ohne Risse im Leder. Ganz anders als sie es gewohnt war. Anneliese war hingerissen.

»Sie sind zu großzügig. Das kann ich unmöglich annehmen«, brachte sie dennoch hervor. Noch immer konnte sie kaum fassen, was gerade passierte.

»Oh doch, Sie können. Und Sie werden.« Frau von Anweil klang unerbittlich. »Ich möchte, dass Ihr Weg zukünftig sicherer wird. Wir wollen, dass Sie uns auf dem Markt noch lange erhalten bleiben.«

Zaudernd stieg Anneliese auf den Kutschbock, neigte sich noch einmal zu der Bürgermeistergattin hinunter und reichte ihr die Hand. »Vielen Dank, Frau von Anweil!«

◆◆◆

Zum ersten Mal seit langer Zeit schien das Glück Anneliese wieder zuzulächeln. Sie schrieb an Kasper, berichtete ihm von den großartigen Neuigkeiten, von Tariks Rückkehr und dass sie mit Frau von Anweil als ihre Gönnerin schon bald in der Lage sein würde, ihn nach Hause zu holen. Diesmal ließ eine freudige Antwort nicht lange auf sich warten. Einzig, dass Anneliese ihm kein Datum für seine Abholung aus Dormagen nennen wollte, warf offenbar einen Schatten über Kaspers Glück.

Erste Frühlingsboten stachen an diesem Morgen aus dem pulverigen Schnee hervor. Schneeglöckchen wuchsen auf Marvas Grab, über das ein kleiner Igel huschte, der gerade erst aus dem Winterschlaf erwacht war. Etwas weiter neben ihr zupfte Tarik Grashalme von der Lichtung neben der Hütte. Wie fast jeden Morgen stand Anneliese am Grab der Mutter. Sie teilte sich ihr mit, suchte bei ihr Rat, wenn es um Kasper ging, genau so, als wäre sie noch am Leben. Seufzend verstaute sie Kaspers Brief, den sie ihrer Mutter vorgelesen hatte, wieder in ihrem Ärmel.

»Verbannt und ungeliebt«, murrte sie die Worte, die ihr Bruder unterstrichen hatte. Sein beständiges Flehen, endlich wieder mit ihr vereint sein zu dürfen, brach ihr fast das Herz. Er war überzeugt, sie habe ihn gar nicht mehr lieb.

»Oh, wie er sich doch irrt!« Gedankenverloren schaute

sie dem Igel zu, wie er winzige Fußabdrücke im Schnee hinterließ und schließlich im Dickicht verschwand. Anneliese schluchzte in ihr Taschentuch. So oft schon hatte sie Kasper gebeten, Geduld zu haben. Wenn ihr Geschäft sich erst einmal als Erfolg erwiesen hatte, würden sie nie wieder Hunger leiden müssen. Bis dahin jedoch würde er es in der Klosterschule besser haben. Doch das geschriebene Wort schien ihm kaum Trost zu spenden. Anneliese konnte seinen Schmerz förmlich spüren, sah seinen Kummer, immer dort, wo seine Tränen kleine dunkle Kreise auf dem Papier hinterlassen hatten, und dann weinte sie mit ihm. Schneebröckchen rieselten auf Anneliese herab, und als sie aufschaute, sah sie ein Rotkehlchen auf dem Ast über ihr sitzen. Es plusterte die Backen auf und begrüßte mit seinem perlenden, weichen Gesang die aufsteigende Morgensonne.

Mit dem Erblühen des Frühlings bot Anneliese Blumengestecke, Kränze und Girlanden auf dem Markt an – ein buntes Sammelsurium, das es so noch nie gegeben hatte. Die Materialien dafür fand sie im Wald. Frau von Anweil stattete ihr regelmäßige Besuche an ihrem Stand ab, und was immer sie kaufte, wollten die Kunden um sie herum auch haben. Manchmal hielt Anneliese noch nach dem freundlichen Jungen mit den tiefblauen Augen Ausschau. Ob er sie noch wiedererkennen würde? Doch er kam schon lange nicht mehr an ihren Stand. Genauso wenig wie Rosa Bornstedt.

Offenbar hatte Rosa ihre Hoffnungen darauf eingestellt, dass die Verzweiflung Anneliese doch noch in ihre Arme treiben würde. Anneliese war froh, dass sich ihre Welten nicht mehr überschnitten, genoss ihre Selbstständigkeit aber immer noch mit Vorsicht. Sie zwang sich, sich nicht zu sicher zu fühlen. Für den Moment hatte sie zwar genug zu essen und konnte sogar etwas Geld zurücklegen, aber … würde das so bleiben? Sie wagte es nicht, dass Glück festzuhalten, ertappte sich jedoch hin und wieder bei dem Gedanken, Kasper womöglich schon bald nach Hause holen zu können.

Auf einen milden Frühling folgte ein Sommer, der von langen, sternenklaren Nächten geprägt war. Anneliese vertrieb sich die Zeit, indem sie durch den Wald spazierte. Sie pflückte Heilkräuter, sammelte Materialien für ihren Stand oder beobachtete die Tiere, wie sie die warmen Tage genossen. Manchmal besuchte sie Frau von Anweils Abendgesellschaften oder trank mit Marie einen Apfelwein in der Schenke.

Mit Zuversicht im Herzen verstrich die Zeit in einer ganz eigenartigen Weise und ehe Anneliese sich versah, war sie einundzwanzig Jahre alt, der Sommer ging in den Herbst über, und das nächste Weihnachtsfest nahte. Annelieses Auftragsbuch platzte aus allen Nähten. Sie konnte sogar zwei Holzarbeiter für das kommende Weihnachtsgeschäft beauftragen. Marie half ihr mit den Bestellungen. Nikolaus hatte es ihr erlaubt, weil Anneliese inzwischen in der Lage war, ihr einen kleinen Lohn zu bezahlen, der die Einkünfte der Schäferei aufbesserte. Marie jedenfalls ging in ihrer neuen Tätigkeit auf und wurde nicht müde, Anneliese daran zu erinnern, was sie ihr am Heiligen Abend prophezeit hatte.

»Wirst schon sehen, du schaffst es noch über deinen Stand hinaus«, sagte sie und tippte auf das volle Auftragsbuch. Anneliese lächelte mit Bedacht. Allzu oft war sie in der Vergangenheit enttäuscht worden. Aber die Zeichen standen gut. Schon im September waren die ersten Menschen von nah und fern gekommen, um sich einen der begehrten Bäume zu sichern. Mancher kam eigens für die Geschichte hinter dem Weihnachtsbaum und bezahlte ein paar Kupferstücke, nur um ihr zu lauschen.

An einem Freitagmorgen entdeckte Anneliese unter der

Kundschaft eine Gestalt, die ihr bekannt vorkam. Sobald der Mann seine dunkle Kapuze abgenommen hatte, kamen Erinnerungen in ihr hoch, und nichts hielt sie mehr hinter ihrem Stand.

»Sie sind wieder da!« Strahlend lief sie Winklers Pitter entgegen. Ein sanftes Lächeln umspielte den Mund des alten Mannes, als dieser seine Hände um ihre schloss.

»Mir kamen überschwängliche Berichte zu Ohren«, begann er in mystischer Manier. »Von einer jungen, schönen fahrenden Händlerin in Freiburg, die mit einem prachtvollen Baum den Zauber der Weihnacht in die Herzen der Menschen zurückgebracht hat. Ein Wunder, so sagte man. Es hieß, sie sei die Tochter eines Holzfällers aus der Nähe von Rietbach. Da musste ich mich unbedingt selbst überzeugen. Und siehe da, du bist es. Ich hatte es geahnt. Du bist erwachsen geworden, Anneliese. Und dein Ruf wird dir nicht gerecht. Du bist noch viel schöner, als alle sagen.«

Annelieses Wangen erröteten unter seinen glühenden Worten. »Wann immer ich gefragt werde, wer mich bewogen hat, Tannen zu schmücken, so antworte ich: Der Geschichtenerzähler war's. Ich hoffe, es hat Ihnen auf Ihren Reisen an nichts gefehlt?«

»Mitnichten. Wie mir scheint, haben sich unsere beiden Wege zu einem einzigen verwoben. Umso schöner ist es für mich, zu erkennen, dass du diejenige bist, der ich eine wichtige Nachricht übermitteln soll.«

Anneliese lehnte sich gleichermaßen gespannt wie ratlos vor.

»Es wird dich vielleicht erstaunen, aber dein Ruf reicht bis über die Grenzen von Freiburg hinaus.«

»Frau von Anweil.« Anneliese nickte bedächtig. »Ihr habe ich das gewiss zu verdanken.«

Er schürzte die Lippen, bewegte den Kopf leicht zu den Seiten. »Nicht allein ihr, Anneliese. Es sind die Menschen, die in deinem Weihnachtsbaum einen Wandel gesehen haben. Sie sind noch so müde vom Dienen und Leisten, von einem sorgengeplagten Leben. Dein strahlender Baum war es, der ihnen die Zuversicht zurückgegeben hat, und jenes Gefühl haben sie weitergetragen. Nun fürchten sie den Winter nicht mehr nur, sie freuen sich auch darauf. Es scheint, ich habe dadurch Konkurrenz bekommen.« Er lachte auf. Anneliese schaute ihn verblüfft an. Dass sie eine solche Wirkung erzielt hatte, war ihr nicht bewusst gewesen.

»Ich komme soeben aus Baden«, fuhr er ruhig fort. »In Karlsruhe hatte ich das Privileg, dem Großherzog persönlich zu begegnen.«

»Dem Großherzog?«, wiederholte sie perplex.

Er nickte. »Er plant einen aufwendigen, besonders außergewöhnlichen Ball zu geben. An Weihnachten. Und weil er bereits von dir gehört hat, möchte er, dass du ihm bei den Vorbereitungen hilfst.«

Sie zeigte verwirrt auf sich. »Ich? Aber …«

»Du sollst für den Baum verantwortlich sein. Ihn aussuchen, den Schmuck wählen. Alles, was dafür nötig ist, wird dir bereitgestellt werden. Und ich darf verraten, dass die finanzielle Aufwendung dafür generös sein wird. Du kannst nach allem verlangen, was du für richtig erachtest. Der Großherzog möchte, dass das Fest noch Jahre später im Gedächtnis bleibt. Die Gästeliste ist äußerst exquisit.«

»Aber … aber er kann doch unmöglich mich meinen.«

»Er verlangt nur nach dir. Es ist sozusagen ein Befehl. Du wirst bei Hofe untergebracht sein, solange wie die Vorbereitungen brauchen. Kannst du dich von zu Hause losmachen? Deine Mutter und dein Bruder …«

Sie schluckte bitterlich, dann schüttelte sie den Kopf. »Ich bin allein«, antwortete sie leise. »Mama ist vorletztes Jahr gestorben.«

»Du liebe Güte.« Er fasste sich ans Herz. »Das tut mir sehr leid, zu hören.«

»Hm.« Sie presste kurz die Lippen aufeinander, um das aufsteigende Gefühl von Wehmut zu kontrollieren, bevor sie weitersprach. »Kasper ist in Dormagen auf einer Klosterschule.«

»Nun«, brummte er und betrachtete sie forsch. »Dann … ist für ihn gesorgt?«

Anneliese biss die Zähne aufeinander, nickte aber. Im Grunde war sie überzeugt, dass es so war. Sie vertraute Philipp – auch jetzt noch. Und vielleicht würde ihr der Auftrag des Großherzogs dabei helfen, die finanzielle Sicherheit zu erlangen, die sie brauchte, um Kasper schneller zu sich nach Hause zu holen.

»Oh, was würde ich dafür geben, einmal bei Hofe zu sein.« Marie seufzte neben ihr auf. Sie schien Annelieses Zweifel zu spüren. Bestärkend drückte sie ihren Arm. »Du musst unbedingt fahren. Umgehend!«

Anneliese schaute unschlüssig zu Winklers Pitter auf.

»Wann sollen wir dort sein?«, fragte sie, und ihr Magen krampfte sich nervös zusammen.

»Nun, also umgehend trifft es recht gut. Der Großherzog hat bereits mit den Vorbereitungen begonnen. Ein solches Ereignis braucht eine gewisse Vorlaufzeit.«

Anneliese nestelte an ihrer Kette, während sie gründlich nachdachte. Sie fühlte sich überrumpelt, andererseits spürte sie, dass eine großartige Gelegenheit zum Greifen nah war.

Marie nahm ihre Hand und drückte sie. »Großvater und ich, wir kümmern uns hier um alles. Ich bringe Tarik zu

Frau von Anweil in den Stall. Dort kann er gewiss bis zu deiner Rückkehr bleiben. Und ich erkläre ihr, wieso du holterdiepolter wegmusstest. Du kennst sie, sie wird sich für dich freuen. Geh du nur.«

»Ich weiß nicht, was ich sagen soll«, brach es aus Anneliese heraus.

»Sag einfach: Ja! Dieses Glück hast du dir verdient«, drängte ihre Freundin sie milde.

Anneliese nahm einen tiefen Atemzug.

»Und sorge dich nicht. Tu, was du am besten kannst«, empfahl Marie. Anneliese umarmte sie, dann ging sie mit Winklers Pitter zu der Kutsche, die der Großherzog diesem für seine Suche nach ihr zur Verfügung gestellt hatte. Nur noch ein kurzer Halt auf ihrem Gehöft war nötig. Rasch verstaute sie Hemd und Tuch in ihrer Tasche, ein paar getrocknete Heilkräuter und das Hochzeitsgewand ihrer Mutter, dann machten sie sich auf den Weg nach Karlsruhe.

14

Eine andere Welt

Herbst 1819

Die fünfstündige Fahrt war für Anneliese der Beginn eines Abenteuers, von dem sie keine Sekunde verpassen wollte. Während Winklers Pitter den Kopf gegen die Kutschenwand gelehnt und geschnarcht hatte, hatte sie die vielschichtige Landschaft betrachtet, die an ihnen vorbeigerauscht war: Wiesen, weite Felder, üppige Wälder, Dörfer und Siedlungen. Voller Aufregung hatte sie daran gedacht, was sie in Karlsruhe erwarten würde, und als sie endlich das Schloss mitten im Hardtwald erreichten, war die Sonne bereits weit unter der Horizontebene. Über dem Kuppeldach glühte der Himmel in einem intensiven Rot. Anneliese reckte den Kopf aus dem Fenster, sobald sie das prächtige Tor passiert hatten und sich dem sonnengelben, barocken Prunkbau mit seinen Giebeln und Erkern näherten. Ihr Herz schlug so schnell, dass es ihr in den Ohren klang. Das alles kam ihr vor wie ein Traum.

Die Kutsche hielt abrupt vor dem Gesindeeingang und riss Winklers Pitter unsanft aus dem Schlaf. Benommen und schmatzend blickte er sich um.

»Wir sind da!«, sagte Anneliese freudig, als wäre nicht er, sondern sie nach Karlsruhe zurückgekehrt. Pitter nickte verdattert, gähnte und rieb sich den Schlaf aus den Augen. Der Kutscher öffnete ihnen die Tür, und Anneliese konnte es nicht erwarten, auszusteigen. Sie hüpfte aus dem Wagen, bevor der Diener die Treppe ausgefahren hatte, und landete im Kies, der unter ihrem Gewicht knirschte. Überwältigt ließ sie ihren Blick schweifen. Springbrunnen und Marmorstatuen rahmten das Schloss ein, auf dessen Turm die rot-goldene Flagge von Baden im sanften Abendwind wehte.

»Einschüchternd, nicht?« Winklers Pitter kam neben sie, stützte sich auf seinen Spazierstock und betrachtete mit ihr zusammen das riesige Gebäude.

»Ich sah nie etwas Imposanteres.« Annelieses Nervosität nahm zu. Sie hatte sich auf dem Weg hierher keine Gedanken darüber gemacht, welche Wirkung der Palast auf sie haben würde. Nun überkam sie ein Gefühl von Ehrfurcht. Würde sie sich hier überhaupt zurechtfinden?

»Warte erst mal ab, bis du alles von innen gesehen hast. Ludwig I. rühmt sich damit, den elegantesten Hof jenseits von Wien zu haben.« Pitter hob und senkte abwechselnd die Brauen und ging voran.

Demütig folgte Anneliese ihm hinein. Im Flur des Gesindetraktes erschien eine Frau mit rötlichem, krausem Haar, die Anneliese mit ausdrucksloser Miene musterte. Sie war ungewöhnlich groß. In ihrem schwarzen Kleid mit steifem weißem Kragen wirkte sie fast wie ein Gespenst.

»Ah, Frau Schnitzendöbel. Das ist das berühmte Fräulein Holl aus Freiburg.« Pitter ging schnurstracks auf sie zu und reichte ihr die Hand. Sie sah über seinen Gruß hinweg, stattdessen nickte sie nur mit unveränderter Miene.

»Wir sehen uns dann später«, meinte er an Anneliese gewandt, dann schlenderte er gemächlich und pfeifend den langen Korridor hinunter, als befände er sich nicht in einem

Schloss, sondern in einer ihm vertrauten Pension. Angespannt sah Anneliese ihm nach, und ein mulmiges Gefühl stieg in ihr auf.

»Willkommen am Badener Hof«, sagte die große Frau mit durchdringender Stimme.

Annelieses Blick glitt langsam zu ihr. Sie lächelte verhalten.

»Ich bin hier die Hauswirtschafterin. Man hat mir mitgeteilt, dass Sie mit dem Geschichtenerzähler eintreffen würden. Allerdings konnte mir niemand sagen, wann das genau sein würde.« Die Frau zischte durch zusammengebissene Zähne und musterte Anneliese naserümpfend. »Wir haben hier bei Hofe einen sehr strengen Zeitplan. Nun, aber … im Grunde macht es keinen Unterschied. Ich nehme an, Sie werden nichts Passenderes zum Anziehen haben?«

Entgeistert sah Anneliese an ihrem schlichten, braunen Kleid hinunter. »Ich … äh …«

Schnitzendöbel hob eine Hand, deutete ein Kopfschütteln an, und Anneliese schluckte verunsichert ihre Antwort hinunter.

»Läuse? Kleiderflöhe?« Kritisch umrundete sie Anneliese, zupfte unsanft mit Daumen und Zeigefinger an ihrem Haar, dann an ihrem Rock.

Verwirrt wich Anneliese einen Schritt zurück. »Wie bitte?«

»Na, haben Sie welche? Wir wollen doch nicht, dass etwas eingeschleppt wird.«

»Ich schleppe gewiss nichts ein«, entgegnete Anneliese leise, konnte eine Kränkung aber nicht aus ihrer Stimme verbannen.

»Aha«, machte Frau Schnitzendöbel zaudernd. »Nun denn. Wenn Sie mir bitte folgen würden.« Sie wandte sich in einer eleganten Drehung um, bei der der schwere Schlüsselbund klimperte, der um ihre Taille gebunden war.

Anneliese erinnerte diese Frau an einen Wachhund. Sie umklammerte ihre Tasche fester mit beiden Händen, während sie über die endlos erscheinenden Flure gingen. Vorbei an der Großküche, an den Schlafkammern des Personals und der restlichen Dienerschaft. Es ging eine schmale Wendeltreppe hinauf. Oben waren die Räume weiter und heller. Ein Dutzend bodentiefe Fenster befanden sich zu einer Seite. Anneliese bestaunte die aufwendigen Deckenverzierungen, die kunstvollen Gemälde und die goldenen Kerzenhalter an den Wänden sowie das kostbare Mobiliar. Ein Diener mit weißer Perücke und in dunkelblauer Livree öffnete die zweiflüglige Tür am Ende des Korridors. Dahinter befand sich ein Vestibül mit meterhoher Stuckdecke und glutrotem Teppichboden.

»Sprechen Sie ausschließlich, wenn Sie angesprochen werden.« Frau Schnitzendöbel formte ihre schmalen Lippen zu einer Linie. Sie hob Annelieses Kinn mit Daumen und Zeigefinger an, ging auf Abstand zu ihr und betrachtete sie mit einem abfälligen Stöhnen.

»Es kommt Ihnen wohl zugute, dass der Großherzog wahrer Bescheidenheit nicht abgeneigt ist. Jedoch kann er sich nicht für Geschwätzigkeit erwärmen.«

Anneliese schnappte nach Luft. »Der Großherzog? Ist er etwa …«

»Hinter dieser Tür. Richtig. Seine Königliche Hoheit erwartet Sie bereits.« Frau Schnitzendöbel hatte eine Hand auf Annelieses Rücken gelegt und schob diese unnachgiebig auf die Tür zu. »Und vergessen Sie nicht, sich zu verneigen«, mahnte sie streng.

Überrumpelt stolperte Anneliese in den weitläufigen Saal. Ihre Schritte hallten darin wider. Der helle Marmorfußboden war glatt und glänzend wie ein Spiegel. Mehrere

Kristallkronleuchter erhellten den langen Raum. Anneliese war so von dem Prunk und Protz eingenommen, dass sie Schnitzendöbels Anweisungen vergaß und beim Anblick des Großherzogs, der ihr von seinem erhöhten Sitz abwartend entgegenschaute, zu einer Salzsäule erstarrte.

Ein hagerer Mann mit auffällig gezwirbeltem Schnurrbart trat vor sie. Anneliese stutzte kurz, denn er kam ihr bekannt vor. Aber woher?

»Also bitte, Fräulein. Sie sind hier beim Großherzog«, sagte er kalt und schlug ihr mit seinem vergoldeten Handstock in die Kniekehle. Der Schmerz half ihrem Gedächtnis auf die Sprünge, und sie schreckte unmerklich zusammen. Es war der feine, unfreundliche Herr, der ihr einst auf dem Markt begegnet war.

»Verzeihung. Eure … Königliche Hoheit.« Anneliese verneigte sich zitternd.

»Ist schon gut, von Bergen.« Ludwig wedelte den Schnurrbärtigen weg und richtete sich im Sitz auf.

»Seid mir willkommen, Fräulein Holl. Wie schön, dass ich mich wieder einmal auf das Wort des Winklers Pitter verlassen konnte. Er ist uns jederzeit willkommen. Ich hoffe doch, Ihre Reise war angenehm?«

»Jawohl … Königliche Hoheit … Vielen Dank«, stammelte sie.

Er wedelte erneut kurz mit einer Hand, und sie stellte sich aufrecht hin. Ein Grinsen huschte über sein kantiges Gesicht, als sie den Blick hob. Ihre Unbeholfenheit schien ihn zu amüsieren. Ludwig I. war ein stattlicher Mann, mit kurzem, braunem Haar und wachen Augen.

»Wohl an. Die Gräfin Anweil schwärmt in den höchsten Tönen von Ihrem Geschick. Ich hoffe, Sie werden hier ebenso zaubern wie in dem bescheidenen Freiburg. Ich will, dass unser Baum alles überstrahlt. Er muss größer, schöner, glanzvoller sein als der Freiburger Baum und er soll jedem den Atem rauben. Im ganzen Land soll man darüber sprechen.«

»Ich werde mich bemühen, Euch bei Eurem Weihnachtsfest zu unterstützen«, sagte sie leise.

Er schnalzte mit der Zunge und lehnte sich mit schmalen Augen vor. »Nicht doch, Fräulein Holl. Ich sage es Ihnen frei heraus. Es geht hierbei nicht einfach nur um Weihnachten. Es geht um unsere Reputation. Die Gründung des Deutschen Bundes war nur ein erster Schritt in Richtung Neuordnung. Nun gilt es, die Fürstenhäuser zu restaurieren und das territoriale Chaos zu beseitigen, das durch die Franzosenzeit entstanden ist. Das Gedankengut der Revolution muss ein für alle Mal aus den Köpfen der Bevölkerung vertrieben werden. Man soll die rechtschaffenen Fürsten wieder wertschätzen. Wir haben einiges versäumt in den vergangenen Jahren, und ich möchte, dass das Volk erkennt, dass wir Anteil an seinen Belangen nehmen. Deshalb wird es eine Steuererleichterung geben. Wir verteilen Lebensmittel in den ärmeren Vierteln, und die Armenhäuser erhalten Sonderzuwendungen. Unter den Gästen auf unserem Ball sind Vertreter aus den unterschiedlichsten Gesellschaftsschichten. Neben dem Hochadel werden auch Statthalter, Bürgermeister und Repräsentanten der Unterschicht anwesend sein. Verstehen Sie, in welcher Verantwortung ich mich sehe?«

»Ich denke schon, Eure Königliche Hoheit. Und ich versichere Euch, ich werde tun, was ich kann, um meinen Beitrag zu leisten.« Sie knickste erneut.

»Das wollte ich hören. Wohl an.« Wieder wedelte er mit einer Hand. Diesmal trat ein älterer Mann von gedrungener Statur und mit weißem Spitzbart vor. »Baron Teckendorf wird Ihnen bei der Arbeit zur Seite stehen. Was immer Sie auch benötigen für diesen … Weihnachtsbaum. Er wird es besorgen.«

»Vielen Dank!« Wieder verneigte sich Anneliese tief.

»Und ich wünsche, von den Entwicklungen in Kenntnis gesetzt zu werden. Von allen.«

»Sehr wohl, Königliche Hoheit.«

Er nickte und winkte sie fort. Anneliese wandte sich um, ging über den langen Gang und aus der Tür. Zurück im Vestibül atmete sie erleichtert aus und fasste sich an ihr pochendes Herz. Sie war tatsächlich dem Großherzog begegnet, dachte sie in ungläubiger Aufregung. »Wenn ich das Kasper erzähle. Das glaubt der mir nie«, murmelte sie kopfschüttelnd. Ein Diener begleitete sie auf den Flur zum Gesindetrakt, wo Frau Schnitzendöbel bereits ungeduldig auf sie wartete.

»Und? Wie ist es gelaufen?«, verlangte sie tonlos zu wissen.

»Ich denke, es lief gut.« Anneliese lächelte, als stünde sie unter einem Bann. Sie war noch immer wie berauscht von der Begegnung mit dem Großherzog. Er war weit weniger einschüchternd gewesen, als sie ihn sich vorgestellt hatte. Frau Schnitzendöbel betrachtete sie skeptisch, hakte aber nicht weiter nach.

Im Stockwerk über dem Küchentrakt gab es weitere Zimmer für das Personal. Zwei Flügel waren durch eine Tür verbunden, die Männer und Frauen voneinander trennte, und für den Frau Schnitzendöbel den einzigen Schlüssel besaß.

»Wir haben entschieden, Sie hier unterzubringen.« Sie öffnete eine der Türen, die sich zu beiden Seiten des Flurs befanden. »Im Ostflügel sind die Zimmer der Hofdamen. Da Sie aber genau genommen Angestellte sind, waren wir der Auffassung, dass es Ihnen hier besser ergehen wird.«

Anneliese trat ein, ließ sich aufs Bett plumpsen, stützte die

Arme neben sich und erspürte das weiche Bettzeug unter ihren Händen. »Ein schönes Zimmer.«

»Es ist vor allem zweckmäßig«, korrigierte Frau Schnitzendöbel sie kühl. »Unsere Köchin Josepha wohnt gleich nebenan. Aber belästigen Sie sie nicht mit irgendeinem Firlefanz. Sie ist viel beschäftigt.«

»Bestimmt nicht«, schwor Anneliese.

»Gut. Sie können sich nun etwas frisch machen. Abendessen ist um neunzehn Uhr unten in der Gesindeküche. Sie finden den Weg dorthin allein?«

Anneliese nickte arglos.

»Fein.« Schnitzendöbel zog die Tür hinter sich zu, und Anneliese hörte, wie ihre Schritte verhallten. Sie horchte eine Weile auf die Geräusche im Schloss. Nebenan erklangen dumpfe Stimmen, von oben ein unerklärliches Klopfen und ein schabendes, kratzendes Geräusch, das sie nicht lokalisieren konnte. Zufrieden sank sie rücklings aufs Kopfkissen, bettete ihre Hände auf ihren Bauch und atmete erleichtert durch. Das scheidende Sonnenlicht traf durch das kleine Fenster über ihrem Bett und schuf auf der gekalkten Wand gegenüber ein einzigartiges Gemälde aus Schatten. Noch immer kam es ihr unwirklich vor, an diesem Ort zu sein. Nie im Leben hätte sie damit gerechnet, einmal das Karlsruher Schloss von innen zu sehen. Es war gewaltig, ehrfurchtgebietend und unfassbar märchenhaft, hatte endlose Flure, Treppenaufgänge und eine verschwenderische Fülle an Räumen.

Obwohl Anneliese Frau Schnitzendöbel versichert hatte, den Weg zur Gesindeküche allein zu finden, hatte sie sich bereits nach kurzer Zeit hoffnungslos verlaufen. Alles schien irgendwie gleich auszusehen. Sie musste falsch abgebogen sein. Verbissen tastete sie sich vor, bis die Gänge plötzlich anders auszusehen begannen. Sie waren schmaler, wirkten dabei aber wohnlicher. Anneliese war klar: Sie befand sich nicht auf dem Weg zum Großherzog, aber auch nicht auf dem zur Küche. Der Boden war ebenso wie die Wände mit blauen Stoffen verkleidet, Landschaftsgemälde und zweiarmige Kerzenleuchter zierten sie.

Sie war gerade dabei, aufzugeben und den Weg zurück in ihre Kammer zu suchen, da hörte sie, wie jemand Klavier spielte. Eine Melodie so sanft und festlich, wie sie sie noch nie zuvor vernommen hatte. Vorsichtig näherte sie sich der Musik und spähte durch die Tür, die einen Spalt geöffnet war. Ein junger Mann saß in einer Art Salon am Klavier, ganz vertieft in sein Spiel. Er wirkte nicht viel älter als sie. Sein dunkles Haar kräuselte sich über seinen Ohren, und sein Blick hing an den Tasten, als wäre er mit ihnen verschmolzen – irgendwo zwischen dieser und einer anderen Welt. Anneliese konnte nicht anders, als ihm dorthin zu folgen. Er ließ die Töne erklingen, und ihr Herz fühlte sich auf einmal seltsam leicht an.

»Zum Kuckuck! Was haben Sie hier verloren?«

Anneliese fuhr erschrocken herum. Mit finsterer Miene stapfte Frau Schnitzendöbel auf sie zu. Versehentlich stieß Anneliese dabei die Tür weiter auf, sodass der Mann zu spielen aufhörte, sich von seinem Hocker erhob und perplex zu ihnen auf den Flur spähte.

»Verzeihung«, stammelte Anneliese aufgerieben. »Ich … ich habe mich verlaufen.«

»So?« Frau Schnitzendöbel stemmte die Hände in die Hüften und schnaubte erzürnt, dann wandte sie sich dem jungen Mann zu, der sich ihnen mit verwundertem Blick genähert hatte. Er war so groß, dass Anneliese den Kopf in den Nacken legen musste, um ihn anzusehen. Überschwänglich verneigte sich Schnitzendöbel vor ihm. »Ich bitte vielmals um Entschuldigung für die Unterbrechung, Durchlaucht. Das Mädchen hier … es ist neu.« Sie blieb in der Verbeugung und wies Anneliese mit einem harschen Stups in die Seite an, sich ebenfalls zu verneigen. Anneliese knickste verzögert und steif.

Der Mann lächelte erheitert, und seine tiefblauen Augen leuchteten dabei förmlich auf. Abermals bekam Anneliese Schnitzendöbels Ellenbogen zu spüren. Rasch senkte sie daraufhin betreten ihren Blick.

»Aber das macht doch nichts. Ich wollte ohnehin gerade eine Pause einlegen«, erwiderte er und knetete seine Finger durch.

»Frau Schnitzendöbel?« Ein Dienstmädchen näherte sich ihnen eilig und aufgebracht. »Man verlangt nach Ihnen.«

»Verzeiht«, presste die Schnitzendöbel aus zusammengebissenen Zähnen hervor, knickste erneut vor dem jungen Mann, und marschierte schnellen Schrittes zu dem Dienstmädchen, mit dem sie daraufhin eiligst über den Flur zurück verschwand.

»Also.« Der Pianist wandte sich Anneliese zu. »Sie sind gerade erst in Karlsruhe eingetroffen? Wie gefällt es Ihnen hier?«

Fahrig suchte Annelieses Hand nach der Baumperle um ihren Hals. »Oh, darüber darf ich mir noch keine Meinung erlauben. Aber bisher finde ich es sehr beeindruckend. Wenn mich auch die Größe etwas erschlägt.«

Er lachte leise und nickte dann. »Ja, das ging mir anfangs auch so.« Er musterte sie eingehend. »Ach, lassen Sie mich kurz überlegen. Sind sie etwa die Frau aus Freiburg? Die, die der Großherzog für seinen Weihnachtsbaum bestimmt hat?«

Anneliese spürte, wie ihre Wangen heiß wurden. Sie wusste nicht, was sie darauf antworten sollte, nickte jedoch. Einen Moment herrschte betretenes Schweigen, so lange bis der Mann sich zungeschnalzend durchs Haar fuhr.

»Herrgott, wo sind nur meine Manieren?« Er reichte ihr seine Hand. »Mein Name ist Friedrich von Bergen. Ich bin der Kammermusiker seiner Königlichen Hoheit. So wie Sie für den Baum zuständig sind, bin ich für die Musik auf dem Weihnachtsball verantwortlich.«

»Friedrich«, wiederholte sie leise grübelnd seinen Vornamen und erspürte seine warme Hand etwas länger als nötig. »Ich bin Anneliese Holl.«

»Freut mich sehr, Anneliese Holl.« Sein Blick ruhte auf ihrem Gesicht, und Anneliese wurde von einer Hitzewelle erfasst. Diese Augen. Sie waren ihr doch bekannt. Oder nicht? Gleichzeitig irritierte sie sein Nachname. Hatte sie ihn an diesem Tag nicht schon einmal gehört? Auf einmal wirkte er ähnlich nachdenklich gestimmt wie sie. Er lehnte sich leicht vor und betrachtete aufmerksam ihr Gesicht.

»Sagen Sie, sind wir einander nicht schon einmal begegnet?«

Annelieses Herz klopfte schneller, während sie ihn genauer musterte. Kurz verlor sie sich in seinen tiefblauen Augen. Seine Größe und der dunkle Stoppelbart waren neu, aber … abgesehen davon … war sie sich nun sicher.

»Jetzt weiß ich es«, sagte er, bevor sie die Worte fand. »Sie sind doch das Mädchen mit den Holzscheiten.« Seine Augen strahlten, und Anneliese konnte einen Seufzer der Erleichterung nicht zurückhalten. Insgeheim hatte sie gehofft, ihn, den freundlichen Jungen vom Markt, eines Tages wiederzusehen. Gleichzeitig war dies jedoch so abwegig gewesen, dass sie nicht damit gerechnet hatte. Nun stand er als unverschämt gut aussehender Mann vor ihr. Verlegen strich sie sich übers Haar, dann über den Rock.

»Sie sind gewachsen«, fasste sie seine noble Erscheinung etwas unbeholfen zusammen.

»Ein wenig. Ja. Sie aber auch.« Er sah sie durchdringend an

und Anneliese spürte, wie eine wohlige Wärme in ihr aufstieg.

»Ich bin wirklich sehr erfreut, dass Sie es sind …«, kurz schien es, als wollte er seinen Satz bereits beenden, doch dann fügte er rasch hinzu: »… die unseren Baum gestalten wird.« Auch seine Wangen wurden nun etwas rosiger. »Niemand konnte mit Sicherheit sagen, ob Sie kommen würden. Aber … wir alle haben es gehofft. Jeder, der in die Vorbereitungen für den Ball involviert ist, brennt darauf, mit Ihnen Bekanntschaft zu machen. Jetzt kann ich behaupten, dass ich Sie schon vorher kannte.« Er grinste mit stolzgeschwellter Brust.

»Ich glaube, Sie überschätzen meine Person, lieber Graf von Bergen. Ich bin nur eine einfache Marktfrau, die mit dem, was ihr der Wald bietet, ihr Geld verdient.«

»Stellen Sie Ihr Licht nicht so unter den Scheffel. Und bitte nennen Sie mich Friedrich. Immerhin arbeiten wir doch jetzt auf dasselbe Ziel hin: Den Weihnachtsball zu einem Ereignis zu machen, dass den Menschen noch lange im Gedächtnis bleibt«, ergänzte er mit verstellter Stimme.

Anneliese konnte ein Grinsen nicht zurückhalten. Seine Imitation des Großherzogs war zu gut gelungen. Offenbar hatte Friedrich Humor. Das gefiel ihr.

»Sie sollen eine ganze Stadt in ein Wunderwerk verwandelt haben. Der Weihnachtsbaum von Freiburg hat jedem, der ihn gesehen hat, die Sprache verschlagen. Ich habe Radierungen gesehen. Äußerst beeindruckend. Ich wünschte, ich hätte ihn mit eigenen Augen bestaunen können.«

»Radierungen?« Anneliese war überrascht, zu erfahren, dass es von ihrem Baum so etwas gab. »Nun, wenn alles nach Plan verläuft, werden Sie bald einen noch viel prächtigeren Baum bestaunen können. Jedenfalls ist es das, was sich der Großherzog wünscht.«

»Dann … haben Sie ihn schon kennengelernt?«

Anneliese nickte betreten. »In der Tat. Er scheint mir ein sehr stolzer Mann zu sein. Ehrgeizig und mit klaren Vorstellungen von dem, was er will.«

»Nun, sein sehnlichster Wunsch ist es, alles und jeden zu übertreffen«, bestätigte Friedrich. »Aber im guten Sinne. Es ist ihm sehr daran gelegen, sich dem Volk zu beweisen. Die Revolution hat den meisten Fürsten die eigenen Fehler aufgezeigt. Ihnen vor Augen geführt, dass das Volk auch unbequem sein kann. So manch einer wurde dadurch erst an seine eigentlichen Aufgaben erinnert.«

»Eine Gefahr, die wohl besteht, wenn man in eine Pflicht hineingeboren wird.« Anneliese merkte erst, wie strafend ihre Worte geklungen hatten, als sie sie schon ausgesprochen hatte. Zu ihrer Verwunderung wirkte Friedrich nicht verstimmt, sondern vielmehr angetan. »Sie sind schonungslos, Fräulein Holl«, urteilte er mit einem schiefen Lächeln.

»Oh, ich … wollte keinesfalls respektlos erscheinen. Ich bitte vielmals um Verzeihung. Natürlich habe ich nicht Sie damit gemeint, Herr Gr…«

»Friedrich«, erinnerte er sie milde. »Aber Sie haben ja vollkommen recht. Untätigkeit, Verblendung … all das scheint dem Adel mit dem Titel in die Wiege gelegt zu werden. Den Blick nach außen, zu der Verantwortung hin, die mit dem Geburtsrecht einhergeht, das ist eine Entscheidung, die bewusst getroffen werden muss. Was das angeht, so sind viele zu bequem. Oder aber es mangelt ihnen einfach an Feingefühl.«

»Oder Interesse«, murmelte Anneliese und biss sich sogleich beschämt auf die Unterlippe. Sie hatte die Aristokratie nicht beanstanden wollen.

Friedrich nickte leicht. Er jedenfalls schien ihr die Ehrlichkeit nicht zu verübeln. Dennoch blieb eine gewisse Unsicherheit in ihr zurück. Für einen Augenblick verharrten sie beieinander, und Anneliese ließ das Gesprochene in sich widerhallen. Sie bewunderte seine Offenheit und hatte den Eindruck, dass er sich nicht zum ersten Mal kritisch mit der Oberschicht auseinandersetzte. Faszinierend! Sie war wie verzaubert von diesem Mann, der hochgeboren war und dabei aber so scharfsinnig und bescheiden wirkte.

Anneliese wollte die unangenehme Pause brechen, die zwischen sie gekommen war, als ihr Name ermahnend im Flur erklang. Kurz darauf hörte sie die dazugehörigen, sich hastig nähernden Schritte.

»Sind Sie etwa schwerhörig?«, fragte Frau Schnitzendöbel in peinlicher Indiskretion. Innerlich grummelnd löste Anneliese sich von Friedrich und drehte sich zu ihr um.

»Ich habe Sie bereits drei Mal gerufen«, keuchte die Schnitzendöbel mit hochrotem Kopf. »Darf ich Sie daran erinnern, dass ich nicht Ihre Aufseherin bin?«

Anneliese wandte sich Friedrich noch einmal zu, knickste und hauchte ein schamhaftes »Auf Wiedersehen«. Sie spürte noch eine Weile seinen Blick in ihrem Nacken, als sie der Hauswirtschafterin über den Flur nacheilte. Ein Prickeln, gleich einer sanften Berührung, breitete sich auf ihrer Haut aus, und ihr Herz klopfte mit einem Mal in einem seltsamen Takt.

◆◆◆

Nach einer Woche am Karlsruher Hof fand Anneliese sich immer besser zurecht. Sie war mit den täglichen Aufgaben vertraut und hatte die anderen kennengelernt, die der Großherzog aus dem ganzen Land zu sich auf das Schloss geholt hatte, um die Organisation seines Balls zu koordinieren. Musiker, Poeten, Schauspieler, Bühnenbildner, Konditoren. Eine bunte Zusammenkunft an Berufen, und alle zogen an einem Strang. Man tauschte sich aus, bewunderte die Arbeit des anderen, lobte und half sich untereinander.

Mit Ausnahme der jungen Hofdamen, die als Laienschauspielerinnen beim Krippenspiel mitwirkten, verstand sich Anneliese mit allen. Dass das Verhältnis zu ihnen schwierig war, war dem Einfluss der einundzwanzigjährigen Katharina von Zerbst geschuldet. Sie hatte das Sagen und gab die Regeln für die übrigen jungen Damen vor. Das war Anneliese bereits nach ihrer ersten Begegnung klar geworden, bei der Katharina kein Geheimnis daraus gemacht hatte, was sie von Anneliese hielt. Eine Zumutung, hatte sie den Umstand genannt, dass eine Holzfällertochter für das Glanzstück des Balls zuständig sein sollte. Katharina hielt ihren Cousin für fähiger, der, so wurde es Anneliese später zugetragen, als Erster mit der Aufgabe betraut worden war. Der Großherzog war jedoch unzufrieden mit ihm gewesen und hatte ihn kurzerhand entlassen. Teckendorf gab nicht viel auf Klatsch, hatte Anneliese jedoch achselzuckend so viel verraten: »Wer nur den Weinkeller des Großherzogs leert und sich mit Stallburschen vergnügt, statt seine Arbeit zu verrichten, der darf sich nicht wundern.«

Anneliese war froh, Gottfried von Teckendorf an ihrer Seite zu haben. Der Baron besaß eine väterliche Ausstrahlung, und obgleich sie alle unter einem gewissen Druck arbeiteten, blieb er stets die Ruhe in Person. Für Anneliese hatte er immer einen guten Rat zur Hand. So hatte er gleich nach ihrem ersten Aufeinandertreffen mit Katharina gemeint, sie solle sich die Zerbst nicht so zu Herzen nehmen. Anneliese war bemüht, die Kritik von sich abprallen zu lassen, aber es gelang ihr nicht immer, das Getuschel hinter ihrem Rücken nicht an sich heranzulassen. Sie stürzte sich in ihre Aufgabe und fand darin Zerstreuung. Der Plan, wie der Weihnachtsbaum auszusehen hatte, war längst geschmiedet. Teckendorf veranlasste die Besorgungen, darunter einhundert weiße englische Kerzen, fünfzehn Zoll rotes Schleifenband aus Lyon, Brüsseler Spitze und eine Wagenladung voll Äpfel, Birnen und Nüsse aus der Region, die aber erst kurz vor dem Aufstellen des Baumes geliefert werden sollten. Anneliese schrieb Marie, sie solle ihr all die Strohsterne schicken, die sie auf Lager hatten, sowie den großen Stern aus Birkenrinde, an dem sie zuletzt gearbeitet hatte.

Der Hardtwald war kleiner als Annelieses geliebter Schwarzwald und doch waren sich die Wälder sehr ähnlich. So wuchsen die Bäume rund um das Schloss ebenso dicht an dicht, wie sie es aus der Heimat gewohnt war. Anneliese entschied sich wieder für eine stattliche Weißtanne, die Zweige üppig und abgerundet, die Nadeln glänzend und dunkelgrün. Sie überragte die in Freiburg um mehrere Ellen. Teckendorf erstattete dem Großherzog persönlich Bericht. Bei einem Abendessen in der Gesindeküche erfuhr Anneliese, dass er Ludwigs Vertrauen besaß und neben Friedrichs Vater, dem Graf von Bergen, zu seinen engsten Mitarbeitern gehörte. Laut Winklers Pitter hatten der Baron und Ludwig gemeinsam im ersten Koalitionskrieg gedient und das habe beide unabänderlich zusammengeschweißt. Anneliese war froh, dass Ludwig ihr Teckendorf zur Seite gestellt hatte. Ein Umstand, der ihrem Vorgänger nicht vergönnt gewesen war. Dennoch überkam sie manchmal die Angst davor, ebenfalls ersetzt zu werden.

»Mach dir da mal keine Sorgen«, wusste Pitter sie zu beruhigen. »Teckendorf ist dir ebenso treu ergeben wie seinem ältesten Freund. Glaub mir, ihm ist sehr daran gelegen, ihn zufriedenzustellen, und er hat dein Potenzial längst erkannt.« Er trank einen großen Schluck Milch. Etwas davon verfing sich in seinem Bart und tröpfelte von dort aus auf die Tischplatte. Mit dem Handrücken wischte er sich über den Mund. »Der Baron kennt die hiesigen Kaufleute, hat europaweit Kontakte. Auch der junge Kammermusiker ist auf seine Empfehlung hier. Friedrich heißt er, wenn ich mich recht erinnere. Ein netter Bursche. So ganz anders als sein Vater.«

Anneliese errötete leicht und verschluckte sich kurz an ihrer Suppe. Hüstelnd klopfte sie sich die Brust. Frau Schnitzendöbel betrachtete sie skeptisch.

»Seid ihr bereits miteinander bekannt?«, erkundigte Pitter sich neugierig.

»Flüchtig.« Anneliese täuschte Gleichgültigkeit vor.

Pitter gab ein Brummen von sich, fuhr mit dem Schöpflöffel in den Topf mit der Erbsensuppe, den Josepha auf den Tisch gestellt hatte, und gab sich einen Nachschlag. »Nun, ich gehe davon aus, dass er am Samstag an der Soiree teilnehmen wird, die der Großherzog zur Ankündigung seines Balls geplant hat. Ich selbst bin leider nicht abkömmlich. Geschäfte. Es gilt, die einfachen Bürger mit guten Geschichten zu versorgen.« Pitter wirkte nicht, als ob er bedauere, die Abendgesellschaft zu verpassen.

»Da ist auch viel eher Ihr Platz«, mischte sich die Schnitzendöbel erbost ein. »Eine Vergeudung ist das doch. Eine Soiree ist etwas für feine Leute. Nichts für Gaukler oder Schauspieler und nichts für Töchter von Holzfällern.«

»Danke, dass Sie mich daran erinnern«, entgegnete Anneliese zynisch. Die Schnitzendöbel reckte das Kinn in die Luft, zuckte beleidigt die Schultern und schwieg.

Anneliese wechselte einen amüsierten Blick mit Pitter. Sie war bemüht, sich nichts anmerken zu lassen, doch die Schnitzendöbel hatte ausgesprochen, was sie tief im Innern beschäftigte. Der Gedanke an die bevorstehende Abendgesellschaft bereitete ihr Unbehagen, seit sie davon wusste.

◆◆◆

Die Sonne lud dazu ein, den Nachmittag im Garten zu verbringen. Damen gingen spazieren, einige Herren amüsierten sich bei einer Boule-Partie. Schauspieler und Bühnenbildner füllten ihre Pause mit einem Kartenspiel. Anneliese hatte sich mit ihrem Notizbuch auf eine Steinbank unterhalb einer alten Eiche zurückgezogen, um in Ruhe den Dekorationsplan durchzugehen. Ihr Blick blieb jedoch an der getrockneten Schlüsselblume hängen, die sie von zu Hause mitgebracht und zwischen die Seiten gelegt hatte.

»Gute Nachrichten!« Teckendorf beugte sich über ihre Schulter, als wollte er ihr ein Geheimnis verraten. »Ich habe das Goldpapier, das Sie so gerne haben wollten. Es wird pünktlich geliefert.«

Anneliese strahlte. »Wunderbar! Haben Sie vielen Dank.« Spontan war ihr eine Idee gekommen, wie sie Teilen des Schmucks ein königliches Antlitz verleihen könnte, und nun würde sie sie umsetzen können.

»Ist das nicht etwas übertrieben?«, tadelte Katharina, die die Hofdamen an ihnen vorbeiführte. »Goldpapier? Für einen Baum?«

Anneliese stand auf und deutete einen Knicks an. »Er soll außergewöhnlich werden.«

Katharina verschränkte die Arme vor der Brust und lachte schnippisch. »Außergewöhnlich? Und dann beauftragt mein Großonkel so einen Trampel wie dich.«

»Liebe Gräfin, ich darf doch sehr bitten.«

Teckendorfs Einwand interessierte sie nicht. Sie warf Anneliese einen abfälligen Blick zu. »Wie auch immer, sie zu dieser Anstellung gekommen ist, lieber Baron Teckendorf. Es war sicher nichts Ehrenhaftes dabei. Wir alle kennen die Schwäche meines Onkels.« Sie bedachte Anneliese mit einem finsteren Blick. Constanze zu Weißenfels tat es ihr eifrig nach. Neben ihr hob Elise von Holzschuher nickend die Oberlippe an und entblößte ihre vorstehenden Zähne. Mit hochgerecktem Kinn stolzierten die drei davon, und Anneliese spürte Teckendorfs aufbauende Berührung an der Schulter, bevor auch er ging.

Einen Moment saß Anneliese gedankenverloren da, das Gesicht auf ihr Notizbuch geheftet, ohne irgendetwas zu sehen. Anscheinend musste sie sich überall behaupten. Dabei war sie des Kämpfens so müde. Energisch schob sie die dunklen Gedanken beiseite, wandte sich wieder ihrem Buch zu und setzte einen Haken hinter das Goldpapier. Sie war so vertieft in ihre Vorstellung vom Weihnachtsbaum, dass sie nicht merkte, dass jemand bei ihr stehen geblieben war.

»Also ich mag Gold in sämtlichen Variationen.«

Anneliese schaute auf und stellte irritiert fest, dass eine der Hofdamen vor ihr stand.

»Allerdings weiß ich nicht so recht, wie es an diesen Baum kommen soll«, fuhr diese leise kichernd fort und lugte zum aufgeschlagenen Notizbuch hin. Anneliese schlug es zu und erklärte: »Ich beabsichtige, damit einige der Nüsse zu bedecken, damit sie glänzen wie goldene Perlen.«

»Ah!«, stieß sie mit hoher Stimme aus. »Das sieht bestimmt hübsch aus.«

»Nun … ich hoffe es«, gab Anneliese schüchtern zu.

»Es tut mir leid, wie Katharina Sie behandelt. Wissen Sie, wir denken nicht alle so von Ihnen.«

»Ist schon in Ordnung.«

»Nein. Das ist es nicht. Und das weiß sie auch. Kaum zu glauben, dass sie dem Kammermusikus versprochen ist. Nächstes Jahr soll die Hochzeit stattfinden. Er ist zu bemitleiden, wenn Sie mich fragen.«

»Dem Kammermusikus?« Anneliese lehnte sich verwundert vor. »Friedrich?« Sie musste sich verhört haben. Die Frau nickte und seufzte bedauernd.

»Oh«, entfuhr es Anneliese versehentlich zu laut. Sie schluckte reumütig, schlug ihr Buch wieder auf und tat als wäre ihr egal, was sie erfahren hatte.

»Ich weiß. Eine Schande, oder? Mein werter Cousin ist viel zu anständig für sie.«

»Sie sind ... miteinander verwandt?«, hakte Anneliese stockend nach.

»Unsere Väter sind Brüder.« Sie wickelte sich eine ihrer schwarzen Locken um den Finger. »Meine Mutter ist Italienerin. Sie stammt aus Venedig. Waren Sie schon einmal dort?«

Anneliese schüttelte langsam den Kopf. Sie war nie weiter gekommen als bis nach Karlsruhe, geschweige denn in ein anderes Land.

»Das sollten Sie nachholen. Es ist einfach traumhaft dort. Wie auch immer. Jedenfalls sind unsere Familien schon ewig mit denen von Zerbst bekannt. Katharina ist ohne Frage eine gute Partie, weil ihre Mutter wiederum mit dem Großherzog entfernt verwandt ist.«

Anneliese senkte die Brauen tief. »Dann sind hier viele miteinander verwandt?« Allmählich bekam sie eine Vorstellung davon, wie ein königlicher Hof funktionierte. »Und ... Sie sind Katharinas Freundin?«

Sie lachte auf und wedelte mit der Hand, als schlüge sie nach einer Fliege. »Gott bewahre. Das würde ich so nicht sagen.« Sie klang fast schon entrüstet, als sie sich über ihr geblümtes Kleid strich und vielsagend an ihren Rundungen hinunterblickte. Sie war breiter gebaut als die anderen Hofdamen, ihr Dekolleté war üppiger und ihre hellblauen Augen bildeten einen starken Kontrast zu ihrem dunklen Haar. Außerdem schien sie sich nicht von Katharina an die Kette legen zu lassen, was sie sympathisch machte.

»Ich bin übrigens Tilla«, stellte sie sich vor. »Eigentlich Maria Matilda Wilhelmine Frida von Amberg, aber meine Freunde nennen mich Tilla. Allerdings habe ich hier keine.« Sie kicherte, doch die Unsicherheit in ihrer Miene verriet Anneliese, dass es eher ein trauriger Umstand für sie war.

»Das sollten wir ändern«, schlug sie deshalb vor. Lächelnd stand sie auf. »Ich bin Anneliese. Liese, für meine Freunde.«

15

Gefangen

Am Samstag war der Empfangssaal verschwenderisch mit exotischen Blumen geschmückt, und ein herrlich süßer Duft erfüllte das Schloss. Viele der Pflanzen hatte Anneliese noch nie gesehen. Tellerförmige Blüten in leuchtenden Farben. Rot, Lila, Orange. Dazwischen Volieren mit einheimischen und fremdartigen Vögeln. Die einen zwitscherten, als wären sie an den Trubel gewöhnt. Andere wirkten wie ausgestopft.

»Salutiert!«, rief ein farbenprächtiger Vogel jedes Mal, wenn jemand das Gesicht gegen die Gitterstäbe seiner Voliere drückte. Anneliese war beeindruckt. Bei einem Schausteller hatte sie mal einen Raben gesehen, der ein paar Brocken gesprochen hatte, aber ein solcher Vogel war für sie neu. Die Gäste bestaunten ihn begeistert. Neben ihm wirkte das Amselmännchen unscheinbar. Verschreckt saß es auf einem in seinem Käfig verhakten Ast. Das Herz hämmerte ihm sichtbar unter dem tiefschwarzen Gefieder. Es hielt den goldgelben Schnabel gesenkt, seine Augen waren zwei einzige große Löcher.

»Ein Papagei! Wie phantasievoll!«, rühmte eine Frau mit pompöser Hochsteckfrisur und zeigte auf den sprechenden Vogel.

»Ganz exquisit«, pflichtete ihr der Mann an ihrer Seite bei und klopfte mit seinem Spazierstock gegen die Gitterstäbe.

Anneliese schwieg sich aus. Am liebsten hätte sie die Käfigtüren aufgerissen und die Vögel aus diesem Irrsinn befreit, aus dem es für sie kein Entkommen gab. Die Soiree zur Ankündigung des Weihnachtsballs erinnerte sie vielmehr an ein skurriles Fest der Jahreszeiten. Eine Machtdemonstration über die Natur. Widerwillig begab sie sich mit den anderen Gästen in den Speisesaal.

An einem langen Tisch wurde Platz genommen. Die Damen waren herausgeputzt, schmuckbehangen. Nervös tastete Anneliese nach ihrer Baumperlenkette. Tilla hatte ihr die Tischmanieren beigebracht, an die sie sich nun krampfhaft erinnern musste. Die Ellbogen gehörten nicht auf den Tisch, die Hände nicht darunter. Tilla hatte sie außerdem ausstaffiert, obwohl Anneliese vorgehabt hatte, das Kleid ihrer Mutter zu tragen. Es sei zu altmodisch, zu schlicht, hatte Tilla gemeint und ihr kurzerhand eines ihrer Kleider zur Verfügung gestellt, das ihr nicht mehr passte. Von ihrer Zofe war Anneliese aufwendig frisiert und in eine Corsage gezwängt worden, die ein tiefes Durchatmen unmöglich machte. Kerzengerade da zu sitzen, fiel ihr deshalb nicht leicht.

Hergerichtet wie eine Dame, war Anneliese nicht von den adligen Frauen zu unterschieden, doch sie kam sich verkleidet vor. Zwischen die feinen Leute waren Schauspieler, Bühnenbildner und Musiker platziert worden, um ein buntes Potpourri an Gesellschaftsschichten zu schaffen, das dem Aufgebot an Blumen und Tieren ähnelte. Anneliese saß neben Elise, die so weit von ihr abgerückt war, dass sie sich beinahe mit ihrem Tischnachbarn die Suppe teilen konnte. Links von ihr hatte General Hohenstein die Angewohnheit, sich sekündlich zu räuspern. Man unterhielt sich verhalten und mit wenig Tiefgang. Am Kopfende saß der Großherzog und überblickte alles mit penibler Sorgfalt. Tilla saß auf der anderen Seite, weit weg von Anneliese, neben ihrem Vater, der sie wie einen Schatz hütete. Annelieses Unwohlsein besserte sich allein durch die Tatsache, dass sich zwischen Friedrich und ihr nur ein silberner Kerzenleuchter befand. Immerzu musste Anneliese an seine Verlobung mit Katharina denken. Seit Tilla ihr davon erzählt hatte, ging sie ihr nicht aus dem Kopf.

Gereizt rüttelte sie an der zu eng geschnürten Corsage und der kratzigen Spitze an ihrem Kragen, während sie sich Friedrich und Katharina zusammen vorstellte. Sie passten nicht zueinander. Er war liebevoll, freundlich und leidenschaftlich – jedenfalls wenn es um seine Musik und seine Wertvorstellungen ging. Und Sie? Unauffällig lehnte Anneliese sich vor und sah quer über den Tisch hinweg. Katharina wirkte nicht wie sie selbst. Sogar ihr Lachen war aufgesetzt. Als sie den Saal betreten hatten, war Anneliese nicht umhingekommen, sie und Friedrich zu beobachten. Sie hatten nicht besonders vertraut miteinander gewirkt. Was, wenn es tatsächlich nur eine aufgedrängte Ehe für beide war? Unwillkürlich schweifte ihr mitleidiger Blick zu Friedrich. Sie fragte sich, was schlimmer war: eine erkaufte Liebe oder eine erzwungene. Als hätte Friedrich ihre Gedanken gehört, lächelte er ihr zu. Anneliese spürte, wie ihr die Hitze ins Gesicht stieg. Verschüchtert sah sie auf ihren Teller, kam aber nicht umhin, den Blick wieder zu heben.

Während des Essens schickte Friedrich ihr in regelmäßigen Abständen ein kleines Lächeln, als würde er ihre Anspannung teilen. Anneliese saß verkrampft zwischen ihren Tischnachbarn. Wann war dieses Essen endlich vorbei? Sie beneidete Pitter um seine Freiheit. Obwohl er offiziell am Hof des Großherzogs gastierte, vertrieb er sich seine Zeit am liebsten in der Stadt, wo er von Schenke zu Schenke ging, seine Geschichten erzählte und Bekanntschaften machte, die ihm neue Ideen lieferten. Unterdessen hatte Anneliese das Gefühl, dass ihre Inspiration unter der trägen Etikette litt, an die sie sich im Schloss halten sollte. Sie dachte an die Amsel im Käfig. Ob sie den Ort vermisste, an dem sie aus dem Ei geschlüpft war? Ihr jedenfalls fehlte der Schwarzwald, die Täler und Schluchten, die Bäume, die ihr stets Sicherheit gegeben hatten.

Nervös knetete sie ihre Hände auf ihrem Schoß, während Dienstboten um sie herum hin und her eilten, Wein nachschenkten, leere Teller fort- und neue Speisen auftrugen. Anneliese fiel das zerbrechlich feine Porzellan auf, dann der silberne Löffel, der so schwer in ihrer Hand wog, dass sie Mühe hatte, ihn zum Mund zu führen. Innerlich rebellierte sie gegen diese Zurschaustellung von Reichtum. Angesichts der Armut, die sie erlebt hatte, kam ihr das alles wie Hohn vor, und sie war erleichtert, als das Essen endlich vorüber war. Tilla stieß zu ihr, und Anneliese erkannte eine günstige Gelegenheit.

»Ich brauche mal deine Schauspielkunst.« Mit einem Kopfnicken deutete sie in Richtung Empfangssaal, der von lautem Tröten und Pfeifen der unterschiedlichen Vögel erfüllt war.

»Salutiert!«, wiederholte der Papagei, als Anneliese und Tilla vor seinen Käfig kamen. Das Amselmännchen hingegen blieb starr. Ängstlich schaute es zwischen den Gitterstäben hindurch.

Anneliese tauschte einen einvernehmlichen Blick mit Tilla, die sich sofort daranmachte, den Diener abzulenken, der für die Beaufsichtigung der Tiere zuständig war. Gekonnt täuschte sie einen Schwindelanfall vor, der sie in die Arme des unbeholfenen jungen Mannes fallen ließ. Indes machte Anneliese sich an der Käfigtür zu schaffen, griff vorsichtig nach der Amsel und strich ihr beruhigend über das Gefieder.

»Frische Luft!«, rief Tilla. In angespannter Hilflosigkeit riss der Diener das Fenster auf. Anneliese kam neben sie, eine Hand verdeckte den Vogel und während Tilla dem jungen Mann nun theatralisch zu entgleiten drohte, entließ Anneliese die Amsel in die Freiheit. Kichernd verschlug es die Frauen anschließend auf die Terrasse.

»Was für ein Spaß! Das müssen wir feiern. Ich hole uns was zu trinken.« Tilla verschwand im Saal.

Die Hände auf die Balustrade gestützt, atmete Anneliese zufrieden durch. Wenigstens für die Amsel hatte ihre Anwesenheit bei dieser Gesellschaft etwas Gutes gehabt. Sie sah hinauf zu den Sternen und blieb einen Moment in dem Gefühl, etwas bewirkt zu haben, bis sie unterhalb von sich Gelächter wahrnahm und, einem inneren Impuls folgend, vom Geländer zurückwich.

»Welch impertinente Zurschaustellung«, hörte sie Katharina sagen.

»Dein Großonkel hat einfach Mitleid mit ihr«, erwiderte Elise.

Constanze pflichtete ihr bei: »Meine Mutter sagt, es muss jemand aus dem Volke sein, der für diesen Weihnachtsbaum verantwortlich ist, damit sein Versprechen von Gleichheit aufgeht.«

»Gleichheit! Aber wir sind nun mal nicht gleich«, zischte Katharina. »Wie bäuerlich diese Holzfällertochter dagesessen hat. Und erst ihre Aufmachung. Woher hat eine Waise überhaupt ein solches Kleid? Man hätte genauso gut eine Ente an den Tisch setzen können.« Schallendes Gelächter brach aus, das leiser wurde, während sie am Balkon vorbeizogen.

In Anneliese schwappte die Übelkeit hoch. Sie fiel zurück. Hilflos versank sie in den Stoffen ihres Kleides. Was hatte sie sich nur dabei gedacht, sich so herrichten zu lassen?

»Also ich mag Enten.« Friedrichs sanfte Stimme ließ sie zusammenzucken. »Ich führe sogar immer eine mit mir.« Anneliese schaute irritiert zu ihm auf und erkannte die kleine Holzente in seiner Hand wieder, die einst ihr Bruder geschnitzt hatte. Sie musste lächeln. Dass er die noch hatte, dachte sie, und ihr wurde warm ums Herz.

»Mein Glücksbringer«, erklärte er und steckte die Ente zurück in seine Westentasche. »Ärgern Sie sich nicht. Das ist es nicht wert.« Er reichte ihr seine Hand und half ihr aufzustehen.

Anneliese richtete ruppig ihr Kleid, während sie beobachtete, wie die Frauen sich weiter vom Balkon entfernten, deren Gerede nun wieder in ihr nachhallte. »Sie haben nicht unrecht. Ich bin tatsächlich eine arme Waise vom Lande. Und ich kam mir da drin wirklich deplatziert vor.«

Mitgefühl brannte in seinen Augen. »Dass Sie Waise sind, tut mir sehr leid. Dann sind Sie … allein?«

»Ich habe noch meinen jüngeren Bruder. Er ist ganz und gar abhängig von mir.« Sie schaute betreten zu Boden. Warum hatte sie das gesagt?

Friedrichs Schweigen wirkte trostspendend auf sie, ohne, dass sie sagen konnte, warum. Er stützte die Unterarme auf die Balustrade und stand nun direkt neben ihr. »Mein Tischnachbar war in der Schlacht von Austerlitz ganz vorne mit dabei.«

»Davon hat er Ihnen erzählt?«

»Oh ja«, stöhnte er halb grinsend. »Ungefähr zwanzig Mal.«

»Wer will schon Abwechslung?« Anneliese stimmte in sein Lachen ein.

»Abgesehen davon habe ich heute Abend auch viele Komplimente gehört«, ergänzte er bedeutungsvoll. »Sie galten Ihnen.«

Verlegen blickte Anneliese hinauf zu den Sternen. Dann

drehte sie sich ihm zweifelnd zu. Hatte er einen Scherz gemacht?

Er lächelte. »Mit Ausnahme von einigen wenigen missgünstigen Damen halten die Menschen hier viel von Ihrem Tun. Sie haben hohe Erwartungen an Sie.«

»Vielleicht erwarten sie zu viel.« Anneliese seufzte bitter auf.

Er presste die Lippen aufeinander und schüttelte den Kopf. »Das denke ich nicht. Sie sind aus einem Grund hier. Wie wir alle. Geben Sie nichts auf Katharinas Gerede. Sie muss noch viel lernen.«

Anneliese hob die Brauen, ob seiner Wortwahl. »Ich hörte, Sie sind mit ihr verlobt.«

Eine Pause entstand, in der Friedrichs Blick den von Laternen eingesäumten Weg im Schlossgarten suchte.

»Meine Familie entschied das für mich«, antwortete er leise.

Anneliese nickte matt. »Ich nehme an, wir alle haben gewisse Pflichten zu erfüllen.«

Er sah ihr ins Gesicht, die Brauen über die Augen gesenkt. Wieder trat eine Stille zwischen sie. Diesmal wurde sie fast von ihrem galoppierenden Herzen übertönt.

Anneliese wandte ihren Blick ruckartig ab, lehnte sich mit dem Rücken gegen das Geländer und schaute durch die weiß lackierten Türen in den Saal, wo sich Paare zum Tanz versammelt hatten. Viele von ihnen waren von Adel. Sie heirateten einander, blieben unter sich. Sie waren anders als sie. Keiner von ihnen kannte Geldsorgen. Kunst und Kultur waren Zeitvertreibe für sie. Sie hatten niemals um etwas kämpfen müssen. Oder vielleicht doch? Wo hatte die Liebe ihren Platz in dieser Gesellschaft? Sie alle machten sich etwas vor. Sie waren Teil einer Geschichte, die nichts mit der Wirklichkeit zu tun hatte. Eine Geschichte, in der Annelieses Rolle unbedeutend war. Jene Einsicht überrollte sie förmlich und plötzlich war ihr Fluchtinstinkt größer als ihr Wille, etwas zu bewegen.

»Entschuldigen Sie mich. Ich … muss hier weg«, brachte sie mühsam hervor.

»Bitte … warten Sie!« Friedrich fasste sie sanft am Arm und brachte sie auf diese Weise dazu, sich noch mal zu ihm umzudrehen.

»Ich kehre lieber zum Gesinde zurück«, erklärte sie verschämt. »Da bin ich unter meinesgleichen.«

Sie wollte ihren Weg fortsetzen, aber Friedrich ließ sie nicht gehen. »Wenn ich etwas getan habe, das Ihnen …«

»Sie haben gar nichts getan. Im Gegenteil«, entgegnete sie stockend. »Sie, Friedrich, gehören zu den wenigen hier, die mir nicht das Gefühl geben, dass ich eigentlich den Stall ausmisten sollte.«

Er lächelte verlegen. »Das ist beruhigend. Ich bin froh, dass ich Ihnen von Nutzen sein kann.«

Anneliese hob seufzend einen Mundwinkel an.

»Ich bitte Sie. Gehen Sie nicht. Lassen Sie Ihre Widersacher nicht merken, dass sie Ihnen etwas anhaben können. Es spricht Neid aus deren Worten.«

Anneliese war nicht sicher, ob er sie aufziehen wollte. »Worauf sollten die neidisch sein? Ich habe nichts, besitze nichts. Nicht einmal das Kleid, das ich trage, gehört mir.«

Friedrichs Blick wanderte bewundernd über ihre Figur. »Das ist nicht wahr«, hauchte er mit leicht geröteten Wangen. »Sie besitzen so viel mehr, als Sie denken.« Er sah sie durchdringend an, und für einen Augenblick schien die Zeit, um sie herum stehen zu bleiben.

Annelieses Herz hämmerte wie wild. Ihre Beine waren dabei, erneut nachzugeben. In Friedrichs Nähe fühlte sie sich seltsam schwach und gleichzeitig stärker. Was hatte das zu bedeuten? Eine unbekannte Angst stieg in ihr auf. Rasch wandte sie sich zum Gehen.

»Haben Sie gewusst, dass Leute aus dem ganzen Land wegen des Weihnachtsbaumes hier vorstellig geworden sind?«, rief er ihr nach. Es war offensichtlich, dass er sie zum Bleiben bewegen wollte. Langsam wandte sie sich ihm wieder zu.

»Der Großherzog hat über zweihundert Männer und Frauen antreten lassen, und niemand war gut genug.« Er kam ihr nah. »Es fehlte ihnen an Erfahrung und an einem Traum.«

»Einem Traum?« Seine Formulierung irritierte sie. »Frau von Anweil hat einmal etwas sehr Ähnliches gesagt.«

»Man sollte die Wirkung der Menschen, die uns etwas bedeuten, nie unterschätzen. Die Anweil ist eine alte Freundin des Großherzogs.«

»Dann ist es also wahr?«, stieß sie entrüstet aus. Anneliese hatte nicht daran gezweifelt, dass Marie daran glaubte. Sie selbst hatte Frau von Anweil aber nie als eine Mätresse gesehen.

Friedrich neigte sich vor, so dass Anneliese seinen Atem auf ihrem Gesicht spüren konnte. »Man munkelt, sie sei der wahre Grund, weshalb er sich nie vermählen wollte. Die Verbindung mit ihr war ihm nicht gestattet. Sie hat dann jemand anderen geheiratet, der ihr einen Titel gab. Aber es heißt, Ludwig liebt sie immer noch.«

»Dann hat Katharina recht. Ich bin unrechtmäßig hier. Nur wegen Frau von Anweil.« Anneliese drückte ihre Hände an die Schläfen, ihr wurde mit einem Mal furchtbar schwindelig.

»Aber natürlich nicht. Es war nicht nur ihr Einfluss, und das wissen Sie.« Er nahm ihre Hand, drückte sie sanft, dabei sah er ihr tief in die Augen. »Ich habe von einer willensstarken Frau gehört, die den Freiburgern ein Weihnachtsfest gegeben hat, wie sie es seit vielen Jahren nicht hatten. Sie haben einen Zauber freigesetzt, Anneliese. Sie sind eine Berühmtheit. Wenn uns die Revolution etwas gebracht hat, dann, dass jeder es zu etwas bringen kann – ungeachtet seiner Herkunft.«

»Sie meinen wie Napoleon? Vom einfachen Soldaten zum Kaiser?« Sie musste lächeln. Sein Enthusiasmus war ansteckend.

»Ja. So in etwa.« Seine gehauchten Worte brachten ihr eine Gänsehaut am ganzen Körper ein. Anneliese war unfähig, etwas zu erwidern, unfähig, sich zu bewegen.

»Die Menschen sehen Sie, Anneliese«, sagte er sanft weiter. »Sie sind ein Symbol für Stärke. Wenn Sie nur wollen, können Sie jeden erreichen. Sie müssen sich nicht verstecken.«

Er war ihr so nah, dass kaum eine Handbreit zwischen sie gepasst hätte. Anneliese nahm seinen Duft wahr: Zimt und Pergament, und ihr Herz schlug noch schneller.

»Gute Nacht, Friedrich.« Widerstrebend machte sie sich von ihm frei. Noch nie hatte ein Mann solche Gefühle in ihr ausgelöst. Mit schmerzhafter Deutlichkeit erinnerte sie sich daran, wie groß die Kluft zwischen ihnen war. Er war von Adel, sie eine Holzfällertochter. Sie musste ein Versprechen halten. Er eine andere heiraten.

16

Der Ruf des Waldes

Eine Ewigkeit trennte Anneliese von dem Mädchen, das sie einst gewesen war. In manchen Nächten verschaffte es sich jedoch Raum, und dann fand sie sich in ihrem früheren Leben wieder. Dort, wo der Duft von wildem Thymian zu Hause war, wo Rosmarin und Wermutkraut trockneten. Sie sah ihren Vater im Schaukelstuhl sitzen, die Pfeife im Mundwinkel, und hörte das leise Summen ihrer Mutter, während diese die Körner für die Vögel aufs Fensterbrett legte. Sie lauschte Kasper, wie er Tarik im Stall eine Geschichte erzählte. Diese Träume machten das Unmögliche möglich. Sie verzerrten die Wirklichkeit, und Anneliese wollte nicht mehr erwachen. Sobald sie die Augen aufschlug, war da diese Enge in der Brust, die von einer tiefen Sehnsucht herrührte. Dann schlang Anneliese die Arme um ihren Körper, als könne sie so die vergangenen Momente festhalten – das Gefühl in ihrer Familie zu sein. Beschützt und geliebt.

In den darauffolgenden Tagen vergrub sich Anneliese in die Arbeit, und manchmal traf sie Friedrich wie zufällig im Schlosspark. Dann gingen sie spazieren, er erzählte von seiner Kindheit, sie von ihrer. Es tat gut, sich jemandem anzuvertrauen, über Kasper zu sprechen, der stets in ihren Gedanken war. Sie hatte ihm von den Möglichkeiten, die sich ihr so plötzlich aufgetan hatten, geschrieben und rasch eine Antwort erhalten. Wenige ernüchterte Zeilen. Sein Flehen nach der Heimkehr war abgeebbt wie zuletzt auch seine Briefe. Philipp jedoch schrieb Anneliese wöchentlich, berichtete von Kaspers Fortschritten und wie froh sie darüber waren, ihn bei sich zu haben. Mit welcher Inbrunst er sich um die Neuankömmlinge kümmerte, sie mit seinen Geschichten unterhielt. Anneliese war stolz auf ihren Bruder, der offensichtlich gereift war. Dennoch überkam sie hie und da eine Traurigkeit, weil sie nicht daran teilhaben konnte, wie er sich entwickelte. Und dann tat es gut, sich jemandem anzuvertrauen.

Eine Drossel hüpfte auf Nahrungssuche über den Boden. Eine weitere flötete ihr sanftes Lied von der Spitze der Eiche, unter der Anneliese mit Friedrich ging. Die Spaziergänge führten sie manchmal so weit weg, dass das Schloss außer Sichtweite geriet und Anneliese gedanklich zurück im Schwarzwald war. Die Nähe zu den Bäumen und den Tieren festigte ihre Vision. Sie brauchte sie, um einen klaren Kopf zu behalten. Und Friedrich teilte diese Ruhe.

Gedankenverloren sahen sie der Drossel zu, wie sie etwas aus der Erde pickte, ihre Flügel spannte und aufstieg, dann setzten sie sich auf die steinerne Bank. Anneliese schloss die Augen, horchte auf den Vogelgesang, und das leise Seufzen der alten Eiche, als der Wind ihre Äste bog. Sie nahm den Geruch von Moos und feuchter Erde wahr und ließ ihren Gedanken freien Lauf. Der Druck, der auf ihr lastete, fiel von ihr ab, als wäre sie die Amsel, der man die Käfigtür geöffnet hatte. Anneliese fühlte, dass ihre Tatkraft zurück war, und plötzlich wollte sie sofort mit der Arbeit beginnen. Kränze mussten angefertigt werden, Schleifen gebunden. Sie wusste wieder, wer sie sein wollte.

Drei Wochen vor der Wintersonnenwende war die Luft in Karlsruhe kalt und klar. Frost glitzerte auf den Dächern. Raureif bedeckte Wiesen und Felder, wuchs als filigrane Eisnadeln auf dem Laub, das der Herbst abgeschüttelt hatte. Weiß dominierte die Landschaft und prägte Schloss und Garten.

Für Annelieses Dekorationen hatte sich eine Farbkombination durchgesetzt, die dem weißen Schleier trotzte: Rot und Gold zwischen dem Immergrün. Kasper hatte sein Repertoire an Holzfiguren durch Engel und Herzen erweitert und sie Anneliese nach Karlsruhe geschickt. Marie hatte ihr inzwischen eine erste Lieferung an Strohsternen zukommen lassen und versprach für die nächste Woche eine weitere. Vielleicht, so hatte sie geschrieben, würde sie sie persönlich vorbeibringen. Anneliese mochte den Gedanken, ihre Freundin bei sich zu haben, obwohl sie inzwischen auch in Tilla eine Vertraute gefunden hatte. Die junge Gräfin hatte sich weiter von ihrer Truppe entfernt, nachdem Katharina sich bei der Soiree lauthals über Tillas angeblich unstillbaren Appetit lustig gemacht hatte. Anneliese hatte weder etwas von Katharinas Anmaßung noch von Tillas nachfolgender emotionaler Flucht mitbekommen. Als sie ihr davon erzählt hatte, war sie außer sich gewesen. Äußerlich jedoch war sie ruhig geblieben, hatte ihr zugehört und Trost gespendet.

Gemeinsam verbrachten sie mitunter lange Abende in der Gesindestube, bastelten Papiersterne, Engel, banden Kränze und Schleifen. Schmunzelnd ignorierten sie die Einwände der Schnitzendöbel, die nicht müde wurde, Tilla einzureden, eine Frau ihres Standes dürfe sich nicht mit der Dienerschaft abgeben. Was für die Schnitzendöbel eine nicht hinnehmbare Umkehr der Gesellschaftsordnung war, war für Anneliese ein Gewinn.

Inzwischen hatte Teckendorf das Datum für die Fällung

der Tanne festgelegt: Zehn Tage vor Heiligabend würde sie ihren Wald für immer verlassen, um in der großen Halle des Karlsruher Schlosses zu erstrahlen. Ein Dutzend Diener hatte Ludwig für die Dekoration bereitgestellt. Ein Großteil des Schmucks lagerte bereits im Schloss. Im Saal waren die Bühnenbildner mit den letzten Feinheiten beschäftigt. Ein großer Stern mit Schweif am Nachthimmel, eine Krippe zwischen goldschimmernden Sandbergen. Schauspieler warteten auf ihren Auftritt, und wann immer Anneliese sich im Schloss verirrte und den Weg über den blauen Flur nahm, hörte sie Friedrichs Musik. Das Stück war fast fertig und es ließ ihr Herz höherschlagen, jedes Mal, wenn sie es vernahm.

Obwohl Anneliese sich vorgenommen hatte, sich nicht von Gefühlen ablenken zu lassen, schien das riesige Schloss an einem Freitagmorgen nicht groß genug sein. Sie war so vertieft in ihre Notizen, dass sie Friedrich, auf dem Weg in die Halle, geradewegs in die Arme rannte. Ihr Buch traf auf den Fußboden, Papier und getrocknete Blumen wirbelten durch die Luft und vermischten sich mit seinen Notenblättern.

»Verzeihen Sie. Ich habe nicht aufgepasst, wo ich hinlaufe.« Er klaubte die Seiten vom Boden.

»Ich auch nicht«, gab sie zu und konnte ein Lächeln nicht zurückhalten, weil er ebenso fahrig wirkte, wie sie sich fühlte.

»Wie geht es Ihnen? Teckendorf sagte, Sie wären sehr beschäftigt?« In seinen Augen stand keine Frage, als er sich aufrichtete, sondern eine nagende Ungewissheit.

»Beschäftigt sind wir alle. Immerhin ist es bald so weit. Wie kommen Sie mit der Musik voran?«

»Oh, das … nun …« Er wirkte gegrämt auf sie. Gestresst fuhr er sich durchs Haar. »Um ehrlich zu sein … das Ende … ich bin einfach noch nicht zufrieden damit. Es fehlt noch etwas. Aber ich komme einfach nicht darauf, was es ist.«

»Ich würde Ihnen gerne helfen, aber leider verstehe ich nichts von Musik. Ich kann nicht einmal Noten lesen.«

»Das müssen Sie auch gar nicht. Würden Sie sich bitte dennoch anhören, was ich bisher habe? Ich vermute, ich bin blind für meine Fehler geworden. Ich arbeite schon zu lange und zu intensiv an diesem Stück. Es soll den Ball eröffnen. Es ist wichtig. Würden Sie?«

Friedrich sah sie aus großen hoffnungsvollen Augen an, und Annelieses Knie wurden weich. Sie zauderte, weil sie ahnte, dass es ihr schwerfallen würde, seine Nähe zu ertragen. Ihr Herz pochte schon jetzt in einem wilden, ungebändigten Rhythmus, doch sie konnte ihm seine Bitte nicht abschlagen. Nicht, wenn er sie so charmant vortrug und sie wieder mit diesem Blick ansah. Jener Blick, mit dem er sie schon so oft betrachtet hatte und den sie nicht zu deuten wusste. Lag Mitleid oder Bewunderung darin? Anneliese wusste es nicht, nur, dass er eine Welle wohliger Wärme durch ihren Körper jagte. Wie fremdgesteuert nickte sie, und die Erleichterung huschte in Form eines breiten Lächelns über Friedrichs Gesicht.

»Aber … nur, wenn es nicht zu lange dauert«, schob sie in dem Bemühen nach, nicht zu begeistert zu klingen, weil er bei ihr Rat suchte. Nicht bei seinem Vater, nicht bei Katharina.

Anneliese begleitete ihn ins Musikzimmer und bemühte sich, einen kühlen Kopf zu bewahren. Während Friedrich konzentriert seine Noten am Klavier platzierte, schüttelte sie die Gefühle von sich, die mit ihr durchzugehen drohten. Ich bin ihm untergeben, schalt sie sich innerlich, als er zwischendurch mit einem verlegenen Lächeln zu ihr aufschaute und ihr Herz damit zum Schmelzen brachte.

»Bitte. Setzen Sie sich doch.« Die Zärtlichkeit in seiner Stimme, entlockte ihr einen lautlosen Seufzer.

Anneliese nickte bestärkend und mit dem leisen Anschub, den er brauchte. Sie sank auf einen Stuhl und biss so fest die Zähne aufeinander, dass ihr Kiefer schmerzte. Ihr Herz hämmerte wie verrückt. Ihr Verstand ermahnte sie, sich nicht zu verlieben. Nie würden sie mehr füreinander sein als zwei Menschen, die eine gewisse Zeit lang gemeinsam auf etwas hingearbeitet hatten. Ihre Tage am Karlsruher Hof dienten lediglich dazu, dem Großherzog die Popularität zu verschaffen, nach der er strebte. Sie würden nur Teil einer Episode von vielen im Leben eines Grafen sein. Friedrich strich sich das Haar zurück. Er wirkte aufgeregt, als er auf seinem Klavierhocker Platz nahm. Ihretwegen? Unauffällig krallte Anneliese die Finger in ihren Rock und wartete aufmerksam.

Friedrich ließ seine Hände über die Tasten gleiten. Die Melodie erklang und Anneliese erbebte unmerklich, denn es waren dieselben sanften Töne, die sie an ihrem ersten Tag im Schloss zu ihm gelockt hatten. Für sie waren sie vollkommen. Friedrich spielte mit Leidenschaft und erweckte mit der Musik die unterschiedlichsten Emotionen zum Leben. Freude, Sehnsucht, Hoffnung und Liebe. Anneliese verlor sich in der Melodie. Sie merkte, wie ihr Geist abwanderte, sich in der Vorstellung eines herrlichen Weihnachtsabends verlor. Frei von Sorgen und Ängsten. Dann jedoch wurde Friedrich langsamer. Seine Stirn kräuselte sich und Anneliese sah ihm an, dass er sich abmühte. Abrupt stoppte er, und seine Unzufriedenheit hing im Raum wie ein bleierner Nebel.

»Und wieder«, zischte er verdrossen. »Immer an derselben Stelle.«

»Vielleicht beginnen Sie noch mal in der Mitte und dann …« Anneliese ging auf ihn zu, stellte sich zu ihm ans Klavier und summte, wie ihre Mutter, eine beliebige Tonfolge, von der sie glaubte, sie passe zu Friedrichs Stück.

Er betrachtete sie verwundert, seine Augen weiteten sich, als hätte sich ein Fenster für ihn geöffnet. Im nächsten Moment legte er seine Finger wieder auf die Tasten, spielte ab der Mitte und ließ der Musik freien Lauf, dabei behielt er Anneliese die ganze Zeit über im Blick. Als die letzten Noten verklungen waren, atmete er erleichtert durch. »Das ist es«, hauchte er. Er sah sie an, liebevoll und voller Dankbarkeit.

Unter seinem Blick fühlten sich Annelieses Wangen ganz heiß an und sie trat unwillkürlich vom Klavier zurück.

»Schön, dass ich helfen konnte. Ich werde dann mal gehen.« Ihre Stimme war am Ende so leise geworden, dass sie sich selbst kaum hörte.

Friedrich schnellte hoch. »Gehen Sie nicht!«, bat er etwas zu laut. »Ich meine, bitte bleiben Sie doch noch eine Weile.« Er kam ihr nah, nahm ihre Hände in seine und strich sanft darüber. »Ich habe Ihnen nie gesagt, dass ich noch oft an unsere erste Begegnung auf dem Freiburger Markt gedacht habe. Manchmal fragte ich mich, was wohl aus dem hübschen Mädchen geworden ist. Ich bin froh, dass der Geschichtenerzähler es gefunden hat. Dass wir uns trafen, ist wie ein Geschenk.«

Was sagte er ihr da? Annelieses Mund war plötzlich furchtbar trocken. Sie brachte keinen Ton mehr heraus. Wieder schaute er sie mit diesem Blick an, und ein Kribbeln breitete sich in ihrem ganzen Körper aus. Auch sie hatte an den Jungen vom Markt gedacht. Nun stand er vor ihr – zum Greifen nah. Nein, wehrte sich ihr Verstand, aber ihr Herz lehnte sich vor – lechzend nach mehr.

»Ich glaube nicht an Zufälle«, sagte Friedrich leise. »Ich glaube an Wunder! Dass wir uns trafen, das ist doch ein Wunder, meinst du nicht auch?«

Dass er so selbstverständlich zum Du übergegangen war,

entlockte Anneliese ein sanftes Lächeln. Dann jedoch seufzte sie ob ihrer inneren Zerrissenheit auf. Ihr Kopf riet ihr immer noch zur Vorsicht. Friedrich war ein hoffnungsloser Romantiker. Doch obgleich sie nicht bestreiten konnte, dass ihr das gefiel, hatte sie dennoch die Befürchtung, dass das, was er als Wunder bezeichnete, in Wahrheit nur ein Trugbild war. Friedrich war ein Musiker, dessen Inspiration unwiderruflich mit glühenden Gefühlen verwoben war. Das hatte er ihr auf einem Spaziergang selbst gesagt.

Sie schluckte, um ihre Stimme zu festigen. Trotzdem kamen ihre Worte nur stockend hervor. »Friedrich, du weißt … es geht nicht. Wir beide … das könnte niemals …«

»Warum nicht?«, verlangte er, ungebremst zu wissen. »Nenn mir den Grund!«

»Es gibt mehr als einen.« Sie machte sich von ihm los, schüttelte den Kopf. »Du bist mit einer anderen verlobt.«

»Sie ist nicht meine Wahl!«, beteuerte er und suchte erneut ihre Nähe.

Anneliese zitterte. Sie schob den Drang, nachzugeben, mit ihm von sich und drehte ihm den Rücken zu. »Dein Vater würde es niemals zulassen.«

»Mein Vater …«, wiederholte er trotzig. »Ich bin nicht sein Eigentum. Er wird sich an den Gedanken gewöhnen müssen, dass ich meinen eigenen Willen besitze. Und der ist stark und unerschütterlich. Wenn er deshalb entscheidet, mich zu enterben, dann soll er das. Ich besitze ein kleines Gut auf dem Lande. Ich habe es von meiner Großtante geerbt. Wir wären nicht mittellos.«

Anneliese wandte sich ihm mit zerrütteter Miene zu, und ein Seufzer der Rührung entfuhr ihr bei der Einsicht, dass er sich über alles bereits Gedanken gemacht hatte. Dennoch blieben in ihr Zweifel zurück.

»Was ist mit dem Großherzog? Er würde unsere Verbindung sicher nicht gutheißen.«

»Was hat er damit zu tun?«

»Immerhin ist Katharina seine Großnichte. Es wundert mich, dass du das vergessen hast, wo du doch schon dein ganzes Leben in diesen Kreisen verkehrst.«

»Du weißt, gesellschaftliche Unterschiede interessieren mich nicht.«

»Das sagst du jetzt. Irgendwann wirst du das vielleicht mit anderen Augen sehen. Du bist von Adel, ich aus dem Bürgertum. Ich bin unbedeutend, Friedrich.«

»Wieder machst du dich nur klein«, tadelte er sie.

»Ich bin ehrlich zu mir und ...« Anneliese atmete tief durch, um Kraft zu sammeln für das, was sie tun musste: ihn abzuweisen. Aber er ließ sie nicht weiterreden, zog sie sanft zu sich heran, legte seine Hände um ihre Taille, und sein Blick suchte beschwörend den ihren.

»Nein«, hauchte er so zärtlich, dass jedweder Widerstand in ihr verdampfte wie Nebelfetzen in der Sonne. »Sollte ich jemals heiraten, so wird das nur aus Liebe geschehen. Das habe ich meinem Vater bereits gesagt. Das solltest du wissen.«

»Wegen ... mir? Friedrich, ich ...«, setzte sie erneut an, doch er erstickte ihren Widerspruch, indem er seine Lippen auf ihre bettete. Sein Kuss war vorsichtig und sanft wie eine Schneeflocke, die sich als erste aus den Wolken gelöst hatte und gleichzeitig das Ende eines langen Winters ankündigte. Sinnlich und gefühlvoll küsste er sie dann mit einer Zärtlichkeit, die ihr den Atem raubte. Als sie sich langsam voneinander lösten, wusste Anneliese nicht, wie ihr geschah. Alles, was sie wahrnahm, war das wilde Klopfen ihres Herzens, das ihr beipflichtete, Friedrich zu vertrauen, weil es sich gänzlich für ihn öffnen wollte.

»Sehen wir uns morgen?«, fragte er erwartungsvoll mit ihrer Stirn an seiner.

Anneliese berührte seine Wange, erspürte seine warme Haut, und es verknotete ihr das Herz bei dem plötzlich aufkommenden Gedanken, diese Liebe, die sie gerade erst gefunden hatte, wieder zu verlieren – wie sie doch alles verloren hatte, das ihr lieb und teuer gewesen war. Sie küsste ihn erneut. Dann blickte sie in seine strahlenden Augen und lächelte wehmutsvoll.

»Um acht am Abend an der alten Eiche?«

Friedrich neigte sich vor. Sie spürte seinen Atem an ihrem Ohr, als er ihr das Haar zurückstrich, und erbebte innerlich.

»Ich werde da sein«, flüsterte er nur.

◆◆◆

Am nächsten Morgen saß Anneliese mit Teckendorf in der Halle und besprach die Vorgehensweise für den Tag, an dem der Baum gebracht werden sollte. Um sie herum war die weihnachtliche Atmosphäre bereits spürbar. Bedienstete hatten begonnen, Girlanden, Mistel- und Stechpalmenzweige anzubringen, die sie für das Fest vorbereitet hatte. An der Bühne wurde für das Theaterstück noch gezimmert. Neue Vorhänge wurden an den Fenstern angebracht. Ellenlang roter, fließender Stoff.

Trotz des nahenden Balls schweiften Annelieses Gedanken immer wieder zu Friedrich ab.

»Ist alles in Ordnung?«, erkundigte Teckendorf sich, als sie abermals mit verklärtem Blick vor sich hin starrte.

»Oh. Verzeihung, was sagten Sie?«

»Ich sagte, wir werden höhere Leitern brauchen.«

Sie betrachtete ihn verwirrt.

»Für die Baumspitze«, half er ihr auf die Sprünge.

»Ja. Gewiss.«

Sie konnte den Abend kaum erwarten. Den Moment, in dem sie wieder bei Friedrich sein würde. Unwillkürlich benetzte sie ihre Lippen mit der Zunge. Es war, als könne sie seinen Kuss noch immer schmecken. Sie stellte sich vor, wie er gerade im Musikzimmer am Klavier saß, sein Lied spielte, und seufzte sehnsüchtig auf.

»Es steht mir wahrscheinlich nicht zu, aber …«, riss Teckendorf sie aus ihrem Tagtraum. »Darf ich Ihnen dennoch einen gut gemeinten Rat erteilen?«

»Immer«, willigte Anneliese skeptisch ein.

Er beugte sich vor und senkte seine Stimme. »Es wird erzählt, ein gewisser Grafensohn habe Gefallen an Ihrer Gesellschaft gefunden.«

Anneliese stieß hörbar den Atem aus. Sie hatte sich bisher nur Tilla anvertraut. Am Vorabend hatte sie ihre Freude vor ihr nicht verbergen können und ihr von Friedrich erzählt. Tilla hatte überrascht, aber aufgeschlossen reagiert und geschworen, ihr Geheimnis zu bewahren. Hatte sie etwa versehentlich geplaudert?

»Woher wissen Sie …?«, setzte sie an, brachte den Satz jedoch nicht zu Ende. »Hat Matilda Ihnen …?«

Er schüttelte beinahe unmerklich den Kopf. »Eine wichtige Regel, die man Ihnen vorenthalten hat.« Teckendorf sah sich um, stellte sicher, dass niemand sie belauschte. »Am Hof hat alles Augen und Ohren. Friedrich ist der einzige Sohn des Grafen von Bergen. Sein Erbe und sein ganzer Stolz. Der Graf ist ein überaus ehrgeiziger Mann, der seine Pläne nicht gern vereitelt sieht. Und ich denke, Sie sind mit einem von diesen vertraut.« Sein Blick wanderte hinüber zur Bühne, auf der Katharina probte.

Anneliese fuhr ein Schauer über den Rücken. Verdrossen ließ sie die Schultern hängen.

»Er zieht nur eine Dame aus vornehmstem Haus für eine Heirat seines Sohnes in Betracht«, fuhr Teckendorf fort. »Katharina von Zerbst ist zwar lediglich eine Großnichte Ludwigs, aber sie ist immerhin mit ihm verwandt. Und sollte er unverheiratet bleiben, so bestünde die Möglichkeit, dass …«

»Graf von Bergens Enkel den Thron erbt«, schloss Anneliese in einer niederschmetternden Klarheit.

Teckendorf stimmte brummend zu.

»Ich will Ihr Glück nicht trüben, Fräulein Holl, ich sähe Sie gerne fröhlich. Angesichts dieser Umstände jedoch, war ich der Meinung, Sie sollten wissen, wie die Lage ist. Ich habe kürzlich herausgehört, dass der Großherzog in Erwägung zieht, Ihnen eine feste Stelle anzubieten, sofern der Ball seinen Erwartungen entspricht. Ich kenne ja Ihre Situation. Die Sache mit Ihrem Bruder. Sie hätten ausgesorgt.«

Anneliese schluckte. Sie hatte sich Teckendorf vor Wochen anvertraut. Er wusste, für wen sie so hart arbeitete.

»Von Bergen besitzt eine gewisse Macht und er ist überaus ambitioniert, wenn es darum geht, seine Ziele zu erreichen.« Teckendorfs Warnung war nur allzu deutlich.

Anneliese hatte genug gehört. Sie stand abrupt auf. »Danke, Herr Baron. Ich habe verstanden«, versicherte sie ihm, bemüht, das Zittern aus ihrer Stimme zu verbannen. »Wenn Sie mich jetzt entschuldigen würden. Ich muss noch ein paar Dinge erledigen.«

»Natürlich.« Er nickte höflich.

Anneliese hastete aus dem Saal. Sie musste fort. Teckendorfs Mahnung war wie ein Beil in ihrem Herzen. Doch sie trug es ihm nicht nach, die Wahrheit gesagt zu haben. Es war dumm von ihr gewesen, auch nur für einen Moment zu glauben, sie und Friedrich hätten eine gemeinsame Zukunft. Sie kannten sich kaum. Wenn er erst einmal wusste, woher sie wirklich kam, dann würde er sich ohnehin von ihr abwenden. Sie war eine bettelarme Waise. Und nur dank der Gnade des Großherzogs hier. Wie konnte sie da Ansprüche stellen?

»Aber Friedrich liebt dich!« Tilla war sich sicher. Als sie am Nachmittag in der Gesindeküche bei einem Tee zusammensaßen, tat sie ihre Meinung vor dem Personal unverblümt kund, so dass sich kurz alle Köpfe zu ihnen drehten.

»Es geht doch nicht darum«, entgegnete Anneliese leiser und wartete ab, bis die Dienstboten das Interesse verloren hatten, ehe sie weitersprach. »Katharina ist nun mal mit dem Großherzog verwandt. Sie verschafft ihm eine Thronfolge. Wohingegen ich bis vor Kurzem noch von der Hand in den Mund gelebt habe.«

»Dein Status hat sich geändert«, sagte Tilla.

»Für den Moment. Aber noch sitze ich nicht besonders fest im Sattel.«

»So ist es.« Josepha stellte einen Teller mit Haferkeksen auf den Tisch und stemmte die Hände in die Hüften. »Du willst doch deinen Bruder aus dieser Klosterschule holen, oder? Das war doch von vorneherein dein Plan.«

Anneliese nickte matt. Oft hatte sie in den vergangenen Wochen mit der Dienerschaft zusammengesessen und ihnen von Kasper erzählt. Er war es, der stets in ihren Gedanken gewesen war. Ihr Bruder war immer ihr Antrieb gewesen. Sie wusste selbst nicht, warum sich das geändert hatte. War es dieses Schloss? Dieser Protz und Prunk, der sie vergessen ließ, wer sie eigentlich war?

»Wir sind nicht wie die«, donnerte Josepha und knickste kurz entschuldigend vor Tilla, die verständnisvoll abwinkte.

»Wir müssen uns selbst helfen, weil es sonst niemand für uns tut«, fuhr sie in gemäßigterem Ton fort. »Sieh zu, dass du diese Festanstellung bekommst, Liese. Und die Liebe … ach, hör mir auf damit! Die vergeht, wenn der Bauch erst mal leer ist. Was dann bleibt, ist Verachtung. Ihr würdet euch nur hassen. Glaub mir, so würde es kommen.« Sie schlug sich das Handtuch über die Schulter und stiefelte zurück in die Küche.

»Hör nicht auf sie!«, mahnte Tilla sanft, aber Anneliese konnte nicht anders, als sich zu fragen, ob Josepha möglicherweise recht hatte. Die Vergangenheit hatte sie gelehrt, sich nicht auf andere Menschen zu verlassen, wenn es darum ging, zu überleben. Sie hatte die Verantwortung für Kasper. Sie hatte ihrer Mutter ein Versprechen gegeben. Und das wog mehr als ihre Gefühle für Friedrich. So stark sie momentan auch sein mochten, sie würden sich verändern. Die Zeit würde sie verschleißen. Entbehrungen würden Vorwürfen den Weg ebnen, und die starken Gefühle würden erlöschen wie eine Kerze im Wind.

Immer mehr Zweifel verschafften sich in Anneliese Raum. War es noch richtig, sich mit Friedrich zu treffen? Teckendorf hatte es angedeutet: Der Hof hatte Augen und Ohren. Wer wusste noch von ihnen? Sie musste das beenden, bevor sie Graf von Bergen erzürnte. Ehe er annehmen konnte, sie wäre eine Gefahr und Friedrich eine Enttäuschung. Auch sein Glück stand auf dem Spiel. Ein Glück, das er ihr zuliebe aufzugeben vorhatte. Doch zu welchem Preis? Was, wenn er es eines Tages bereuen würde, sie geheiratet zu haben? Josephas scharfe Warnung hallte ihr in den Ohren wider, und Anneliese kam zu einem einzigen Schluss: Sie musste ihn vor dieser Torheit bewahren, die für sie beide kein gutes Ende nehmen konnte. Anneliese war gefangen zwischen zwei Welten, die sich nicht vermischen durften.

Schweren Herzens ließ sie den Abend vorüberziehen, dann die Nacht. Schlaflos und sehnsuchtsvoll verbrachte sie sie. Anneliese hatte sich den Dolch selbst ins Herz gestoßen, als sie beschlossen hatte, Friedrich aufzugeben. Der Gedanke, dass er an der Eiche vergeblich auf sie gewartet hatte, ließ ihr ebenfalls keine Ruhe. Nun fühlte sie sich leer, hilflos und schwach. Sie fühlte einen Hunger, den sie so nicht kannte.

17

Pflichten

Am nächsten Morgen flutete das milchige Licht eines nebelverhangenen Tages den Schlossgarten. Anneliese stand am Fenster der Gesindeküche, trank ihren Tee und versuchte, sich auf ihre Aufgabe zu fokussieren. Doch ihre Gedanken kehrten immer wieder zu Friedrich zurück. Früher oder später würde sie sich ihm erklären müssen.

In der Halle hatten Diener die Kisten mit dem Schmuck für den Weihnachtsbaum auf mehrere Tische verteilt. Anneliese ging ihre Liste durch, hakte ab, was eingetroffen war, und sortierte die Kerzen zu den Papierhalterungen, die Teckendorf nach Annelieses Entwurf in einer Stuttgarter Fabrik hatte anfertigen lassen. Angestrengt zählte sie die Strohsterne durch, doch ihr Kopf versagte sich ihr immer wieder. Dann nahm sie einen Duft wahr: Pergament und Zimt. Der Federkiel rutschte ihr aus der Hand. Sie schaute auf und sah direkt ins Gesicht des Großherzogs. »Wie ich sehe, geht alles voran.«

Anneliese verneigte sich tief. Langsam richtete sie sich auf, nahm Graf von Bergen an seiner Seite wahr und Friedrich, der die beiden begleitete.

»Es ist alles vorbereitet. Jetzt fehlt nur noch der Baum.« Anneliese senkte verlegen den Blick.

»Vortrefflich!« Ludwig nickte ihr zufrieden zu und setzte dann seinen Weg durch die Halle fort. Graf von Bergen bedachte sie mit einem flüchtigen, jedoch finsteren Blick, der ihr das Blut in den Adern gefrieren ließ. Während sie weiter bis zur Bühne gingen und sich dort mit dem Leiter des Stücks und den Schauspielern unterhielten, setzte sich Friedrich diskret ab und kehrte zu Anneliese zurück.

»Warum bist du nicht gekommen?« Er sprach in gedämpfter Lautstärke, die Finger hinter seinem Rücken verknotet. Anneliese schaute nur flüchtig von ihren Büchern auf.

»Ich habe es mir anders überlegt.« Sie bemühte sich, die Fassung zu bewahren, doch ihre belegte Stimme verriet ihren Zwiespalt.

»Tatsächlich?« Er beugte sich vor.

Sie spürte seinen fordernden Blick auf sich und wandte sich ihm flüsternd zu. »Man weiß von uns, Friedrich. Wir hätten erwischt werden können. Ich hätte alles riskiert. Nicht nur für mich, sondern auch für meinen Bruder. Ich darf meine Stellung nicht gefährden.«

Er sah sie an, schlug kurz die Augen nieder, seufzte.

»Also … gibst du uns auf?«

»Uns«, wiederholte sie niedergedrückt. Wie schön das aus seinem Mund klang. »Ich halte es für das Vernünftigste«, erklärte sie ihm dennoch, und obgleich sich alles in ihr dagegen sträubte.

Friedrich schüttelte verständnislos den Kopf, warf einen Blick auf seinen Vater, nur um zu erkennen, dass er ihn und Anneliese die ganze Zeit im Auge behielt. Friedrich wandte sich von ihm ab und Anneliese wieder zu, doch bevor er ihr widersprechen konnte, hatte ihn sein Vater bereits zu sich gerufen. Mit gesenktem Kopf kehrte er zu ihm zurück. Anneliese brach es fast das Herz, ihn so zu sehen. Ungesagte Worte schossen ihr durch den Kopf. Liebe, Demut, Pflichtgefühl. Doch all das konnte sie nicht sagen. Sie laut auszusprechen, wäre eine Art von Selbstverletzung gewesen, die sie nicht hätte ertragen können.

◆◆◆

Lange Tage verstrichen, in denen sie Friedrich nicht zu Gesicht bekam. Anneliese war dankbar für jede Aufgabe, die es zu erledigen galt. Der Weihnachtsball stand bevor, und die Vorbereitungen liefen unermüdlich. Alle, die darin involviert waren, arbeiteten ohne Unterlass auf den reibungsfreien Ablauf hin, weshalb Anneliese sich wunderte, dass Friedrich sich so rar machte. Die Lieferung der letzten Strohsterne kam pünktlich an. Marie ließ sich entschuldigen, da der Weihnachtsbaum für den Freiburger Marktplatz ihre ganze Aufmerksamkeit forderte. Zu Anfang hatte Anneliese noch versucht, alles allein zu koordinieren, doch es war zu viel gewesen. Sie vertraute ihrer Freundin und wusste, sie würde sie nicht enttäuschen.

◆◆◆

Fünfzehn Männer waren für den Transport der Weißtanne ins Schloss nötig gewesen. Weitere fünf, um sie aufzurichten. Die gusseiserne Vorrichtung eines flämischen Kunstschmieds funktionierte tadellos. Nach wenigen Stunden stand die Weißtanne aufrecht und fest verankert, als hätte sie im Karlsruher Schloss Wurzeln geschlagen. Nun löste allein ihr nackter Anblick schon Staunen und Raunen unter allen aus, die in der Halle probten, sich vorbereiteten, aufbauten. Doch für Anneliese begann die eigentliche Arbeit erst. Sie hatte alle Hände voll zu tun, delegierte ihre Helfer, legte die Ordnung fest, in der die Rauschgoldengel eines Nürnberger Puppenmachers, Kaspers Figürchen und die Schleifen angebracht werden sollten. Die Äpfel, Birnen und Nüsse kamen erst am Tag von Heiligabend an den Baum.

Im gegenüberliegenden Teil der Halle wurde für die Kammermusik aufgebaut. Cello, Kontrabass, Notenständer. Zuletzt wurde das Klavier hineingeschoben. Anneliese brachte gerade Kerzen am Baum an, als hinter ihr die Musik erklang. Bereits die ersten Töne ließen ihr Herz schneller schlagen. Langsam wandte sie sich vom Baum ab und dem Klavier zu, an dem Friedrich saß und sein Weihnachtslied spielte. Zum ersten Mal in der Halle, wo die Akustik eine ganz andere war als in dem bescheidenen Musikzimmer, in dem er sie komponiert hatte. Nach und nach stimmten auch die anderen Musiker in sein Stück mit ein. Die Probe untermalte Annelieses Arbeit und versetzte sogar die Helfer, die auf Leitern standen, um den Schmuck zu befestigen, in eine vorweihnachtliche Stimmung. Sie summten fröhlich, hatten stets ein Lächeln auf den Lippen.

Das hohe Kichern des Hofdamenkonvois ließ Anneliese innehalten und erneut zu den Musikern hinschauen. Zu ihrem Ärger sah sie Katharina, die sich in ihrem Kostüm der heiligen Maria lasziv lächelnd über das Klavier lehnte, während sich ihr Gefolge links und rechts von ihr positioniert hatte und schmachtend den Violinisten und Cellisten zusah.

»Ein Wunder, dass die Musiker bei diesem Andrang auch nur einen anständigen Ton herausbringen.« Tilla war neben Anneliese getreten und schaute kritisch am Baum hinauf. Jetzt, da sie unmittelbar davor stand, wirkte er noch mächtiger und gigantischer auf Anneliese als zuvor.

Ihr Blick schweifte erneut zu Friedrich hinüber. Die Melodie war verstummt. Katharina hatte sich neben ihn auf den Hocker gesetzt und übte sich nun im Spiel. Annelieses Herz polterte widerstrebend, und ihr Magen verkrampfte. Die beiden so dicht beieinander zu sehen, fügte ihr seelische Schmerzen zu, von denen sie nicht geglaubt hatte, dass sie überhaupt möglich seien.

»Merkwürdig, dass sie plötzlich Interesse an ihm zeigt.« Tilla sprach aus, was Anneliese dachte. »Sie ist so aufdringlich! Sieh nur, wie nah sie an ihn rückt.« Tilla schnalzte kopfschüttelnd mit der Zunge.

»Ich nehme an, sie tut, was sie kann.« Anneliese zwang sich, den Blick von Friedrich und Katharina zu nehmen. Warum ließ er das zu? Er musste doch wissen, dass er sie damit kränkte. Anneliese schlug die Zähne in ihre Unterlippe, um ein aufkommendes Schluchzen einzudämmen, und widmete sich einem Rauschgoldengel mit traurigem Gesichtsausdruck. Für einen Moment starrte sie sich an ihm fest, als wäre er ihr Spiegelbild.

»Er sieht nicht glücklich aus, wenn du mich fragst.« Tilla nahm ihr den Engel aus der Hand und betrachtete ihn genauer.

Unauffällig schaute Anneliese erneut zu Friedrich, und ihr fiel auf, wie angespannt er wirkte. Unkonzentriert saß er da, fuhr sich wieder und wieder durchs Haar, lächelte unsicher und aufgesetzt. Katharina stieß ihn lachend in die Seite, und er schaute zu Anneliese. Unvermittelt trafen sich ihre Blicke. Als hätte er nur darauf gewartet, hielt er ihren gefangen, und Anneliese war nicht fähig, sich abzuwenden. So viel Sehnsucht hatte sie lange nicht verspürt, und die Tatsache, dass Katharina ihm nun so nah war, wie sie selbst es hätte sein sollen, versetzte ihr einen Stich ins Herz. Mühsam riss sie sich los.

»Entschuldige mich kurz«, murmelte sie an Tilla gewandt und eilte hinaus auf den Flur. Sie wollte allein sein, niemanden sehen, sich nicht rechtfertigen müssen. Anneliese beschleunigte ihren Gang, als sie hinter sich Schritte vernahm. Tränen verschleierten ihre Sicht. Eilig zog sie ein Tuch aus ihrem Ärmel, hastete ins Nebentreppenhaus und presste es sich auf die Augen. Sie wollte nicht weinen. Nicht jetzt. Nicht hier. Sie schaffte es, die Tür hinter sich zu schließen, drückte sich mit dem Rücken gegen die Wand und schloss die Augen. Kalter, rauer Stein bohrte sich in ihre Schulterblätter und ließ sie etwas anderes fühlen als Herzschmerz. Dann merkte sie, wie die Tür aufging.

»Liese?« Friedrichs sanfte Stimme ließ sie erzittern. Sie setzte sich wieder in Bewegung, hielt nicht an, wandte sich nicht um. Er holte sie dennoch ein, stellte sich ihr in den Weg und musterte sie mit einer Mischung aus Hoffnung und Wehmut.

»Deine Tränen …« Er nahm blitzschnell ihre Hand, die noch das Tuch hielt. »Sind sie meinetwegen?«

Anneliese schluckte, schloss fest die Augen, um sie kurz darauf wieder zu öffnen. Er kam dichter an sie heran. »Und ich dachte, ich wäre dir inzwischen egal.«

»Wie kannst du so etwas nur denken?«, erwiderte sie heiser. Sie wusste, dass jedes Wort, das nicht die Vernunft formulierte, zu viel war, doch sie konnte nicht länger steuern, was geschah.

Friedrich küsste ihre Hand, in seinen strahlenden Augen stand Erleichterung. »Ich werde meinen Vater um seinen Segen bitten.«

»Er wird ihn uns nicht gewähren. Ich bin nicht standesgemäß und …«

Friedrich legte seinen Zeigefinger auf ihre Lippen und zwang sie auf diese Weise zum Schweigen. »Er ist nicht vollkommen herzlos. Er wird mir diese Bitte nicht verwehren, wenn ich ihm erkläre, dass ich ohne dich nicht sein kann. Es nicht will. Gleich morgen früh werde ich mit ihm reden.«

Sie sahen einander tief in die Augen, und Anneliese spürte, wie er ihr Herz erweichte.

»Könnte ich das wirklich haben?«, fragte sie matt. »Dich?« Sie hatte große Angst davor, erneut enttäuscht zu werden. Allzu oft war es ihr in der Vergangenheit schlecht ergangen – als Optimistin geboren, in eine Welt voller Zurückweisung. Die letzten Jahre hatten ihr gezeigt, wie hart die Wirklichkeit sein konnte und wie falsch es war, stets daran zu glauben, dass sich alles irgendwie richten würde. Friedrich schlang seine Arme um sie und kam mit seinem Gesicht ganz nah an ihres.

»Du hast mich doch schon längst. Willst du denn?« Er betrachtete sie hoffnungsvoll.

Annelieses Puls beschleunigte sich. Eine wohltuende Wärme erfasste ihren Körper, und sie war willens, dieses Gefühl von Geborgenheit anzunehmen, das sie seit ihrer Kindheit nicht mehr gehabt hatte und von dem sie dachte, es niemals wieder zu empfinden. Sie nickte, lächelte zaghaft, aber entschlossen. Friedrich umfasste ihre Taille, hob sie in die Luft, als wöge sie nicht mehr als eine Feder, und drehte sich einmal um sich selbst. Bedachtsam ließ er sie wieder runter und bettete seinen Mund zu einem zärtlichen Kuss auf ihren. Aus der Halle begann die Musik erneut zu spielen und holte sie beide zurück in den Moment.

»Sorge dich nicht mehr. Du wirst deine Stellung nicht verlieren und Kasper schon bald zu dir nehmen können, so wie du es wolltest«, versicherte er ihr. »Ich liebe dich, Liese.« Friedrichs Worte waren wie ein Leuchtfeuer in dunkelster Nacht. Sein Mund fand noch einmal den ihren, seine Lippen liebkosten sie weich und warm, und es war, als würde alles um sie herum verschwimmen. Anneliese war überzeugt: Nichts war mehr unmöglich, wenn sie nur zusammen waren.

◆◆◆

Bühnenbildner hatten ihre Arbeit an der Theaterkulisse kurz nach Anbruch der Dunkelheit abgeschlossen. Diener hatten Tische und Stühle in die Halle gebracht, damit für eine hufeisenförmige Tafel gesorgt war. Große rote Christsterne, die aus dem Süden importiert worden waren, leuchteten zwischen Zypressen. Erste Girlanden waren an der hohen Stuckdecke sowie den Pfeilern zu den Seiten des Saals angebracht, Kränze von unterschiedlicher Größe aus Kiefernzweigen, Hagebutten und rot-goldenen Schleifen schmückten das Klavier, Tische und Wände. Teckendorf hatte sich schon vor Stunden müde zurückgezogen, auch keiner von Annelieses Helfern war mehr auf den Beinen. Alle hatten sich zur Nachtruhe begeben. Die Tage, die ihnen bis zum Ball blieben, waren für letzte Feinheiten und Proben vorgesehen.

Anneliese dekorierte unermüdlich weiter, steckte goldverzierte Nüsse und Rauschgoldengel zwischen die Äste der Tanne, verbarg Stamm und Ständer unter leuchtend roter Seide. Sie hielt ein kleines Holzherz von Kasper fest in der Hand und strich sanft mit den Fingerkuppen über die fein geschliffene Oberfläche, bevor sie es zwischen die Zweige hängte. Anneliese war viel zu aufgeregt, um zu schlafen. Der morgige Tag würde über ihre Zukunft entscheiden. Obwohl sie Graf von Bergen als grimmigen Mann erlebt hatte, schien Friedrich überzeugt von seinem guten Kern. Neue Hoffnung keimte deswegen in ihr. Nach all den Enttäuschungen, die ihr das Leben geboten hatte, war es ein schönes Gefühl, sie einfach wachsen zu lassen. Also ging sie gar nicht erst zu Bett, richtete Schleifen und Lichter, befestigte Sterne höher, tiefer. Alles musste vollkommen sein. Es hing von ihr ab. Von der Art und Weise wie die Menschen auf den Tannenbaum reagieren würden. Anneliese durfte nichts übersehen.

Das Feuer im großen Kamin war fast heruntergebrannt. In seinem flackernden Schein lag der Weihnachtsbaum und warf seinen tänzelnden Schatten auf den Marmorboden vor der Récamiere, auf der Anneliese Platz genommen hatte. Nur kurz verschnaufen, dachte sie und sah mit müden Augen den Schatten zu, bis sie völlig erschöpft eindämmerte.

◆◆◆

Das Tageslicht, das durch die bodentiefen Fenster drang, nahm sie nur am Rande wahr. Im Kamin dampfte noch das verkohlte Holz. Langsam richtete Anneliese sich auf, rieb sich den Schlaf aus den Augen und die Geschehnisse des gestrigen Tages ins Gedächtnis. Tilla sah lächelnd auf sie herab.

»Der Baum ist wunderschön, Anneliese«, sagte sie. »Hast du die ganze Nacht daran gearbeitet?«

Sie nickte in einem Gähnen. »Wird er ihm gefallen, dem Großherzog?«

Tilla sah zum Baum und lächelte noch breiter. »Er wird begeistert sein.«

Anneliese atmete erleichtert aus und drehte sich langsam dem Baum zu, den sie zuletzt bei Nacht gesehen hatte. Nun, bei Tage, strahlte er wie ein vorzeitiges Weihnachtsgeschenk mit der aufsteigenden Sonne um die Wette.

Mit der Erkenntnis, dass sie bereits geschafft hatte, was ihr kaum jemand zugetraut hatte, drängte sich Anneliese auch die Hoffnung auf das Liebesglück energischer auf. Die Uhr schlug zur achten Stunde, und sie kam nicht umhin, sich zu fragen, ob Friedrich bereits mit seinem Vater gesprochen hatte. War ihr Glück vielleicht bereits besiegelt? Ihr Herz hämmerte aufgeregt in ihrer Brust, und mit einem Mal war sie hellwach. Diener betraten den Raum, fegten, wischten, rückten Tische und Stühle zurecht, machten dort weiter, wo sie am Vortag aufgehört hatten.

»Hör mal.« Tilla wurde ernst. »Lass uns erst mal frühstücken gehen. Es gibt Neuigkeiten.« Ihr Unterton gefiel Anneliese nicht, doch sie fragte nicht nach.

In der Gesindeküche waren sie unter sich. Obwohl Josepha frisch gebackenes Brot und Schinken für sie zurückgelegt hatte, brachte Anneliese nichts herunter. Immer wieder schaute sie auf die Uhr. Voll Ungeduld und Vorfreude.

»Ich habe auch Neuigkeiten«, platzte es aus ihr heraus.

Tilla nippte an ihrer warmen Milch, hob kurz die Brauen und wirkte auf einmal recht angespannt. Anneliese ruderte zurück. Ein flaues Gefühl breitete sich in ihrer Magengrube aus.

»Was ist denn los?«, fragte sie alarmiert.

Tilla umfasste mit beiden Händen ihre Tasse und schaute betroffen zu ihr auf. »Auf dem Weg in die Halle traf ich Baron Teckendorf.«

»Und?«, hakte Anneliese nach, weil sie nicht weitersprach.

»Offenbar ist der Großherzog in Heidelberg, um eine Orgel einzuweihen. Während seiner Abwesenheit vertritt Graf von Bergen ihn im Schloss.«

Anneliese rollte mit den Augen. »Dann bleibt zu hoffen, dass der Großherzog schnell wieder zurück sein wird.«

Tilla presste die Lippen aufeinander. »Friedrich ist mit ihm gefahren.«

Anneliese glaubte, sich verhört zu haben. »Warum das?« Sie

wollte nicht sagen, dass dies unmöglich erschien. Davon hätte er ihr doch sicher erzählt.

Tilla zuckte die Schultern. »Der Vorschlag, dass Friedrich ihn begleitet, kam wohl recht kurzfristig von seinem Vater.«

Anneliese wurde von einem eisigen Schauer übermannt. »Das ist gar nicht gut«, brach es aus ihr heraus. »Friedrich … er hat heute Morgen die Zustimmung seines Vaters erbeten, mich zu heiraten.«

Tilla fasste sich bestürzt an den Mund, dann berührte sie tröstend Annelieses Arm. »Du glaubst, mein Onkel hat ihn deshalb fortgeschickt?«

»So muss es gewesen sein. Welche andere Erklärung könnte es für sein plötzliches Fortgehen geben?«, sagte Anneliese leise.

»Was verspricht er sich nur davon?« Tilla dachte laut und sog Anneliese in ihre Grübelei. Die Nachricht hatte beide in Unruhe versetzt. Doch in Anneliese wütete etwas, das sich anfühlte wie ein aufkommender Sturm.

Frau Schnitzendöbel rauschte herein, sah Anneliese die Verzweiflung an und räusperte sich lautstark. »Kein Wunder, dass Sie nun untröstlich sind, denn es ist nur allzu wahr. Der Graf war heute Morgen äußerst echauffiert. Er hat seinen Sohn an dessen Pflichten erinnert. Eben sprach ich mit der Zofe der Baronin von Weißenfels.«

Anneliese schluckte einen festsitzenden Kloß hinunter.

»Zum Kuckuck, Kind, was haben Sie sich nur dabei gedacht?«, schimpfte die Schnitzendöbel ungewöhnlich milde. »Natürlich kann er kein einfaches Mädchen heiraten. Das Leben ist kein Märchen. Das sage ich Pitter jedes Mal, wenn er den Kindern mit seinen Geschichten Flausen in den Kopf setzt. Friedrich wird diejenige zur Frau nehmen, die sein Vater ausgesucht hat. So funktioniert das bei den piekfeinen

Herrschaften und nicht anders.« Sie nahm sich einen Stuhl und setzte sich belehrend vor Anneliese. »Männer wie Friedrich haben überall, wo sie auftauchen und charmant lächeln, Mädchen, die ihnen zu Füßen liegen. Die verlieben sich ständig neu, aber nie lange.« Seufzend tätschelte sie Anneliese die Hand, stand auf und ging aus dem Raum.

Anneliese sog stockend Luft ein. Soeben hatte die Schnitzendöbel bewiesen, dass sie immerhin einen Funken Mitgefühl besaß, aber sprach sie auch die Wahrheit? Anneliese wollte nichts einfallen, das schlimmer war. Die Tatsache, dass sie nie eine gemeinsame Zukunft hätten haben können, oder, dass Friedrich einer jener Männer war, von denen die Hauswirtschafterin gesprochen hatte. Zweifellos hatte die Schnitzendöbel viele Herren auf Schloss Karlsruhe kommen und gehen sehen – und mit ihnen Affären, Allüren und Geheimnisse. Aber … war Friedrich einer dieser ehrlosen Männer? Anneliese schwirrte der Kopf.

»Und … er hat sich nicht von dir verabschiedet?«, fragte Tilla vorsichtig nach.

Anneliese schüttelte den Kopf und schaute in unheilvoller Ahnung vor sich hin.

»Bestimmt hatte er keine Gelegenheit«, schloss Tilla. Doch Anneliese konnte sie damit nicht beruhigen. Wenn er gewollt hätte, so dachte sie, hätte er einen Weg gefunden. Ihr Herz schnürte sich bei diesen Gedanken zusammen. Sie bekam kaum noch Luft. Erst als sie Tillas warme Hand auf ihrer spürte, füllten sich ihre Lungen wieder.

»Er wird dir sicherlich alles erklären, wenn er zurückkommt«, meinte Tilla.

Anneliese nickte dankbar für ihre Aufmunterungsversuche, aber die Ungewissheit erdrückte ihre Hoffnung.

Ein Diener stürmte zur Tür hinein. Abgehetzt schaute er

zwischen Anneliese und Tilla hin und her. »Graf von Bergen verlangt nach Ihnen, Fräulein Holl«, keuchte er.

Anneliese tauschte einen verunsicherten Blick mit Tilla. Diese drückte bestärkend ihre Hand.

18

Mätressen

Das Audienzzimmer war vom Kaminfeuer erhellt. Die mit Eichenholz vertäfelten Wände wirkten golden im warmen Schein der Flammen. Der Diener, der sie hereingeführt hatte, hatte den Grafen angekündigt, und der ließ auf sich warten. In Anneliese wuchs eine Beklommenheit, deren Ursprung sie nicht kannte. Ihr nervöser Blick schweifte über das Gemälde, von dem aus ihr ein ernst dreinschauender Mann entgegensah, dann über den massiven, rötlichen Schreibtisch darunter. Sie fragte sich, aus welchem Holz er gefertigt worden war. Ehe sie jedoch zu einem Schluss kommen konnte, betrat von Bergen den Raum. Seine Miene war unergründlich. Anneliese schluckte mehrmals hintereinander nervös.

»Ihr habt nach mir geschickt.« Sie verbeugte sich knapp.

Von Bergen wedelte ungeduldig mit der Hand, ehe er sich laut seufzend in den Stuhl fallen ließ.

»In der Tat, Fräulein Holl. In der Tat«, ließ er müde verlauten, als wäre ihm ihre alleinige Anwesenheit schon zu viel.

Betreten schaute sie zu ihm auf.

»Dieser Hof rühmt sich damit, einen ausgezeichneten Ruf zu besitzen. Weit bis über die Landesgrenzen hinaus.« Er lehnte sich zurück. »Dass dem so ist, ist einem strengen Hofzeremoniell geschuldet. Einer Regelung, welche die Handlungen, Sitten, Üblichkeiten und dergleichen bestimmt. Selbst Ihre Königliche Hoheit ist nicht immer mit allem konform, aber sie strebt nach der Reputation dieses Hauses. Demnach muss der Großherzog dem Volk mit gutem Beispiel vorangehen. Ein frommes und ehrenhaftes Leben führen. Und genau das gilt es zu berücksichtigen, wenn es um die Frage geht, wer an diesem Hof sein kann und wer nicht.«

»Verzeihung, aber … ich kann Euch nicht ganz folgen«, meinte Anneliese demütig.

Er stöhnte auf, als hätte er das bereits befürchtet. »Ich sehe schon, ich muss deutlicher werden. Beim ersten Mal sprachen Sie mit dem Großherzog auch über Ehrlichkeit. Sie werden sich erinnern?«

Sie nickte befangen. Noch immer hatte sie keine Ahnung, worauf er hinauswollte.

»Wohlan. Dann werden Sie verstehen, dass ich in seiner Abwesenheit eine Entscheidung zugunsten des Zeremoniells treffen muss.«

»Bitte, sagt mir, was los ist«, forderte Anneliese höflich.

»Es betrifft Ihre Herkunft, Fräulein Holl. Und obgleich ich persönlich keine Probleme mit Ihrer Vergangenheit habe und dem Beruf, den sie ausübten, bevor sie …«

»Das muss ein Missverständnis sein«, vergaß sie sich.

»Eher nicht«, unterbrach er sie scharf. »Hätte man Sie nicht wiedererkannt, so wäre es vielleicht nicht aufgefallen, dass Sie aus einem Freudenhaus stammen.«

Anneliese war noch dabei, seine Worte zu verarbeiten, da betrat Rosa Bornstedt durch eine Nebentür den Raum, und Anneliese wich die Farbe aus dem Gesicht. Fahrig strich sie sich über die Stirn, die vom Angstschweiß klebte, und sah zu Graf von Bergen, über dessen Gesicht die Genugtuung huschte. Anneliese wollte irgendetwas sagen, das ihre Unschuld in diesem Fall bewies, stattdessen erstarrte sie.

»Grüß dich, Anneliese.« Rosas rot bemalte Lippen verzogen sich zu einem falschen Lächeln.

»Was hat das zu bedeuten?« Annelieses Stimme war nur ein Flüstern. Sie wich zurück.

»Sie kennen diese Frau, oder nicht?« Von Bergen stand auf.

»Ich kenne sie. Vom Markt in Freiburg. Aber ich habe nie für sie gearbeitet.«

Von Bergen tauschte einen mitleidigen wie verständnislosen Blick mit der Dirne.

»Anneliese, du verletzt meine Gefühle«, erwiderte Rosa betont gekränkt. »Jetzt hör schon auf mit dem Unsinn und komm endlich mit mir nach Hause.«

»Ihre Arbeit ist getan. Sie werden uns noch in dieser Stunde verlassen, Fräulein Holl«, entschied von Bergen erbarmungslos.

»Hände weg!«, rief Anneliese verstört, als zwei Diener sie brüsk abführten. »Das ist ein Komplott! Ich bin nicht, was sie sagt«, wehrte sie sich vehement, doch ihr Protest blieb ungehört.

♦♦♦

Stillschweigend saß Anneliese wenig später mit Rosa in der Kutsche Richtung Freiburg. Sie war so schnell des Hofes verwiesen worden, dass ihr nicht einmal Zeit geblieben war, sich von irgendjemandem zu verabschieden.

»Warum diese bittere Miene, Kindchen?« Rosas triumphierender Blick lag auf ihr.

Anneliese weigerte sich, sie auch nur anzusehen. »Sie haben ja keine Ahnung, was Sie angerichtet haben.«

»Angerichtet?« Rosa tat, als wäre sie sich keiner Schuld bewusst.

»Was hat Ihnen der Graf für Ihre Mithilfe bezahlt?«, verlangte Anneliese zu wissen.

Achselzuckend spitzte Rosa die Lippen, während sie konzentriert ihre weißen Spitzenhandschuhe auf ihrem Schoß faltete. »Nun, ich hatte schon immer ein Näschen fürs Geschäft.«

»Woher kennen Sie sich überhaupt?« Doch sofort winkte Anneliese ab. »Ach, wie dumm von mir zu fragen.« Die Antwort lag auf der Hand. »Er ist einer Ihrer Kunden. Ist doch so? Sie wissen nichts von der Liebe.«

Rosa lachte schallend auf. »Du bist so naiv, Anneliese! Weißt du, ich war auch einst eine Mätresse wie deine geschätzte Frau von Anweil. Die eines einflussreichen Aristokraten. Jean de Boulogne. Oh, er sah großartig aus, charmant, leidenschaftlich und er war unverschämt reich. Wir waren so verliebt! Ich schwebte vor Glück und war fest davon überzeugt, dass er mich heiraten würde, also gab ich mich ihm hin. Willst du wissen, was dann passiert ist?«

Anneliese schwieg, hörte jedoch aufmerksam zu.

»Er verließ mich. Fortan war ich eine Gefallene der Gesellschaft. Meine Familie gab mich auf und verstieß mich. In einer einzigen Nacht habe ich alles verloren. Meine Tugend, meinen Respekt, die Aussicht auf einen Ehemann, denn … wer will schon eine entehrte Frau heiraten? Nichts war mir geblieben, außer meiner Kenntnisse darüber, wie Männer funktionieren. Was sie wollen. Was sie begehren. Wenn du ihre intimsten Geheimnisse kennst, kannst du sie für dich nutzen.«

»Dann sind Sie auch noch stolz darauf?« Annelieses finsterer Blick war fassungslos auf sie gerichtet.

»Stolz, liebe Kleine, ist das Einzige, dass mein Jean mir ließ, als er mich in den Dreck geworfen hat. Jetzt bin ich frei. Ich gebe die Regeln vor.«

»Sie verkaufen sich! Und das nennen Sie Freiheit?« Tränen drängten sich in Annelieses Augen, und sie schaute aus dem Fenster, suchend nach etwas Friedvollem, das ihrem geprügelten Herzen Linderung brachte.

»Ach, hör schon auf, dich zu bemitleiden«, raunzte Rosa. »Du wirst es nicht verstehen, noch nicht, aber in Wahrheit habe ich dir einen Gefallen getan. Ich habe dich vor einer Tollheit bewahrt. Männer wie dein Friedrich heiraten keine Frauen wie uns. Sie benutzen sie.«

Ihre Worte waren scharf wie eine Axtklinge. Sie spalteten Annelieses Herz in Stücke. Niedergeschlagen sank sie in den Sitz, starrte weiter aus dem Fenster. Ungläubig, gebrochen, unschuldig. Sie war diffamiert und verleumdet worden. Vom Hof entfernt, weil sie Graf von Bergen lästig geworden war. Dem Großherzog machte sie keinen Vorwurf. Seine eigene Liebe zu Anna von Anweil machte ihn handlungsunfähig. Nach allem, was Graf von Bergen Anneliese anlastete, ließ er ihm bestimmt Narrenfreiheit. Keine der feinen Damen duldete eine Prostituierte am Hof. Wahrscheinlich waren sie um Anstand und Benehmen besorgt und letztlich um ihre Männer.

Bei all der Niedertracht musste Anneliese von Bergen zugestehen, dass sein Plan, sie auf diese Weise loszuwerden, genial gewesen war. Vermutlich würde er sogar zwei Ziele gleichzeitig erreichen. Denn ihre erlogene Vergangenheit als leichtes Mädchen würde auch Friedrich von ihr abbringen. Womöglich hatte ihn sein Vater bereits informiert. Anneliese erschauderte bei dem Gedanken. Sie spürte, wie es sie innerlich zerriss. Sie dachte an Kasper und verachtete sich für die

Schande, erneut Vertrauen in die falschen Menschen gesetzt zu haben.

◆◆◆

Benommen rieb sie sich die Augen. Die Bruchstücke ihres Traums verblassten mit dem gleißenden Sonnenlicht, das sich durch die Kiefern am Waldrand brach. Anneliese schaute blinzelnd aus dem Fenster. Vor ihr gabelte sich der vertraute Weg. Hinter den welligen Hügeln konnte sie beinahe ihr Land sehen – ihr Zuhause.

»Hier steige ich aus.« Mit der Faust pochte sie gegen die Kutschendecke. Der Fahrer hielt an, ruckelnd kamen sie zum Stehen.

»Na, dann. Alles Gute, Anneliese«, sagte Rosa ungewöhnlich milde.

Anneliese kräuselte die Stirn. »Sie wollen mich gar nicht abhalten?«

»Wieso sollte ich? Wenn die Zeit reif ist, wirst du schon zu mir kommen.« Sie lächelte wissend.

Anneliese schluckte eine Erwiderung hinunter und stieg aus. Sie ließ die Kutsche hinter sich, drehte sich nicht mehr nach ihr um und machte sich zu Fuß auf den Weg. Die Sonne schien durch das Wolkengeflecht, als hieße sie sie willkommen, und als ihr kleiner Hof endlich in Sichtweite kam, füllte eine tiefe Verbundenheit die Leere in ihrem Herzen, die sie aus Karlsruhe mitgebracht hatte. Wie ein duldsamer Freund lag der vertraute Wald vor ihr. In seinem Schutz ihre Hütte. Idyllisch, im weißen Schimmer des aufsteigenden Nebels, unter dem aufklarenden Himmel. Sie hatte auf ihre Rückkehr gewartet und war nachsichtig mit ihr wie eine liebende Mutter, wenn das Kind enttäuscht von der Welt heimkehrte.

Im Gemüsegarten blitzte noch Petersilie unter Schneebröckchen. Dahinter wiegten sich die Lindenäste über dem Grab ihrer Mutter sanft im Wind. Wie sehr hatte Anneliese das alles vermisst.

Sie richtete sich in der Hütte ein, entstaubte das Mobiliar, fegte, schlug die Laken aus und heizte den Ofen an. Beim Auspacken ihrer Tasche fiel ihr das Kleid ihrer Mutter in die Hände. Sie drückte es fest an sich, sank auf deren Bettstatt und ließ für einen Moment die Traurigkeit zu über das, was hätte sein können und was längst verloren war. Sie riss sich zusammen, schluckte, zog die Nase hoch. Sorgfältig faltete sie das Kleid und legte es wieder in die Betttruhe, dann kehrte auch sie zum Vorherigen zurück.

Erschreckend schnell fühlte sie sich ein in das Leben, wie es vor Karlsruhe gewesen war. Ohne all den Prunk und Protz, das höfische Gehabe und … Friedrich. Sein Name hallte in ihr wider wie der Kuss und die Hoffnung, die damit einhergegangen waren. Es war nie wirklich gewesen, gemahnte sie sich. Nicht von Dauer. Noch am selben Tag ging sie in den Wald, erntete Tannenzweige, Zapfen und eine kleine Tanne für den Markt. Sie durfte keine Zeit verlieren. Sie musste eine andere Möglichkeit finden, für Kasper zu sorgen, und dort anknüpfen, wo sie aufgehört hatte. Bestimmt würde Marie überrascht sein, sie zu sehen.

Schon am nächsten Morgen stand Anneliese früher auf als sonst und zog mit einem Korb voller Waldfunde los, mit denen sie Marie überraschen wollte. Später wollte sie bei Frau von Anweil Tarik und die Kutsche abholen.

Kaum hatte sie die Straße nach Freiburg erreicht, sah sie die vertrauten Botenfrauen und Fuhrwerke. Ein Griffelmacher nahm sie auf seinem Wagen mit in die Stadt. Als sie sich dem Martinstor näherten, wurde sie jedoch von einem der

Wachmänner aufgehalten. Anneliese zeigte ihre Marktlizenz vor, da tauschte er einen unschlüssigen Blick mit der anderen Wache. »Tut mir leid. Ich darf Sie nicht vorlassen.«

»Gibt es irgendein Problem?«, verlangte Anneliese zu wissen. »Ich komme schon seit Jahren her, um auf dem Markt zu verkaufen. Davor kam mein Vater.«

»Joa, ich kenn Sie ja auch, Fräulein«, nuschelte er betreten in seinen Vollbart. »Sie sind die mit dem Weihnachtsbaum. Mein Sohn redet immer noch davon.« Ein Schmunzeln verformte seinen Bart, dann wurde er wieder ernst.

»Lassen Sie mich zu Frau von Anweil. Sie wird dieses Missverständnis aufklären«, bat sie.

Zaudernd legte er den Kopf von rechts nach links, willigte dann aber ein, sie zum Bürgermeisterhaus zu begleiten. Noch vor einem Jahr hatte das Dienstmädchen der von Anweils sie ins Gästezimmer des herrschaftlichen Fachwerkhauses geführt und fürstlich behandelt, nun hatte dasselbe sie angewiesen, vor dem Anwesen zu warten. Anneliese schlug sich den Mantelkragen hoch und rieb ihre steifgefrorenen Hände aneinander. Endlich trat Frau von Anweil aus der Tür.

»Guten Morgen. Wie schön, Sie zu sehen!«, begrüßte Anneliese sie. Doch Frau von Anweil ließ die gewohnte Herzlichkeit vermissen. Ihre Miene, ihr ganzer Körper war angespannt.

»Anneliese.« Sie lächelte schwach und blieb auf dem Treppenabsatz stehen. Eine unangenehme Pause entstand, die es zwischen den Frauen nie zuvor gegeben hatte.

»Der badische Hof, der war nichts für mich«, erklärte Anneliese, um einen heiteren Ton bemüht. »Ich wollte Tarik abholen und dann zum Markt. Marie wird sich freuen. Doch aus irgendeinem Grund will man mich nicht vorlassen.«

Frau von Anweil atmete hörbar aus. Ein Bursche kam mit Tarik aus der Stallung, als wären sie auf Annelieses Kommen vorbereitet gewesen. Verwundert nahm sie die Zügel. Sie strich Tarik behutsam über die Nase und wandte sich wieder Frau von Anweil zu.

»Mein Gatte erhielt eine Nachricht aus Karlsruhe.« Sie kam die Stufen hinunter und betrachtete sie voll Mitgefühl. »Dir wurde die Marktlizenz entzogen, Anneliese.«

»Was?«, hauchte sie fassungslos. »Aber … wie soll ich denn nun mein Auskommen verdienen?« Annelieses Stimme war nur ein Flüstern. Erst jetzt wurde ihr klar, wie weit die Verschwörung reichte.

»Mir sind die Hände gebunden. Ich kann nichts für dich tun«, erwiderte Frau von Anweil. »Was ist denn nur in Karlsruhe geschehen?«

Anneliese antwortete nicht. Sie wagte nicht einmal, ihre einstige Gönnerin anzusehen. Reglos stand sie da, als wären ihre Füße am Boden festgefroren.

»Graf von Bergen«, raunte sie von der erschreckenden Einsicht eingenommen, dass Friedrichs Vater absolut sichergehen wollte, dass sie sich nie wieder begegneten. Frau von Anweil nahm ihre Hand, drückte sie fest und suchte ihren Blick.

»Oh, wie ich dieses Gefühl der Ohnmacht doch kenne. Auch ich wurde verwarnt, weil ich dich empfahl. Mein Ehemann ist deshalb verstimmt und gewährt mir keine Vergünstigungen mehr. Jedenfalls im Moment. Aber Marie macht ihre Arbeit gut. Wir dürfen uns auf einen schönen Weihnachtsbaum für den Marktplatz freuen.« Sie lächelte aufmunternd. »Wenn sie dich auch nicht ersetzen kann«, schob sie rasch nach und strich ihr sanft über den Handrücken. »Es wird das Beste sein, wir beide ziehen uns für eine Weile zurück. Nur, bis sich der aufgewirbelte Staub gelegt hat.«

Anneliese sah zögerlich zu ihr auf. Es kränkte sie, dass Marie so selbstverständlich ihren Platz eingenommen hatte. Immerhin war es doch ihr Geschäft. Ihr Bestreben. Doch Anneliese wusste: Sie hatte keine Wahl, als ihre Situation zu akzeptieren. Sie schluckte, dann nickte sie unmerklich.

»Auf Wiedersehen, Anneliese.« Frau von Anweil drückte noch einmal ihre Hände und ging wieder hinein.

Niedergeschlagen blieb Anneliese mit Tarik zurück. Zwischen einer Reihe von kleineren Fachwerkhäusern blitzte die Baumspitze auf. Nur eine Querstraße lag zwischen ihr und dem Marktplatz, doch Anneliese entschied, nicht hinzugehen. Sie wollte Marie im Glauben lassen, sie sei immer noch am badischen Hof und dass alles in bester Ordnung war. Wenigstens bis nach Weihnachten, dachte sie, festigte den Griff um die Zügel und kletterte auf Tariks Rücken. Sie hatten es so eilig, nach Hause zu kommen, dass sie beinahe einen Mann anrempelten. Tarik wich zurück.

»Verzeihung«, murmelte Anneliese.

Unbeeindruckt zog der Mann seinen Hut vor ihr. »Wohin des Wegs?«

Anneliese fuhr der Schreck in die Glieder. Tarik wieherte leise. Der Mann war Anneliese bekannt und war doch ein Fremder. Wann immer sie Rosa Bornstedt begegnet war, er war nie weit weg gewesen. War er ihr Aufpasser? Ihr Spitzel? Anneliese antwortete ihm nicht, stattdessen trieb sie Tarik mit einem lauten »Hopp« zum Trab an.

19

Entscheidungen

Eine Amsel pickte behutsam im Gras. Angefaulte Äpfel, das Fleisch am Kern noch weiß und saftig, lagen verstreut auf der von Raureif glitzernden Wiese. Obst, das Anneliese in diesem Jahr nur zur Hälfte abgeerntet hatte. Gekonnt schälte der Vogel Bissen für Bissen heraus, plusterte sich auf und drehte den Kopf zu allen Seiten. Achtsam und vorsichtig, dann wieder hektisch bohrte sich sein Schnabel in das Fruchtfleisch, um möglichst viel von der Mahlzeit in kurzer Zeit aufzunehmen. Für das Winterpolster. Für den Flug in den wärmeren Süden, den er bisher nicht angetreten hatte. Anneliese fragte sich, ob dieser Vogel noch unentschlossen war. Amseln wägten ab, ob sie sich die stressige Reise ins Winterquartier zumuteten oder lieber den harschen Bedingungen zu Hause trotzten. Eine Wahl, die für sie jedes Jahr über Leben und Tod entscheiden konnte.

Annelieses Entschluss, nach Karlsruhe zu gehen, hatte sie davon abgehalten, zu tun, was für sie stets selbstverständlich gewesen war. Pflichten, an denen sie festgehalten hatte. Geregelte Abläufe, die ihr Überleben im langen Schwarzwaldwinter gesichert hatten. Sie war davon abgewichen und stand nun ohne Vorräte da. Der Wind pfiff durch die Bäume, sang

Sopran und verwehte dabei orange-rote Blätter über den Hof. Die Komposition des nahenden Winters spielte auf, erst leise, doch sie würde lauter werden, mit jedem neuen Tag.

Anneliese hielt mit dem Besen in der Hand inne. Wie üblich hatte der Herbst die Spinnen zu Höchstleistungen angetrieben. Den ganzen Morgen war sie bereits damit beschäftigt, die alte Scheune herzurichten. Ihr verbliebenes Geld reichte für ein Schwein, vielleicht ein paar Hühner. Und dann? Noch immer konnte sie nicht fassen, wie schnell ihr Glück zwischen ihren Fingern zerronnen war. Hatte sie zu viel gewollt und wurde deshalb bestraft?

Das Holz der Stallzarge war morsch. Anhaltende Feuchtigkeit hatte es aufgeweicht. Der Regen war schuld. Der Längsbalken des Rahmens gehörte längst ausgetauscht. Seltsam, wie eine Reise den Blick für das eigene Heim schärfen konnte. Anneliese klangen die Worte ihres Vaters in den Ohren: »Ein Bauernhof bedeutet ständige Arbeit. Ein Kümmern und Sorgen wie um ein Kind.«

Anneliese liebte das kleine Gehöft und war dankbar, dass es ihr geblieben war. Wenigstens hatte sie es von den Schulden befreien können. Sie war den Finken losgeworden, der schon ihren Eltern schlaflose Nächte bereitet hatte. Vielleicht war das die eigentliche Entlohnung. Nicht die Festanstellung in Karlsruhe, nicht die Liebe zu Friedrich. Obgleich dies ein tröstlicher Gedanke war, dachte sie mit Wehmut an den Weihnachtsbaum zurück, daran, wie viel Freude ihr die Arbeit dort gemacht hatte. Sie würde unvollendet bleiben. Jemand anderes würde sie abschließen. Am Ende wären all ihre Bemühungen umsonst gewesen, denn es wäre nicht länger ihr Werk, das an Heiligabend die Gäste staunend und raunend zurücklassen würde.

Sie seufzte tief. Ob dieser Einsicht hin holte sie Kaspers

letzten Brief aus der Schürzentasche, in dem er betont hatte, dass es das nahende Wiedersehen mit seiner Schwester war, das ihn jeden Tag aufstehen ließ. Anneliese drückte das Papier fest in der Hand. Gleich nach ihrer Rückkehr hätte sie ihm antworten sollen. Aber seine Verwirrung darüber, dass sie wieder zu Hause war, wäre so furchtbar gewesen, da hatte sie es nicht über sich gebracht. Zu schmerzlich würde die Wahrheit für ihn sein, denn Kasper hatte bereits Pläne gemacht, was sie zusammen erleben und wieder miteinander teilen würden. Seine Worte hatten sich wie süßer Honigtau gelesen, sie hatten Anneliese den Antrieb gegeben, über sich selbst hinauszuwachsen, damit sie wahr werden konnten. Nun, hatte sie nichts, um ihr Versprechen an ihn zu halten. Schlimmer noch, sie war gezwungen, ihn erneut zu enttäuschen. Und sie wusste nicht, was das mit ihm machen würde. Anneliese wollte seine Freude nicht trüben, die in die Zeilen gepresst war wie das Stroh zwischen die losen Dielen der Scheune.

Sie steckte den Brief zurück, lachend über so viel Pech und das Maß an Ironie. Die Tränen strömten ihr über die Wangen, gereizt wischte sie sie mit dem Ärmel fort. Sie würde Kasper erklären müssen, wieso er nun doch in der Klosterschule bleiben musste, bis sie eine andere Möglichkeit gefunden hatte, Geld zu verdienen. Die richtigen Worte würden kommen. Doch nicht jetzt. Sie schob ihre Antwort auf, ebenso wie die Gedanken an Friedrich. Doch die Erinnerung brannte wie ein helles Feuer in ihrem Herzen. Noch war Anneliese nicht bereit, es erlöschen zu lassen. Erst wenn der Winter das Jahr ausfegen würde, würde sie es vielleicht begreifen und ihr Glück endgültig loslassen können wie das Leben die Pflanzen am Boden des Waldes. Ein neues Jahr würde das alte ersetzen und ihre Gefühle für Friedrich würden mit dem Strom des Bachs fortgespült werden – jedenfalls hoffte sie das.

◆◆◆

Am Nachmittag brach die absinkende Sonne durch die Wolken und tauchte die Hütte in gelbes Licht. Anneliese hockte im Gemüsebeet und zog verbliebene Selleriecknollen aus der Erde. Ein Spatzenschwarm stieg unter lautem Getöse vom Pfad auf, und Anneliese stemmte sich hoch. Das Klappern von Pferdehufen wurde laut, dann das Klirren von Geschirr. Sie erwartete niemanden, und doch näherte sich ihr eine Kutsche. Anneliese wischte sich die Hände an ihrer Schürze ab und schaute erwartungsvoll zu, wie der Wagen anhielt und der Fahrer die Tür öffnete. Anneliese musste sich zwingen, die Fassung zu bewahren. Rosa stieg aus und hielt eine Hand auf ihren Hut gedrückt, der auf der holprigen Fahrt verrutscht war.

»Was wollen Sie denn?« Anneliese hatte gehofft, sie nie wieder zu sehen, und machte sich nicht die Mühe, Höflichkeit vorzugaukeln.

»Ganz schön trostlos hier.« Gleichgültig schaute Rosa sich um. »Darf ich?« Sie ging, ohne eine Antwort abzuwarten, an Anneliese vorbei ins Haus. Diese folgte ihr mit hochroten Wangen.

»Ich habe Sie nicht eingeladen!«

»Also ehrlich, Kindchen.« Sie warf den Kopf in den Nacken und lachte auf. »Als würde mir das etwas ausmachen.« Stirnrunzelnd betrachtete sie anschließend den rostigen Kessel auf dem Ofen und den einzelnen Teller auf dem Tisch. Die Einsamkeit, in der Anneliese lebte, schien selbst für sie spürbar zu sein.

»Woher wissen Sie, wo ich wohne?« Anneliese stemmte die Hände in die Hüften.

»Oh, das war nicht schwer herauszufinden. Frau von Anweil hält ihre Geheimnisse nicht so unter Verschluss, wie sie vielleicht sollte. Oder besser gesagt, ihr werter Gatte. Von ihm habe ich auch gehört, dass du deine Marktlizenz verloren hast. Wie bedauerlich.«

»Was geht Sie das an?«

»Auch wenn du mir das jetzt vielleicht nicht glauben willst: Das habe ich nicht gewollt.«

Anneliese schnaubte ungehalten. »Sie haben recht. Ich glaube Ihnen nicht! Sie haben mir mit Ihrer Lüge alles genommen, was ich mir aufgebaut habe. Wegen Ihnen habe ich meine Stelle verloren und die einzige Möglichkeit, für meinen Bruder zu sorgen.«

»Wegen mir?« Rosa zeigte verwundert auf sich. »Was das angeht, muss ich dich enttäuschen, Anneliese. Wäre ich es nicht gewesen, hätte dieser Mann eine andere gefunden, die für Geld gegen dich aussagt. Nein, ich habe wenig mit deinem Unglück zu tun. Und doch fühle ich mich nun in gewisser Weise verantwortlich.«

Wortlos riss Anneliese die Tür auf und bedeutete ihr, zu verschwinden. Auf der Schwelle machte Rosa kehrt und sah sie durchdringend an. »Mein Angebot gilt nach wie vor. Es ist besser, als zu verhungern. Und wenn du deinen Bruder wiederhaben willst …« Für einen Moment glaubte Anneliese, so etwas wie Anteilnahme in ihrer Stimme zu hören. Unmerklich schüttelte sie sich, als Rosa seufzend fortfuhr: »Ich habe mich im Dorf umgehört. Offenbar waren in Rietbach viele erleichtert, zu erfahren, dass du fortgegangen warst. Mir scheint, ihr Holls seid nicht besonders populär. Woher mag das nur kommen?« Sie musterte sie zynisch.

Anneliese schnaubte erneut. »Das kann Ihnen doch egal sein.«

»Das kann es. Ich habe ja mein Auskommen. Aber du … ohne Marktlizenz wird es schwer werden. Dein kleiner Hof wird dich nicht durchs Jahr bringen. Denk darüber nach, wenn du deinem Bruder das nächste Mal schreibst.« Mit selbstbewusster Miene schritt sie aus der Tür und stieg wieder in ihre Kutsche, die sich sogleich in Bewegung setzte.

Nachdenklich sah Anneliese ihr nach, bis sie auf die Straße bog und hinter den Bäumen verschwand. Sie fragte sich, woher Rosa so gut über ihre Lage informiert war. Ein beklemmendes Gefühl schwoll in ihr an, und sie ahnte, dass ihre Verbannung aus Karlsruhe tiefer reichte, als sie anfänglich dachte.

◆◆◆

Mittags verschlug es Anneliese nach Rietbach, in der Hoffnung, jemand könne ein Arbeitsmädchen gebrauchen. Auch wollte sie bei Heinrich Zündholz gegen Brot tauschen.

Frau Furth stand am Fenster ihres Hauses und winkte hektisch, als Anneliese daran vorbeiging. Unterm Arm hielt sie eine getigerte Katze. »Gott sei's gedankt!«, rief sie. »Mirabellchen, hier, sie hat eine entzündete Pfote, und die Salbe ist mir ausgegangen.« Sie hielt die Katze hoch, die sich mit einem schrillen Miauen beschwerte.

»Ich bringe sie Ihnen vorbei«, antwortete Anneliese freundlich.

»Gott sei's gedankt«, wiederholte Frau Furth, drückte Mirabellchen an sich und redete ihr gut zu. Leise schmunzelnd ging Anneliese weiter. Auf die Furth war Verlass, doch leben konnte sie von dem, was ihr die Salben und Tinkturen einbrachten, nicht. Vor der Backstube stand Elvira mit Heinrich beim mit Mehlsäcken beladenen Fuhrwerk.

»Guten Tag!«, sagte Anneliese, als sie sie sahen.

Elviras Augen wurden so groß, dass es aussah, als würden sie ihr aus den Höhlen fallen. Sie verzog das Gesicht und packte brüsk ihren Mann am Arm, ehe der Annelieses Gruß erwidern konnte.

»Was macht die denn hier?«, tuschelte sie garstig. Heinrich zuckte die Schultern, deutete ein Nicken in Annelieses Richtung an und verbarg dann das Gesicht hinter den Mehlsäcken. Manche Dinge änderten sich nie.

Anneliese schluckte ihren Unmut hinunter und sah von ihrem Vorhaben ab, um Brot zu bitten. Dann würde es eben keins für sie geben. Sie wollte gerade wieder aufbrechen, da hörte sie eine Stimme, die sie lange nicht vernommen hatte.

»Liese? Kann das möglich sein?«

Sie wandte sich dem jungen Mann zu, der just aus der Backstube kam, und traute ihren Augen nicht. Ihr lieber Freund aus Kindertagen stand vor ihr. Karls strahlendes Lächeln umfing sie. Er war gereift, seine jungenhaften Züge waren denen eines Mannes gewichen, abgesehen davon hatte er sich nicht verändert.

»Ich weiß. Schändlich von mir, so lange in der Armee zu bleiben, aber jetzt bin ich wieder da. Bei Papa und der Stiefmutter«, entschuldigte er sich verlegen.

»Nun, du hattest keine Wahl«, entgegnete Anneliese. Sie konnte ihm nicht böse sein. Ihm, der ihr stets das Gefühl gegeben hatte, dass die Welt auf sie wartete.

Karl zuckte bedauernd die Achseln und salutierte mit einem schiefen Grinsen. Eine junge Frau mit hafergoldenen Locken näherte sich ihnen. Verlegen richtete sie die Schürze vor ihrem gerundeten Bauch.

»Darf ich dir Anouk vorstellen?« Karl legte stolz den Arm um sie. »Meine Frau.«

»Deine … Frau? Wie wunderbar, Karl! Ich gratuliere euch!« Annelieses Herzlichkeit entlockte Anouk ein schüchternes Lächeln.

»Wohnt ihr in der Bäckerei?« Anneliese deutete zur Backstube hin.

»Nur vorübergehend«, antwortete Anouk prompt. Anneliese hob kurz ob deren niederländischem Dialekt hin die Brauen. Karls Frau war nicht von hier. Anouk war eine Tschusch. Bei dieser Erkenntnis fühlte Anneliese sich gleich mit ihr verbunden, aber sie hatte auch Mitleid. Als Fremde würde Anouk es schwer haben in Rietbach.

»Ich helfe Vater, wo ich kann in der Backstube«, holte Karl sie aus ihren Gedanken. »Um sie vielleicht eines Tages zu übernehmen.«

»Willst du das denn?« Anneliese glaubte, Zweifel aus seiner Stimme herausgehört zu haben.

Grummelnd rümpfte er die Nase.

»Unser Wunsch ist es eigentlich, einen kleinen Hof zu übernehmen. Etwas abseits vom Dorf«, antwortete Anouk leise.

»Ein hübscher Gedanke!« Anneliese nickte leicht. Das klang mehr nach ihrem Karl. Sie freute sich für ihn. Es war schön, zu wissen, dass er sein Glück gefunden hatte. Wenigstens einer, dachte sie.

»Was ist mit dir?« Karl stupste sie sanft an. »Es hieß, du wärst weggezogen. Man munkelte irgendetwas vom herzoglichen Hof. Viele hielten es für leeres Geschwätz, aber ich nicht. Ich kenne dich doch.«

Anneliese druckste herum. »Ich war dort. Das stimmt.«

»Aber?«

»Es stellte sich heraus, dass ich nicht dort hingepasst habe.«

Sie machte eine Pause, holte tief Luft. »Ich hatte gehofft, dass es im Dorf Arbeit gibt. Hast du zufällig irgendetwas gehört?«

Er hob einen Mundwinkel zur Wange. »Leider nein. Die Zeiten sind noch immer schwierig. Ich selbst habe auch nur schwer etwas gefunden, um unsere Reise von Brabant hierher bezahlen zu können. Ich hoffe sehr, du findest eine Anstellung.«

Sie presste die Lippen aufeinander. Karl legte tröstend seine Hand auf ihre Schulter. »Ich habe das mit deinen Eltern gehört. Das tut mir so leid. Sie waren gute Menschen.«

»Ja. Das waren sie«, hauchte Anneliese verhärmt.

»Und Kasper? Wie geht es ihm?«

»Er besucht die Schule in Dormagen. Aber … auch er wird bald wieder hier sein«, antwortete sie, weil sie es selbst glauben wollte.

»Das sind gute Nachrichten. Großmutter hat immer gesagt, dass sich alles fügen wird.«

»Ach, deine liebe Großmutter«, raunte Anneliese und für einen Moment standen sie einfach da, in Gedanken vereint an eine Frau, die ein ebenso großes Loch hinterlassen hatte wie Annelieses Eltern.

»Was steht ihr da rum? Habt ihr nichts zu tun?«, schimpfte Elvira, die sich plötzlich hinter Karl und Anouk aufgebaut hatte. Die Hände in die Hüften gestützt, schüttelte sie verdrießlich den Kopf.

Anouk verdrehte leicht die Augen. »Vielleicht können wir irgendwann mal zusammen einen Tee trinken?«, sagte sie dann zu Anneliese.

Diese nickte mit einem Lächeln. »Das fände ich schön!«

◆◆◆

Nach einem Abendessen aus weich gekochten Steckrüben ging Anneliese alle Briefe durch, die sie von ihrem Bruder über die Jahre erhalten hatte. Rechtschreibung und Ausdrucksweise hatten sich verbessert. Er war nicht mehr der kleine Junge, den sie damals verabschiedet hatte. Er war beinahe erwachsen und doch sehnte auch er sich nach der Zeit zurück, in der sie zusammen gewesen waren. Das hatte sein letzter Brief wieder deutlicher gezeigt.

Die Kerze flackerte, wurde schwächer. Um Anneliese herum wuchs die Dunkelheit und in ihr die Angst davor, dass auch das Licht sie nun verließ. Heißes Wachs floss am Halter hinunter, auf den Tisch und das Papier. Anneliese sprang vom Stuhl auf und schob Kaspers Briefe beiseite. Gehetzt holte sie eine neue Kerze aus dem Schrank und hielt den Docht ins fast erstickte Feuer. Sie musste sich eingestehen, dass die Einsamkeit etwas gewesen war, das sie während ihrer Zeit in Karlsruhe nicht vermisst hatte. Im Schloss war ständig Leben um sie herum gewesen. Was ihr dort oftmals zu viel gewesen war, fehlte nun. Unwillkürlich musste sie an Rosa denken. Am Ende hatte diese recht. Ihr kleiner Hof würde sie nicht über den Winter bringen. Er würde es ihr auch nicht ermöglichen, Kasper wiederzusehen, geschweige denn ihn eines Tages zurück nach Hause zu holen. Was nutzte ihr die eigene Hütte mit dem Hunger als ihre einzige Gesellschaft, wenn die Einsamkeit sie erstickte?

Es waren noch drei Tage bis Heiligabend. Anneliese war früh aufgestanden und hatte sich auf den Weg nach Freiburg gemacht. Sie hatte sich in den Kopf gesetzt, Rosa im Roten Salon aufzusuchen. Vielleicht gab es dort noch eine andere Arbeit für sie. Etwas, womit sie sich ihre Würde bewahren konnte. Zuletzt hatte sie das Gefühl gehabt, Rosa wolle ihr ernsthaft helfen.

Der Geruch von Talg und süßem Wein hing in der Luft und verband sich mit dem des herben Tabakrauchs, der in Form von grau-weißen Schwaden im Raum waberte. Anneliese schlang sich ihren Schal enger um den Körper und nahm die Arme dicht an sich heran, während sie dem Mann mit den dunklen Koteletten durch den Salon folgte, dem sie schon oft in Verbindung mit Rosa begegnet war. Zu den Seiten eines engen Flurs standen Sessel, auf denen sich leicht bekleidete Frauen räkelten, die Anneliese mit einer tranceähnlichen Gleichgültigkeit betrachteten. Männer mit Pfeifen in ihren Mundwinkeln pfiffen und begafften Anneliese lüstern und hungrig. Als wollten sie damit Anspruch auf das Frischfleisch erheben, das sich soeben bereitwillig zu ihnen hineingewagt hatte.

Annelieses Schultern fielen nach vorn. Ihre Haltung fror ihre Emotionen ein. Die Erniedrigung steuerte ihre Bewegungen, ihre Miene, ihren Selbstwert. Rosa Bornstedts persönlicher Bereich lag im Obergeschoss des Hinterhauses, am Ende eines nach Rosen duftenden Flurs. Der Mann mit den dunklen Koteletten schob sie in ein Zimmer und schloss die Tür hinter sich.

»Ich wusste, wir würden uns bald wiedersehen, aber … so bald schon …« Rosa saß vor dem Fenster in einem tiefen Lehnstuhl, trank vornehm ihren Tee und schaute nur flüchtig von den Karten auf, die vor ihr auf dem Tisch lagen. »Jedenfalls freut es mich, dass du zur Vernunft gekommen bist.«

»Ich hatte gehofft, Sie können mir eine Arbeit anbieten, die weniger freizügig ist. In der Küche vielleicht? Ich putze, koche und wasche, wenn Sie das wünschen«, brach es aus Anneliese heraus.

Rosa schaute verständnislos zu ihr auf. »Kindchen, du bist hier nicht mehr bei Hofe. Das alles gehört dazu. Mit der Zeit wird es leichter, das zu akzeptieren. Das verspreche ich dir.« Sie drehte sich ihr zu, schlug die Beine übereinander, zündete sich eine Zigarre an und nahm einen tiefen Zug. »Damit du siehst, wie froh ich über dein Kommen bin, habe ich mir Folgendes überlegt: Ich beteilige dich mit einem Drittel deines Verdienstes. Du kannst unter der Woche hier wohnen und essen und stehst unter meinem Schutz. Es wird dir an nichts fehlen, solange du gefügsam bist. Und deinem Bruder auch nicht.« Ihre Finger spielten mit den Silbermünzen, die zwischen den Karten lagen und im einfallenden Tageslicht glänzten. »Was sagst du?«

Anneliese schluckte mühsam. »Wie läuft das ab? Ich meine … was muss ich tun?« Sie wagte nicht auszusprechen, wovor sie am meisten Angst hatte: davor, sich selbst zu verlieren.

»Nun, du bist dein Werkzeug. Eine hübsche Hülle bringt Geld ein. Also pflege dich. Und sieh zu, dass du etwas Fleisch auf die Knochen kriegst. Magere Frauen wirken kränklich, und das ist nicht förderlich fürs Geschäft.«

Anneliese verschränkte abwehrend die Arme vor der Brust. Alles in ihr wehrte sich dagegen, in diesem Raum zu sein, mit dieser Person. Ein schelmisches Lächeln zog über Rosas Gesicht. »Du solltest besser gleich anfangen. Ich bin sicher, in der Küche findet sich noch etwas Essbares für dich. Mein Aufseher soll dich hinbringen.«

Mit gesenktem Blick machte Anneliese kehrt. Obwohl sie noch nicht einmal eingewilligt hatte, für Rosa zu arbeiten, spurte sie bereits wie ein geprügeltes Tier vor seinem Herrn. Der Aufseher führte sie erneut durch das Haus. Vorbei an vielen geschlossenen Türen, die sie unbewusst an das Karlsruher Schloss erinnerten. Die Ausstattung des Freudenhauses war beinahe ebenso exzentrisch, dabei weit weniger prunkvoll. Die Geräuschkulisse reichte von obszönem Gerede bis hin zu lautem Stöhnen, Röcheln. Durch die Türspalte sah sie, wie Männer ihre Kleider abstreiften und sich über Frauen beugten, in deren Augen eine erschreckende Leere stand. Als hätten sich ihre Seelen von ihren Körpern losgelöst. Manche dienten ihren Kunden mit Gefälligkeiten, über die Anneliese in ihren kühnsten Träumen nicht nachdenken mochte. Ihr wurde schlecht. Sie sah ihr Leben an sich vorüberziehen. Spürte, wie sich ein Teil von ihr ablöste bei dem Gedanken, an diesem Ort gefangen zu sein. Sie würde sich selbst aufgeben müssen und alles, was sie ausgemacht hatte. Mit ihrer Unschuld würde ihre Reinheit verschwinden. Beides würde einfach ausgewischt werden von einer für sie völlig neuen Welt, in der Frauen nichts anderes waren als Vieh.

Ihr Blick haftete an einem Gesteck aus Tannenzweigen und sie fragte sich, ob das Maries Arbeit war. Jene, die sie von ihr gelernt hatte. An diesem lauten, frivolen Ort wirkte es unwirklich. Wie eine Blume auf einem Schlachtfeld. Gedanklich flüchtete Anneliese sich zurück in den Wald. Sie hörte das Rauschen der Blätter im Wind, spürte das warme Sonnenlicht auf ihrer Haut, wenn es durch die Zweige brach. Sie würde sich selbst an diesem gottverdammten Ort verlieren.

Mit einem Mal bewegten sich ihre Beine so schnell, dass es kein Halten mehr gab. Sie floh aus dem Haus, lief über die Straße und hörte nicht auf die Rufe des Aufsehers, der sie zur Rückkehr zwingen wollte. Anneliese rannte.

Erst als sie das Stadttor weit hinter sich gelassen hatte, wurde sie langsamer. Völlig außer Atem stützte sie die Hände auf ihre Knie und holte erleichtert Luft. Niemals, hallte es in ihr nach. Egal, was Rosa ihr auch versprach, und ganz gleich, was sie ihr noch antun würde, niemals würde sie für diese Frau arbeiten und eine weitere leblose Hülle werden, die im Roten Salon verkauft wurde.

20

Erscheinungen

Nebel trübte die Dämmerung. Wolken stiegen vom Wald auf wie heißer Dampf aus einem Kessel. Anneliese stand am Fenster und beobachtete schwermütig, wie das Licht allmählich verblasste. Zum ersten Mal seit ihrer Trennung hatte Anneliese Kasper keinen Brief zu Weihnachten geschickt. Sie hatte es so lange hinausgezögert, bis keine Zeit mehr geblieben war. Bestimmt würde er deshalb enttäuscht sein, aber sie hatte die Worte zur Beschreibung ihrer Lage immer noch nicht gefunden.

Ihre fast leere Vorratskammer sprach Bände. Ein paar Gläser eingemachtes Obst, ein halber Korb Kartoffeln, zwei Kohlköpfe, die den frühen Frost überstanden hatten, eine Handvoll Wurzelgemüse und eine Schale mit Nüssen, Getreidekörner. Es war nicht genug. Ihr Blick streifte die getrockneten Kräuter, das Regal mit den Pasten und Tinkturen und floh wieder hinaus. Dorthin, wo die kleine Brücke über dem Bach verlief, und die Einsamkeit ging ein Bündnis mit ihrer Verzweiflung ein. Beide lähmten sie, so dass sie gar nicht in der Lage wäre, die Schreibfeder zu führen und das Papier zu füllen, auf das Kasper wartete.

Der unerbittliche Wind pfiff ums Haus und fegte jegliche

Freude hinweg. Was für ein trostloses Weihnachtsfest das doch werden würde. Annelieses Gedanken drehten sich im Kreis. Dennoch hatte sie die Hütte für das Fest hergerichtet, Holz gehackt und mit Tannengrün und Stechpalmenzweigen Balken verschönert und den Tisch geschmückt. Auch wenn ihr das Herz dabei schwer wurde, sie wollte es sich so gemütlich wie nur möglich machen.

Als hätte sich die Natur über Nacht auf Weihnachten eingestellt, war der Schwarzwald am nächsten Morgen von einer leuchtend weißen Schicht überzogen. Noch immer fielen zarte, weiche Flocken vom Himmel, und Anneliese ging hinaus, um sie am Grab der Mutter einzufangen. Sie legte einen Kranz aus Tannenzweigen auf den Stein, der die Ruhestätte markierte, und strich sanft mit den Fingerkuppen darüber.

»Frohe Weihnachten, Mama.« Gedankenversunken verharrte sie einen Augenblick bei ihr. Eine seltene Stille umgab sie. Die Tiere schwiegen ebenso wie der Wind. Anneliese hörte ihren eigenen Atem fließen, und dann war ihr, als könne sie für einen Moment das Summen ihrer Mutter hören, verborgen im leisen Rieseln des Schnees.

Der Wald empfing sie mit offenen Armen, als sie sich auf den Weg zur Lichtung machte, dort, wo sich die Umrisse der uralten Festung in die Landschaft eingebrannt hatten. Ein heiliger Ort, dessen Kraft für Anneliese und ihre Familie immer spürbar gewesen war. Frost knirschte unter ihren Füßen, glitzerte im sanften Licht der aufgehenden Wintersonne. Der Schnee, der in der Nacht gefallen war, hatte sich wie eine Decke über das Land gelegt – ebenmäßig und glatt, funkelnd im anbrechenden Tag. Nur durchbrochen von den Spuren eines Rehs, das die Lichtung erst vor Kurzem überquert haben musste. Anneliese pflückte Hagebutten und legte sie in ihren Korb. Die Winterfrüchte machten widerstandsfähiger gegenüber Infekten und hatten eine belebende Wirkung. Sie würde einen Tee daraus kochen, einige der Früchte einmachen, einen Sirup herstellen.

Nachdem sie genug abgeerntet hatte, spürte sie die wärmende Morgensonne im Nacken, und ein sanftes Kribbeln breitete sich auf ihrer Haut aus. Ein kalter Windhauch verwehte ihr das Haar und brachte sie dazu, den Blick gen Osten zu richten. Anneliese ging bis zu den hohen, säulenhaften Steinen, die wie ein Mahnmal aus der Erde ragten – ein Tor in eine andere Welt und Zeit. Dort setzte sie sich auf eine abgeflachte Mauer, stellte den Korb neben sich ab und reckte ihr Gesicht der Sonne entgegen, die wie ein Feuerball durch die Bäume brach. Sie schloss für einen Moment die Augen, erspürte ihre Kraft.

Von einer inneren Ruhe erfüllt, kehrte sie anschließend zur Hütte zurück und verharrte für einen Moment am Waldrand. Da war es wieder: das Summen ihrer Mutter. Diesmal hatte sie es deutlicher wahrgenommen. Es ging über in den Gesang eines Rotkehlchens. Perlend, wehmütig, anhaltend. Anneliese schaute sich suchend danach um.

In Erwartung, den Vogel in den Ästen zu entdecken, die sich wie ein Dach über den Pfad wölbten, durchschnitt das Geräusch eines nahenden Fuhrwerks den Augenblick. Resigniert drehte sie sich um, bevor sie zu laufen begann und sich bei einer Linde versteckte. Gibt Rosa denn nie auf?, murrte sie in Gedanken. Auf einen weiteren Besuch von ihr war sie nicht gefasst, noch war sie gewillt, sich mit ihr auseinanderzusetzen. Anneliese ging hinter dem glatten, dicken Stamm in Deckung. Aus Angst, ihr aufsteigender Atem könne sie verraten, traute sie sich kaum, Luft zu holen. Die Kutsche hielt vor ihrer Hütte, und Anneliese hörte jemanden aussteigen. Schwere, schnelle Schritte, dann das Klopfen an ihrer Haustür. Sie stand mucksmäuschenstill, wagte sich nicht vor und tat es dann doch, als die Schritte erneut erklangen. Ihr Herz machte einen Satz. Träumte sie etwa? Ein Zucken ging durch ihren Körper, als sie Friedrich erblickte, ihm die Ohnmacht ansah, während er die verlassene Hütte emporstarrte. Eine eisige Windböe kam auf, die ihm den Hut entriss. Er klaubte ihn aus dem Schnee und trottete mit niedergeschlagener Miene zur Kutsche zurück.

»Halt!«, hörte Anneliese sich sagen, so leise jedoch, dass es nicht bis zu ihm vordrang. Sie kam aus ihrem Versteck, rannte auf ihn zu, und endlich folgte ihre Stimme ihrem Impuls. »Friedrich!«

Einen Fuß bereits in der Kutsche, drehte er sich zu ihr um. Anneliese streckte die Hand nach ihm aus, berührte erst seinen Mantel, tastete sich dann hinauf bis zu seinem Gesicht. Er war echt. Nicht bloß eine Erscheinung.

»Liese.« Ihr Name klang aus seinem Mund wie eine Liebkosung. Friedrich griff nach ihrer Hand und küsste die Innenfläche.

»Wie kommst du denn hierher?«, fragte sie heiser. War seine Anwesenheit vielleicht doch nur Einbildung? So wie das Summen der Mutter? »Ich dachte, du würdest mich vergessen wollen.«

»Nicht doch.« Energisch kopfschüttelnd tat er diese Behauptung ab. »Ich musste mit dem Großherzog fahren. Es war ein Befehl. Als ich zurückkehrte, habe ich nach dir gesucht. Niemand wollte mir sagen, wieso du fortgegangen bist. Dann erfuhr ich von Tilla und Teckendorf die Wahrheit. Erfuhr, dass mein Vater dich vom Hof entfernen ließ, wegen …«

»Es stimmt nicht«, stotterte sie aufgebracht. »Ich bin nicht … war nie …«

»Das weiß ich doch, Liese!«, unterbrach er sie sanft. »Er ist derjenige ohne Anstand. Nie hätte ich gedacht, dass er fähig ist, so abscheulich zu handeln.«

Tränen der Erlösung kullerten Annelieses Wangen hinab. Friedrich wischte sie mit dem Daumen fort.

»Wie hast du mich gefunden?«, fragte sie danach zaghaft. Friedrich schaute an ihr vorbei zur Kutsche, aus der nun Frau von Anweil stieg.

»Hallo, Anneliese«, sagte sie freundlich, aber etwas befangen.

»Sie?« Anneliese fiel ein Stein vom Herzen. Hatte sie doch geglaubt, sie als Verbündete verloren zu haben.

»Mit etwas Hilfe von einem alten Freund«, verriet Frau von Anweil lächelnd.

»Der Geschichtenerzähler hat sich für dich beim Großherzog eingesetzt«, klärte Friedrich sie auf. »Teckendorf und Tilla haben ebenfalls für dich gesprochen. Ja, sogar die Schnitzendöbel hat sich für dich verbürgt.«

»Unmöglich.« Anneliese konnte es nicht fassen. Sie war gerührt von so viel Einsatz ihretwegen.

»Tilla war außer sich. Sie hat sich vor allen Hofdamen gegen Katharina gestellt«, fuhr Friedrich fort. »Die offenbar mit Vater konspiriert hat.«

»Welche Überraschung«, raunte Anneliese. »Und … wie hat der Großherzog entschieden?« Sie wagte kaum zu fragen, konnte sich aber nicht zügeln.

»Nun, angesichts der Tatsache, dass er ohne dich um den Erfolg seines Balls fürchtet, ließ er sich leicht überzeugen. Immerhin rechnen ein paar wichtige Gäste fest damit, die Schöpferin des Weihnachtsbaums dort anzutreffen«, antwortete Frau von Anweil.

Die Gräfin legte vielsagend den Kopf schief und erklärte weiter: »Es war längst an der Zeit für mich, ihn noch einmal zu besuchen.«

»Ich danke Ihnen!« Anneliese nahm ihre Hände und drückte fest zu. Sie wusste, dass Frau von Anweil sich mit der Reise nach Karlsruhe gegen ihren Mann behauptet hatte. Tränen rannen ihre Wangen hinab. Sie fand keine Worte, war ergriffen von so viel Mut und Selbstlosigkeit.

Frau von Anweil bedachte beide mit einem bedeutungsvollen Blick, dann kehrte sie in die Kutsche zurück.

Anneliese schlug die Augen zu Boden. Sie konnte Friedrich nicht ansehen und gleichzeitig fragen, was sie wissen musste: »Du hast nicht daran gezweifelt, dass ich …«

»Natürlich nicht!«, versicherte er nachdrücklich und hob mit Daumen und Zeigefinger ihr Kinn an, um ihr ins Gesicht sehen zu können. »Ich wusste gleich, dass es nur dummes Gerede war. Du hättest es mir erzählt, wäre es anders.« Die Klarheit in seiner Stimme war bemerkenswert. Nie zuvor hatte jemand derart an sie geglaubt. Abgesehen von ihren Eltern. Und Kasper. Der Gedanke an ihren Bruder ließ sie kurz schlucken.

»Mein Vater hat Karlsruhe verlassen. Und ich gehe nicht davon aus, dass wir ihn so schnell wiedersehen werden«, ergänzte Friedrich.

»Und Katharina?«

Ernüchtert presste er die Lippen aufeinander. »Sie ist noch dort. Ludwig weiß nicht, dass sie Teil der Intrige gegen dich war. Noch nicht. Wir könnten das ändern … Der Großherzog mag eigenwillig sein, aber Vertrauen und Ehrlichkeit sind ihm ebenso wichtig wie die Ausführung seiner Pläne. Katharina sollte sich verantworten müssen, meinst du nicht auch?«

Anneliese biss sich nachdenklich auf die Unterlippe. »Vergeltung wird nur weiteren Hass säen. Ich bin es müde.«

»Hm. Wie du wünschst.« Er führte seine Hand an ihre Wange, betrachtete sie liebevoll. »Kehr mit mir an den Hof zurück. Man erwartet dich voll Ungeduld.«

»Ich weiß nicht so recht.« Anneliese machte sich von ihm frei, seufzte auf und ließ ihren Blick zu den Baumwipfeln schweifen, die wie eingepudert aussahen. »Das Karlsruher Schloss ist so riesig, alles wirkt erdrückend auf mich. Dein Vater hatte in gewisser Weise recht: Ich passe nicht da hin.«

»Auch ich habe mich stets fehl am Platz gefühlt. Bis du gekommen bist und mich aus dieser Eintönigkeit befreit hast. Lass mich nicht allein! Nicht nach allem, was uns trennen wollte.« Er umschlang sie mit seinen Armen. »Und nach Weihnachten kommst du mit mir nach Stuttgart. Als meine Frau. Kasper kann auch bei uns leben und weiterhin seine Figuren schnitzen. Ihr könntet von dort aus arbeiten, und wenn der Großherzog dich braucht, fährst du einfach nach Karlsruhe. Es wäre nicht weit.«

Anneliese schmiegte sich an seine Brust. Aus seinem Mund klang das alles verlockend, dennoch hielt eine ungeahnte Angst ihr Herz umklammert. »Ich soll mein Zuhause aufgeben? Meinen Wald verlassen?«

»Nicht für immer.« Sein Blick fuhr herum, erfasste die Scheune, den Gemüsegarten, die Bäume ringsumher, die wie ein eigenes Volk wirkten, dem Anneliese entsprang. Er lächelte sanft. »Du könntest deinen Hof verpachten. Und, wer weiß, irgendwann zurückkehren. Mit … mir.« Er zuckte fragend die Schultern.

Anneliese lachte knapp. Sie dachte an Karl und Anouk. Die beiden würden gut sein zu ihrem kleinen Gehöft, es wertschätzen. Zumal es ihr eine Freude sein würde, sie aus der vergifteten Atmosphäre der Backstube zu befreien, für die Elvira zweifelsohne verlässlich sorgte.

»Außerdem, es gibt noch einen Grund, weshalb du mitkommen musst.« Friedrich grinste halb, während er ihren Blick suchte. »Ein Gast aus Dormagen wird noch heute erwartet.«

Annelieses Herz pochte schneller. »Kasper?«, fragte sie hastig.

Friedrich nickte lächelnd. »Der Großherzog erteilte mir die Erlaubnis, nach ihm schicken zu lassen. Wenn wir uns gleich auf den Weg machen, verlieren wir keine Zeit. Du willst deinen Bruder doch nicht warten lassen?«

Ihr wurde heiß und kalt zugleich. Das Herz polterte in ihrer Brust, machte einen Purzelbaum nach dem anderen. Sie schüttelte den Kopf, ungläubig, vorsichtig.

Wie von einer schweren Last befreit, setzte Anneliese ein Schreiben für Karl und Anouk auf, das sie ihnen auf dem Weg nach Karlsruhe überbringen würde. Darin bot sie beiden an, ihren Hof zu pachten, darauf aufzupassen, ihn zu ehren und mit Liebe zu erfüllen. Dann packte sie in Windeseile ihre Sachen, band Tarik an die Kutsche, damit Kasper seinen ältesten Freund wiedersehen konnte und sie alle an Weihnachten vereint wären.

»Bist du so weit, mein Liebstes?«, fragte Friedrich, als es getan war.

Anneliese schaute sich noch einmal nach ihrer Hütte um. Idyllisch lag sie da, umringt von dem immergrünen Wall, auf dem der Schnee liegen blieb. Entschlossen drehte sie sich Friedrich zu und nickte. Sein Gesicht war nur einen Astbreit von ihrem entfernt. Warm und weich lagen seine Lippen kurz darauf auf ihren, und das reine Glück durchströmte sie.

21

Wahr geworden

Der wahre Glanz lag über den Gesichtern der Menschen, als sie die festlich geschmückte Halle betraten und untermalt von Friedrichs Komposition den prächtigen Weihnachtsbaum erblickten. Anneliese trug das Kleid ihrer Mutter mit Stolz. Das Haar hatte sie zu den Seiten hochgesteckt, verflochten in einem dünnen Kranz aus Hagebutten. Sie hatte sich bei Kasper eingehakt, der seine Schwester mittlerweile um einen halben Kopf überragte. In der Zeit, in der sie sich nicht gesehen hatten, war er zu einem jungen Mann herangereift, mit der starken Ausstrahlung seines Vaters und den tiefgründigen, dunklen Augen seiner Mutter. Immer wieder wanderte Annelieses Blick über seine anmutige Gestalt. In dem Gehrock mit dem hohen Kragen wirkte er überaus elegant, und wären die Holzfällerschuhe des Vaters nicht gewesen, so hätte man ihn leicht für einen Prinzen halten können. Sie passten ihm nun perfekt. Er hatte sie geputzt und aufpoliert, so dass man ihnen ihre wahre Herkunft nicht gleich ansah. Anneliese jedoch hatte sie sofort erkannt.

»Und? Was hältst du vom herzoglichen Hof, Kasper?« Noch fühlte es sich unwirklich an, ihren Bruder wieder an ihrer Seite zu haben.

Er ließ seinen Blick umherschweifen und grinste leicht. »Also … ich könnte mich dran gewöhnen.«

Sie kicherten, und Annelieses Herz sprudelte schier über vor Freude. Wegen der Erkenntnis, dass Fleiß, Mut und Güte sehr wohl belohnt wurden, und weil sie ihr Versprechen gegenüber ihrer Mutter am Ende doch noch hatte halten können. Als hätte sie ihre Gedanken mit Kasper geteilt, wandte er sich ihr zu und tätschelte seufzend ihre Hand. »Ach, wenn unsere Eltern doch nur hier sein könnten.«

»Das sind sie, Kasper. Da bin ich sicher. Die Menschen, die wir lieben, sind immer bei uns. Da drin.« Anneliese bettete die Hand erst auf ihr Herz, dann auf seins.

Tränen glitzerten in Kaspers Augen, als er sich beseelt lächelnd wieder dem Baum widmete, an dem seine Holzkunst ihren Platz gefunden hatte. Anneliese tat es ihm mit einem zufriedenen Seufzen nach. Sie war überzeugt, dass ihre Eltern ihnen zuschauten und sich an ihrem Glück erfreuten. Ihr war gelungen, woran sie schon nicht mehr geglaubt hatte: In der Halle herrschte eine so feierliche Atmosphäre, dass es schien, als gäbe es weder Leid noch Sorgen auf der Welt. Als befänden sie sich in einem einzigen wahr gewordenen Weihnachtstraum, der die Grenzen von Arm und Reich sprengte.

Frau von Anweil war als persönlicher Gast des Großherzogs angereist. Eine Einladung, der ihr Ehemann nichts hatte entgegensetzen können. Die bunte Zusammenkunft in der großen Halle glich dem Schwarzwald mit seinen Laub- und Nadelbäumen, die trotz aller Unterschiede ihre Gemeinsamkeit suchten und fanden. Das Streichquartett spielte auf, und die Kerzen flackerten in ihren Halterungen. Es gab Punsch aus hohen Kristallgläsern, Springerle mit Tannenbaum-Motiven, die Josepha eigens für das Fest gebacken hatte, dazu Früchtekuchen und Pasteten aller Art. Anneliese hatte den

Kopf gegen Kaspers Schulter gelehnt, während der Großherzog seine Ansprache hielt und alle Anwesenden andächtig lauschten.

»Wahrlich das schönste Weihnachtsfest seit vielen Jahren«, rühmte Ludwig. »Auf das diese Sitte von nun an in allen Stuben fortgeführt wird. Heute Abend feiern wir eine friedliche, besinnliche Zeit. Und wir heben die Gläser auf uns, auf die Neuerfindung von Weihnachten. Auf das wir nie vergessen, dass in der Dunkelheit auch immer Licht ist.«

»Hört, hört!«, rief Teckendorf aus, und die Gläser klirrten aneinander. Es wurde gemeinsam getrunken, gespeist und gelacht. Eine willkommene Unbekümmertheit hatte die Etikette abgelöst. Und als Anneliese sich unter den Gästen umschaute, erkannte sie, dass der Plan des Großherzogs aufging: Die Menschen waren im Umgang miteinander losgelöst von Konventionen. Für die Dauer eines Abends schien es keine Rolle zu spielen, welcher gesellschaftlichen Schicht man angehörte. Sie sah Elise mit Josepha sprechen, sie lachten, alberten herum. Die Grenzen waren verwischt worden, und Anneliese spürte das tiefe Sehnen danach, dass dies andauern würde.

Als Anneliese mit Tilla an einem der vielen runden Tische zusammensaß, kam Frau Schnitzendöbel zu ihnen.

»Und? Wie gefällt es Ihnen?«, fragte Tilla sie erwartungsvoll.

Sich räuspernd wandte die sich an Anneliese. »Nun ja. Zweifellos haben Sie, Fräulein Holl, die Art und Weise, wie wir alle zukünftig Weihnachten feiern, revolutioniert.«

Ihr zweideutiger Ton veranlasste Anneliese dazu, die Brauen über die Augen zu senken. Sie war überrascht, denn ein warmherziges Lächeln hatte die verhärmten Gesichtszüge der Hausverwalterin aufgeweicht wie warme Milch eine Brotkante.

»Das haben Sie gut gemacht.« Frau Schnitzendöbel berührte Annelieses Arm, nippte an dem Punsch, den Tilla ihr gereicht hatte, und gemeinsam betrachteten sie den Baum, der im Kerzenschein leuchtete. Zwei Diener beaufsichtigten das Feuer und standen mit langen Löschhütchen bereit, um die Flammen zu ersticken, sobald das Wachs abgetropft war und die Nadeln erreichte.

Später war das Theaterstück an der Reihe. Zu Annelieses Verwunderung spielte Tilla die Maria, die eigentlich Katharinas Rolle war. Im Hintergrund iahte die junge Gräfin Zerbst als Esel verkleidet. Kasper plusterte vor Lachen die Backen auf. Auch Anneliese musste sich ein Kichern verkneifen.

Nachdem das Krippenspiel vorüber war, hatten sich die Kinder der Dienstboten ganz vorn an der Bühne versammelt. Gespannt hörten sie der Geschichte zu, die Winklers Pitter zu erzählen hatte. Kasper war mit ihm auf die Bühne gegangen und untermalte seine Anekdoten mit bildhaften Gesten, die die Kinder zum Lachen brachten. Die muntere Stimmung durchbrach den letzten Rest an Zwanghaftigkeit, und selbst die feinsten Damen und Herren unterbrachen ihre Gespräche, um sich dem Treiben auf der Bühne zu widmen, ehe der Großherzog mit Frau von Anweil den Tanz eröffnete.

Gemeinsam mit Tilla beobachtete Anneliese, wie immer mehr Paare hinzukamen.

»Ich weiß, du warst nachsichtig mit mir.« Katharina stand plötzlich vor ihr, sah Anneliese mit einer Mischung aus Reue und Einsicht an, dann reichte sie ihr die Hand. »Dieser Weihnachtsbaum … mein Cousin hätte es nicht besser machen können.«

»Ich danke dir!«, antwortete Anneliese zaghaft. Noch wusste sie nicht, was sie von Katharinas Wandlung halten sollte, da hatte diese sie schon in ihre Umarmung gezogen. Überrascht blinzelte Anneliese mehrmals hintereinander und wechselte einen verblüfften Blick mit Tilla.

»Ich habe dir unrecht getan«, murmelte Katharina an ihrer Schulter. »Dafür entschuldige ich mich.«

Zaudernd sah Anneliese ihr ins Gesicht, nachdem sie wieder auf Distanz zueinander waren. An Katharinas reuiger Miene erkannte sie, dass sie es ernst meinte.

»Ich verzeihe dir«, sagte sie schließlich und stellte erstaunt fest, wie viel leichter sie sich nach diesem Satz fühlte.

Katharina lächelte sanft und schritt mit ihren Freundinnen davon. Kurz sah Anneliese ihr nach.

»Das hat sie nicht verdient, aber … ich bin stolz auf dich.« Tilla lehnte sich zu Anneliese vor, küsste sie auf die Wange und kam Teckendorfs Aufforderung zum Tanz nach.

Anneliese schaute ihnen eine Weile zu und spürte eine tiefe Zufriedenheit mit sich selbst.

»Darf ich bitten?« Friedrich verneigte sich knapp vor ihr und reichte ihr seine Hand. Doch anstatt zu den anderen Tanzenden, zog er sie zu einem ruhigeren Nebenraum in die Zarge. »Und? Haben sich denn nun all deine großen Träume erfüllt?« Seine Finger spielten mit der Baumperle um ihren Hals.

Anneliese ließ ihren Blick zurück in die Halle schweifen. Sie sah, wie sich Kasper neben Winklers Pitter auf der Bühne stehend vor dem Publikum verbeugte, das ihre Darbietung mit schallendem Applaus belohnte und horchte in sich hinein. So vieles war geschehen. Ein Wunder nach dem anderen hatte sie erleben dürfen. Zuletzt das Angebot des Großherzogs, dauerhaft für ihn zu arbeiten, welches Kasper und ihr ein sicheres Leben bieten würde.

Anneliese seufzte leise, während sie an den vielen kleinen Details hängen blieb, die sie an ihre Familie und an ihr Zuhause erinnerten: Tannenzweige verströmten ein betörendes Waldaroma, Hagebutten und Stechpalmen setzten farbliche Akzente und inmitten der alles überstrahlende Baum. So prächtig und anmutig – leuchtend in der dunklen Nacht. Ein immergrüner Träger von Licht und Wärme. Ein ewiges Symbol der Hoffnung und des Lebens – für das, was immer währt. Sie schielte zum Mistelzweig über ihren Köpfen, lachte leise und sah dann liebevoll zu Friedrich, ein Funkeln in den Augen. »Ein Traum darf sich ruhig noch erfüllen.« Sie küsste ihn sanft und lange.

Nachwort der Autorin

Draußen im Walde stand ein niedlicher kleiner Tannenbaum. Er hatte einen guten Platz; Sonne konnte er bekommen, Luft war genug da, und rings umher wuchsen viele größere Kameraden, sowohl Tannen, als Fichten …

Wenn es Ihnen geht wie mir, liebe Leser:innen, dann gehört Hans Christian Andersens Märchen vom Tannenbaum zu Weihnachten einfach dazu. Die Geschichte, in der ein Baum die Hauptrolle spielt. Eine Figur, die hofft und fühlt wie ein Mensch – mit all seinen Sehnsüchten und Fehlern –, ehe die bittere Erkenntnis kommt.

Ich muss gestehen, mich bringt das Märchen jedes Mal zum Weinen. Gleichzeitig jedoch liebe ich die Tradition des geschmückten Baums. Ich kann den sehnlichsten Wunsch der kleinen Tanne, einmal als solcher zu erstrahlen, also absolut nachvollziehen.

In *Das Wunder der Tannenbäume* gehe ich darauf ein, wie der Tannenbaum zum symbolischen Mittelpunkt von Weihnachten wurde. Auch wenn Annelieses Geschichte fiktiv ist, könnte sie so oder so ähnlich tatsächlich passiert sein. Es ist nämlich nicht endgültig geklärt, wie genau der uns heute geläufige Weihnachtsbaum seinen Siegeszug in die Wohnzimmer antrat. Sehr wahrscheinlich aber hat er seinen Ursprung in einer heidnischen Tradition. Immergrüne Pflanzen waren schon vor Hunderten von Jahren ein Symbol für das Leben und die Fruchtbarkeit. Daneben sollten sie Schutz vor bösen Geistern bieten. So holten sich bereits die Germanen Tannenzweige, sogenannte »Wintermaien«, ins Haus. Ihr Glaube an die Macht des immergrünen Baums war so tief verwurzelt, dass dies dem Christentum hätte gefährlich werden können. Heute geht man davon aus, dass der Brauch deshalb umgedeutet wurde und irgendwann mit dem der Christen verschmolz.

Wann und wie anschließend der erste Weihnachtsbaum geschmückt wurde, ist nicht bekannt. Allerdings gibt es Hinweise darauf, dass in Straßburg schon Ende des 15. Jahrhunderts Tannen eingekauft wurden. Zu Beginn des 17. Jahrhunderts sollen geschmückte Bäume dort in den Wohnzimmern gestanden haben.

Ab dem 18. Jahrhundert verbreitete sich der Brauch auch über das Elsass hinaus – er blieb jedoch hauptsächlich den wohlhabenden Menschen vorbehalten. Es wird angenommen, dass der deutsche Adel für seine Verbreitung gesorgt hat. So ließ Prinz Albert, aus dem Hause Sachsen-Coburg und Gotha, 1840 den ersten geschmückten Baum im Buckingham Palace aufstellen – der Startschuss für die Weihnachtsbaumtradition im Vereinigten Königreich.

Dass Bäume mehr können als angenommen, davon gehen einige Wissenschaftler mittlerweile aus. Sie kommunizieren untereinander, deuten Signale aus der Umwelt, und Studien belegen, dass sie unser Wohlbefinden positiv beeinflussen.

Und möglicherweise ist es diese unsichtbare Kraft, die uns in der Winterzeit immer wieder zum Weihnachtsbaum zurückführt.